陈应松精品文集 卷四

陈应松 著

青　麂

中国言实出版社

图书在版编目（CIP）数据

青麂 / 陈应松著 . –– 北京 : 中国言实出版社，
2020.5

（陈应松精品文集 ; 4）

ISBN 978–7–5171–3458–9

Ⅰ . ①青… Ⅱ . ①陈… Ⅲ . ①中篇小说 – 中国 – 当代
Ⅳ . ①I247.5

中国版本图书馆 CIP 数据核字（2020）第 069554 号

责任编辑 代青霞　李昌鹏
责任校对 张国旗

出版发行　中国言实出版社

地　址：北京市朝阳区北苑路 180 号加利大厦 5 号楼 105 室
邮　编：100101
编辑部：北京市海淀区北太平庄路甲 1 号
邮　编：100088
电　话：64924853（总编室）　64924716（发行部）
网　址：www.zgyscbs.cn
E–mail：zgyscbs@263.net

经　　销 新华书店
印　　刷 北京中科印刷有限公司
版　　次 2020 年 6 月第 1 版　2020 年 6 月第 1 次印刷
规　　格 710 毫米 ×1000 毫米　1/16　14.25 印张
字　　数 219 千字
定　　价 558.00 元（全八卷）　　ISBN 978–7–5171–3458–9

目 录

青 鹿

早晨，姚捡财父子从降龙坪出发，去镇上找瞎子老刘弄药。大嘴乌鸦叫了两天，姚捡财在田里捡了一只死煤山雀，扒了皮，绷了挂在屋场晒衣的一棵枯树上，乌鸦就不敢来了。

天气晴爽得直吼，云彩像用排笔刷出来的。噪鹛好听的叫声就像收音机，娇滑娇嫩。野板栗花开满树，好像溪水暴涨，风细细地从林子里吹来，天气暖了，风都知情入理，迟到的春天，像个成熟的大妮子。往前走，山坳里的雾气一路跟随着他们，路边全是紫色的醉鱼草花和红色的映山红，还有从草丛和灌木丛中滚出的野百合香味。但儿子姚人杰身上挥之不去的尿臊味也强行钻入了鼻扇，在清香的空气里格外噎人。"这娃子就像在尿桶里泡过的一样。"这样想时，姚捡财内心会不好受。

娃子聪明，但就是尿床，让人受不了。已经读初一了，还是这样。姚人杰跟他爷爷睡，爷爷也睡得死，只要半夜不叫醒他，必定水淹三军开轮船下汉口。睡到半夜，杜鹃"豌豆八哥，豌豆八哥——"的叫声就传来了。杜鹃就是布谷鸟，是四声杜鹃。这声音在寂静的春夜里格外清晰悠长，一声一顿，声声相连，也进入了姚人杰的梦中。可他迷糊听到的是"豌豆八哥，爹爹烧火，婆婆炒菜，炒出尿来，好吃好吃，拿个碗来……"姚人杰端着个大碗，去盛锅里的豌豆——神农架把蚕豆叫豌豆，碗里接到的却是自己舒畅屙出的一泡尿。爷爷的腿一热，一动弹，孙子就醒了，从梦里蹿出梦外，可他还依

1

然在床上舒服地尿着哩，屁股底下全湿了。

四月的夜里，高山上依然寒冷如冬。起床来一看，一片汪洋大海，冒着热气，像床上有个温泉。姚人杰就将棉裤塞进被窝，垫在尿迹上，人就睡在棉裤上，睡得被子水汽蒸腾，就是要让自己身子的热量将尿焐干。早晨起来，希望爷爷有老年痴呆症，忘掉夜里发生的事，穿着基本干了的棉裤去上学。

老师和同学们都会嘲笑他，好在他学习成绩超好，全班第一。特别不知在哪儿弄到了一本破烂的《史丰收速算法》，几下琢磨鼓捣，把这算术神器给弄通了，在课堂上表演数学加减乘除开平方、有理数、负数，秒钟就来，把乡村老师唬得一愣一愣的，说："姚人杰，你小子是在哪儿学的？"姚人杰说是自学的。老师很久以前听说过这东西，是跟当时流行的红茶菌和鸡血疗法一样的亢奋邪术，听说很难，可这山里的娃子竟然将它弄懂了。"你是个数学天才喔。"然后有天放学时给他说："你这身上的尿臊气可得让你爹给治治。"

他爹和他爷爷用了神农架的各种草药，无论怎么吃，他隔三岔五地还是一泡尿在床。

话说天晴腿轻，不到中午就走到了镇上。瞎老刘在东街头的吊脚楼，有陡坡和乱石。吊脚楼虽然老了，还吊着几个某某荞酒的广告红灯笼，在春风中醉生梦死地摇晃。瞎老刘像个独角兽坐在他的台阶上，等着算命抽签的人来，双脚并拢，不吃不喝，抱着竹竿和签筒。签筒上用油漆写着：抽签、掐时、看相、测命。他又没有眼睛，拿什么给人看相？

听到姚捡财跟他打招呼，再听到姚捡财让一个小娃子叫他刘爹，就知道全镇上传遍的史丰收速算法奇才、降龙坪的姚人杰驾到。姚人杰歪着头看这个瞎子，秃了头，耳朵超薄，刀片一样的，腮上全是褶子，眼睛像被人捅了两个大窟洞，就那么闭着，像一只老鼠在那里想心思。

可姚人杰虽然尿床，但脸是红扑扑的，尿罐盖子头，两个旋，头发闪闪发光，后颈上有两条硬筋，一看就聪明透顶。

"捡财呀，你娃子人杰是人中之杰，他算命我可不敢收钱，那是折寿的事。"瞎老刘把竹竿放到一旁，瞎着眼睛就拉过姚人杰又是摸手又是摸额又是摸耳，一阵乱摸之后，他还说，"前几天打雷，有人看到青龙潭一条龙吐着水往降龙坪飞去了，降龙坪要出大人物了，姚人杰即是。"

姚捡财连忙说："刘爹过奖，刘爹过奖，这娃子就是个撒尿宝，唉！"

"圣人降世，都有不齿之事在前。王阳明五岁尚不能言，后来不是成了大家吗？上天让你成大器，必将苦其心志，劳其筋骨，饿其体肤，空乏其身，撒泡尿在床上，有什么了不起的！"

姚捡财说："您会疑难杂症，今天是专门来求您的，我这娃子咋个治？"说完便将降龙坪有名的熏猪蹄送到瞎老刘的手上。瞎老刘一摸便知是好东西，说："不必，不必。这撒尿的事，打只公黑狗，下它两颗卵蛋，与淫羊藿一起煮了喝汤。再不济，将狗鞭晒干磨成粉给他吞吃以作巩固。"

姚捡财听了，有点为难："愣是黑狗吗，别的公狗不行？"

"不行，黑狗为补肾之王。"拉过去姚捡财，凑在他耳边低声说，"我刚摸了下人杰身子，天生肾虚，一条黑公狗，抵一百条其他的狗，听我的。再者，这娃子与你相克，犯煞，要安太岁。这个不怕，我教你，回去准备三杯水、四样水果、五样菜，安在神农老祖像前，然后我给你念一念……"

刘瞎子就念了诸如"保佑衰气灾尽去、化险为夷、身体安康、万事如意"的咒语，说是一起想办法。

姚捡财与儿子回去，立即准备了三杯水、四样水果、五样菜，安在神农老祖像前，按照瞎老刘教的咒语念了几十遍，要儿子磕了几个响头，之后就寻思着在哪儿弄条公黑狗来为娃子治病。

姚捡财在周围的坡垴沟壑中转了一圈，就村长司徒家有一条黑狗。司徒村长的儿子司徒电带着这条不知是什么品种的黑狗耀武扬威地到处乱串，上学也带着，咬伤过几个人，有时还带着它到山沟里逮竹鼠。这黑狗卷着狼一样的大尾，趾高气扬，常常叼着油津津的猪骨头在村里大摇大摆，招摇过市。那天，姚捡财在村里转悠，见到了这只黑狗，它叫鼎锅。这鼎锅永不认人，怒气冲冲地就朝姚捡财扑来，前肢伏地，呲着大尖牙就要来咬姚捡财。它的主人胖崽，就是司徒电，颤着大肚在一旁不但没拦，还嘿嘿发笑哩，这狗日的。

一个村子，一家一户的地盘都是靠狗来守护的，各家各条狗之间的领域，在狗的眼里壁垒分明；狗一般在各个角落和树根上撒尿，有了自己的气味，任何敢闯入自己领地的，都要受到一阵咆哮和攻击驱离。有的狗太恶躁，上了链子；有的狗尚温顺，不好斗，吠而不咬，见主人有喝止的意思，也就和个稀泥算了。不过神农架的狗都有赶山狗的基因，就是猎狗，野性未泯，都撑过野牲口甚至跟豺狼虎豹正面交锋过，豪气干云，一般不把两条腿的人放在眼里。

姚捡财被司徒家的狗疯狂咆哮一顿后，逃之夭夭，心气难收，找了表弟毛钢商量怎么打只公黑狗来割卵让儿子吃。哪知毛钢当即说："司徒村长的狗不是现成的嘛。"姚捡财说："这个哪敢，你千万莫打村长的主意。"毛钢说："为什么不能是村长，你当缩头乌龟？"姚捡财说："偏偏是村长，不是冤家不聚头。"毛钢说："正好报个仇，又治了人杰的病，把胖崽逼疯不是很好吗？"这大腹便便的小崽子，那条黑狗鼎锅他视同生命，形影不离。

姚捡财喝着酒，不肯答应，他是害怕了："再想想办法……"

毛钢说："是毒狗，不是打狗，要让狗不叫。"

姚捡财说："你能堵住狗的嘴？我怕的就是这个，被村长发现了，那还有好果子吃？"

"堵住狗的嘴咋就没办法？弄只青麂来，不就堵住全村狗的嘴了？"

听毛钢这么一说，姚捡财的眼睛就亮了，牙缝里咂着酒，发出沉思的响声。

青麂是神麂，就是毛冠鹿，有夜视眼。这青麂怪，它叫上两三天，这一方的狗就不敢叫了，但听说村里会死一个人。姚捡财说："我晓得青麂让狗不叫，到哪里搞一只活麂子还得让它乖乖地叫几天呢？就算它叫了几天，也不能把司徒家的狗毒死呀？用什么毒？用农药毒了，人杰能吃？"

"用马钱子，我们过去又不是没毒过！"

"这事绕远了，买条黑狗也比这容易，就花点钱的事。"

"哪儿买只公黑狗？人家喂出感情了卖你？"

两人蹲在屋场上，对着黑魆魆的群山，两支烟头死劲儿烫着黑夜，吐着烟子时嘴里发出颤抖的声音。山影一重一重地往远处去，听到了什么野兽的叫声。几粒星子挂在山梁上，忸忸怩怩。

"这青麂是山神爷的坐骑，属火的，你逮着了活的也不能牵到村里来，是不吉利的事，会被村民骂死……"

"能让他们发现吗？我拴羊圈里放山洞里不行吗？嗞！这事不能急，得慢慢逮机会。而且青麂是知耻动物，逮住它它会撞树撞岩死的。要逮活的小青麂最好，它还不醒事，可以活下来；如果是大麂，没有活路，舍身成仁，就甭想它叫了。"

这时，从黑暗里突然有个人插话道："你们是不是想搞胖崽的狗？"

把两个大人吓一大跳，明白是姚人杰，毛钢说："人杰，大人的事小娃娃不要管，你睡去，我们啥时说搞胖崽的狗？说着玩玩的。"

"你们不是玩玩。"姚人杰戳穿说。

"还不是为你狗日的。"姚捡财说。

这个晚上，姚人杰就坐着不睡。他爷爷说："你这是为何？"

姚人杰说："坐一夜就不尿床了。"

"你坐一夜可以，难道坐一千个晚上不睡觉吗？"

果然，一会儿瞌睡就来了。姚人杰就想了个自以为是的好办法，用线头将鸡儿尖上的包皮捆着，等尿床的时候，会胀醒，这样就不会尿到床上。

半夜等尿胀醒，鸡儿充血，线头解不开了。这尿憋的！膀胱看着看着要爆炸，只好喊醒爷爷。爷爷一看，那小鸡儿翘得比山还高，已经乌紫了，像一截小红薯，不肯软下去。解那线，眼睛不好使，解不开。就让姚人杰开门站到外头去，先让冷风将那鸡儿软下来。可站在冷风中，冻得瑟瑟发抖，那鸡儿依然昂首挺胸，直指青空，灯一照，就是根"死人指"，就是神农架的野香蕉。

爷爷又舀了一瓢冷水，将那小鸡放进冷水里，强行降温。折腾了半天，小鸡终于软下去了，再用剪刀慢慢剪，开了。这一泡尿，足足屙了五分钟，姚人杰一边屙一边哼哼叽叽，那个畅快，跟考第一名有的一拼。

早上迷迷糊糊起来，鸡儿生疼，屙尿像是有内伤。姚人杰在碗柜里抓了两个熟苞谷，带着他的狗白蛋就去上学了。白蛋的两个蛋子是纯白的，身上是黄色，虽然只有三岁，但精神抖擞。

树上的红嘴蓝鹊学着圈里的猪叫，这鸟很逗，不知道的还以为猪上树了哩。这鸟拖着长长的蓝尾巴，它总是躲在浓阴里学鸟叫鸡叫猪叫，它爱学母鸡下蛋的咯咯嗒嗒的声音，还有小鸡躲老鹰时可怜的叫声。现在猪在树上叫，姚人杰就拿了块石子去砸这鸟，今天他身上没有尿臊味，这让他很开心。

山峦间的云，也像锅里的蒸汽一样飘，白得像水洗过的。姚人杰在半道上碰见了胖崽，胖崽也带着狗，那狗像患了急性支气管炎，喉咙里呼啦啦地响。它先虚吠几声，像一个老流氓闻了闻白蛋的裆里，发现是同性，没兴趣，就开始狂吠了，就下嘴咬。白蛋也不是吃素的，回过头也还口咬，发出不共戴天的嘶吼。白蛋已经跟别的狗一起参加过围猎，神农架叫赶仗，面对过比狗凶残百倍的野兽。虽然身坯没有鼎锅雄壮，但牙齿刚好，有爆发力。两只狗碰在一起便大咬开了，胖崽是不怕的，他有胜利的信心。而姚人杰担心自己的狗太年轻，身架子没有优势，加上早上狗还没吃东西，就喝了几口猪圈里的稀汤，力气跟不上，会吃大亏，就喊胖崽："司徒电，你不要狗仗人势！"

胖崽像犯了神经一样拍着树干狂笑道："好有味！好有味！"

两只狗一直打到杨老哨的屋场上，杨老哨闻声出来，见是两只狗打架，就操起一根赶牛棍，上来将它们打开。但这几乎不可能，鼎锅咬住了白蛋颈子上头的皮，是拧了一圈咬的，让白蛋动弹不得，死死不松口。挨了杨老哨一棒，也不松口，再打，还是不松。胖崽见这个杨老哨打他的狗，就冲过去夺杨老哨的棒子。那棒子是刺牛的，有尖头，虽然刺了鼎锅，但鼎锅皮厚，没有任何损伤。胖崽与杨老哨你进我退，棒子依然牢牢在杨老哨的手上，他毕竟是大人。但胖崽怕过谁呢，在这个村子里，猪狗不如的、浑身黢黑的杨老哨就更不放在眼里了。

"不许打我的狗！"

胖崽这家伙横了，还有一把力气。这时，从后面垛壁子屋里出来一个披头散发的女人，是杨老哨的老婆，一个从山外来的浮肿女人。过去不疯，现在疯掉了。这女人是杨老哨的第二个老婆。她来了之后，就嫌弃杨老哨的女儿。这女人就在山里弄来许多旱蚂蟥，晒干后磨成粉，放在杨老哨女儿的碗里让她吃了。这旱蚂蟥粉进了肚子遇到水之后，就会变成千百条蚂蟥，吸杨老哨女儿的血。后来这女娃子看着看着瘦了，而且腹胀如鼓，就死了，死时从口里爬出来许多旱蚂蟥。事情被杨老哨发现，将这女人狠狠打了一顿，瘫在床上有半个月，后来这毒女人就疯了。警察来抓她的时候，看见她在吃猪屎，抓进去也没有用，不能判。如果不疯，估计得判个无期。有人说她是装疯，以逃脱坐牢和枪毙。这样的女人，枪毙一百遍也不冤。每天经过杨老哨的屋场时，这疯女人就拿着一些蚯蚓站在路当中，非得要学生们吃蚯蚓，说是热干面。姚人杰因为怕她，才带着狗的。见两只狗死咬着不放，她就说："哈哈哈，这俩狗是前世冤家！"

姚人杰见自己的狗被咬住了，头抬不起来，就哭。疯女人却在那儿大笑着拍巴掌，这让杨老哨十分恼火，加上分不开两只狗，就对疯女人挥着棒子咆哮道："滚！"

疯女人赶忙往屋里跑。杨老哨又挥舞棒子打狗，打在鼎锅身上。胖崽跳着脚说："不许打我的狗！要你赔！"杨老哨说："不打今天不会松口，你家狗咋这么恶躁！"

那两只狗从坡上咬到坡下，又从坡下咬到坡上，鼎锅就是不松口，牙齿像镶进了白蛋的皮肉里，像用 502 胶水封住了，永远不分开。可怜的白蛋，头低在尘埃里，任由鼎锅拖拽着，一声不吭，仿佛不是狗，是块木头。白蛋虽然被咬，还是撅着两条后腿，离得尽量远点，姚人杰知道狗的想法，就是怕鼎锅咬到它裆里的两颗白蛋。而因为鼎锅激情四溢，裆里的睾丸甩动着，又大又圆，像两粒黑曜石。他突然想起瞎眼老刘说黑狗蛋可以治疗他的尿床。

因为狗分不开，杨老哨就蹲在狗旁边用棍子砸地吓唬狗。这时，姚人杰他们的老师来了。老师是个瘦小的中年男人，脸像一刀腊肉又干又瘦，叼着一支快烧到尽头的烟，烟灰没有掉。老师背着手看了一眼狗们，就一如既往地揶揄胖崽道："司徒电，要上课了，你选择一下，是跟狗混，还是去上课。"

胖崽怕这个常常揶揄他的老师，老师是拿工资的，不属于村长管。

胖崽当然要去学校，可这狗咋办？胖崽拽着狗大汗淋漓地向老师求救："它不松口呀。"

"又不是你不松口，这不是你管的事。"老师说。

老师喜欢数学天才姚人杰，有尿臊味儿也喜欢，过来拍了下捂住眼哭的姚人杰说："上课去。"

杨老哨过来对老师说："这两只狗我来拴着想办法，你们上课学知识为重，狗是畜生，总能把它们分开的。"

老师用眼角扫了扫杨老哨，撇撇嘴，没说什么，走了。

杨老哨拿出两根拴羊的绳子，将绳子拴在它们的腰上，然后各将绳子拴在树上，拼命拉绳子。两个娃子顾不上自己的狗，就去追赶他们的老师。

胖崽气喘吁吁地跟在姚人杰后面，要他等等他，突然说："我、我在想一个问题，我那双胞胎哥哥司徒雷不是摔死了吗？究竟当时摔死的是、是司徒雷呢，还是司徒电？如果是司徒电，就是那个弟弟。老、老师取笑的是我弟弟，关我什么事呢？"又问姚人杰："死的究竟是谁？"

"是司徒电那个狗日的！"姚人杰说。

胖崽推了他一掌："你才死了哩！看我的狗不咬死你的狗，放学看吧。"胖崽得意地说。

到了下午四点半，放学后，姚人杰飞也似的跑到杨老哨的屋场，要看他的白蛋是不是被鼎锅咬死了，但他看到的是，两只狗各自拴在两棵树上，安详地卧着，还舔着自己的后腿，张着舌头哈哈喘气。见主人来了，白蛋就站起来开始叫，表示它还活着，安然无恙。姚人杰就抱住白蛋，用人脸蹭狗脸。再细看，这狗的头上有火烧的痕迹。看鼎锅，也同样被火烧了，头上的毛花一块，白一块。

"我用火烧才把它们拉开。"杨老哨出来对姚人杰说。这人一边说一边用袖口揩鼻子，"这两匹狗一定前世有杀父之仇，不然不会这么咬的。"

狗是拉开了，狗的背脊上还是有鼎锅咬的伤。胖崽也来领狗，见狗好好的，解掉绳子就唤狗跑了。

今天狗是输了，让姚人杰很不爽，一路就训斥狗道："你要是再打不过那鼎锅，让人家这么咬，我就不要你了，要杀你吃掉你！"

狗懂人语，今天被欺负，又遭主人训斥，垂头丧气地嗅着泥巴草根走，还夹着尾巴，灰溜溜的好不郁闷，生怕主人真把它杀了。

狗晚上也不叫了，姚人杰肯定郁闷。半夜就是醒了，开门出来小解，也得唤狗。家里过去有个夜壶，打破了，没再添置。有时候叫上狗也怕，所以醒了忍尿不屙，再睡着，一定屙床上。门口屋场左边，有个小坟，也不知是谁的，可以铲平，可爷爷不仅不让铲，还清明培几锹土，除夕上一盏灯，供一碗饭。好像是一个外来讨米的死在这儿，爷爷帮埋的，看着瘆人。不知为什么，就算不铲，完全可以用一个柴垛挡住嘛，但爹宁愿将柴垛放另外一边，也让这坟直瞪瞪地对着大门，爷爷还说是老坟，可以保佑我们全家的。还有不远处胡姨婆的老屋子，一年四季没人住，门缝好大，有一次姚人杰看到一只红狐狸从那门缝里钻出来。胡家在外打工，好多年无音讯，全家是死是活村里人不知，可以想象。听说胡姨婆早死了，可有人说一天晚上在田里挖土，看到胡姨婆牵一只羊，在后山上转悠。这事越想越怕。晚上，胡家的破窗户像两只黑洞洞的鬼眼盯着姚家，你说，这么多可怕的事儿，能起来撒尿吗？

话分两头。姚捡财和表弟毛钢在山里寻青麓，是傍晚出去的。青麓是夜行动物，晚上出来喝水吃草。他们寻了两天，就发现了一只山驴，就是斑羚，还看到了许多明鬃羊的屎。明鬃羊就是鬣羚，个头很大，若碰上了，人占不到便宜。在现今猎枪全部收缴后，野牲口越来越猖狂，好攻击人。当然，野牲口们不知道山上没了枪声，还有更阴险的铁猫子和钢丝套。枪一响，死了落个痛快。可这铁猫子和钢丝套，你若踩上了，又无法挣开，折磨得你死去活来。最后补上一刀还好，若是猎人忘记了，你就只有漫长地等待死神拿你，最后成为一具骷髅。

傍晚时分，山里阴阴的，风也很冷，山顶上的积雪还没有化完，花倒开了不少，特别是杜鹃花，漫山遍野都是。杜鹃鸟叫，杜鹃花就开。杜鹃花中最多的是映山红，也有毛肋杜鹃、粉红杜鹃、粉白杜鹃、川杜鹃等。杜鹃在高山上有灌木的，也有乔木的。

毛钢摘了一朵映山红，抽了花蕊，将花朵放进嘴里嚼。杜鹃中独有映山红除了花蕊有毒，花瓣是无毒的，其他的杜鹃基本有毒，就是麻醉你的神经。花瓣掉落水里，鱼们不知所以，吃了杜鹃花瓣，就会醉死过去，但不出半天就会醒来。

这会儿，他们正在飞龙潭边，等待喝水的野牲口们。根据蹄印，分辨哪种动物喝水的地方。一般野牲口们喝水都有固定地方和水源。此时夕阳西下，山川水潭都一片通红，但在水面上，翻着许多醉死过去的鱼，白花花的一片。这时候，一个崖下的水边，引来了几头老熊，还有豺狗，在水里捞着鱼吃，

9

把水打得叭叭直响。快天黑的时候，这些野兽都会归窝，它们不是夜行动物。

　　姚捡财他们两人研究了蹄印，发现了青麂来去的方向，在潭边下了几个铁猫子和套子。还带着白蛋和毛钢的狗，让它们别叫。暮霭上来，变成了细雨，雨雾蒙蒙，湿了衣裳。他们终于看到一只青麂来到了潭边。因为青麂有夜视眼，就躲过了猛兽白天的追杀，这是千万年练出来的。

　　这时候，两只狗躁动起来，毛钢就顺势将狗放了，狗们早就等不及了，快速地朝那只青麂扑去。那青麂前腿站在水里，耳朵向上伸着，耳朵中的白毛都可以看见，头上的马蹄形冠毛被吹得一摇一摆。青麂虽然是夜视眼，也有感知危险的能力，当两只狗远远地向它扑来时，它听到响动，看也没看，就迅速地沿着水潭跑了。两只狗正紧追不舍的当儿，在迷蒙的雨雾中，看到这青麂猛然一个一百八十度的掉头——并且青麂在浅水里跑时，搅起了水雾，加上雨雾，已是迷乱一片，这是它的障眼法。这时候再掉头，狗就丢了猎物。掉头逆行的青麂如飞箭一般，狗虽然丢了猎物，但马上反应过来，也掉头再追，可是无奈慢了半拍，等追了一段，哪还有青麂的影子？

　　毛钢的眼尖，他们正在乐滋滋地盯着狗撵青麂，眼珠子睖得突出老远了，自有安排好的铁猫子在等着青麂哩。特别是铁猫子，用树枝夹好了唯一的通道，只等青麂撞进通道里，踏上一个铁猫子，就会束手就擒，而且是活的。这种通道是在路上挡个栏栅，留个小口，野牲口从小口走，只有中招踏入机关。可他看着眼前突然出现了一头比牛还大的青麂，嗵嗵地朝他而来，毛钢躲在树后，这青麂就像一头巨兽，从梦幻中跑出来的，披着青幽幽的雨雾，两支尖角就像小妮子扎的两个小鬏辫，上面还挂着些金丝猴们爱吃的云雾草，或者是它的毛冠在风中飞扬。这青麂生生地把毛钢吓了一大跳，莫非是一只神兽？可眨眼间就消失了。旁边的草丛树枝一阵哗啦啦的折断和践踏的乱响，那家伙就不见了。

　　毛钢有些迷糊，看旁边的表哥姚捡财，张着一张大嘴，也在迷迷瞪瞪地看，像得了老年痴呆症。两只狗又嗷嗷狂叫着转了过来，毛钢对这两只狗心生怜悯，他娘的死狗，你们咋不多跑几步踏上铁猫子算了？两只狗还在尽忠职守，跑回来追着青麂不放，也算解了他一点恨意。他倒是要看看这狗们如何把青麂撵上，咬住，或者最好再撵个掉头，进入他们布好的铁猫子通道……但眼前那青麂吐着热气的巨大的影子却挥之不去，占领了整个天空。他闭上眼睛想让自己清醒，再睁开眼，向姚捡财招了下手，跟着两只狗就跑。那青麂在狭窄的地方不好使力，左边是悬崖高坡，右边是深潭，只有这窄窄的路跑。若往山上跑，跑不过狗。

看到两只狗，一只朝山上吼，一只朝水潭叫，青麂呢？青麂的毛都没有一根了，不见了。它若是神兽，它就化作了一块石头或者一棵树，但毛钢不信，它一定是躲起来了。硬跑不赢就得躲，这叫"闪狗"。狗因为猛跑也会头昏脑涨，丢掉猎物的气味，在那儿边嗅边号，已经完全没有了气势，简直就是在认输。但毛钢因为长期打猎，又长期与猎狗在一起，鼻子也不会比狗差多少。他在山崖那儿跟着狗一起搜寻着，扒开一丛芭茅和刺棵，看到了有个洞，还闻到野牲口的那种特殊气味儿，想这青麂笃定是藏在里面，但不知洞有多深。他把狗唤来，要姚捡财一起扒出洞口，那洞口越扒越大。用电筒往里面照了照，深不可测，里面的钟乳石犬牙交错，往外冒出一股青烟，混合着发霉的寒气。

狗不用指挥，一定闻到了气味，嗖地就往里面蹿。不一会儿，狗叫的声音变得怪异，从洞中发出空旷的、嗡嗡的回音，又高又陡，尾音拖长，像是有鬼在掐狗的脖子。两个人拿电筒到处照，看到了几个大影子黑魆魆地交错在洞顶上，往石头缝里终于瞧到了二狗一麂，正在酣战。那青麂用蹄子猛踢狗，狗被踢中了，只能是九死一生，青麂的蹄子就是铁拳。也有一只狗咬住了那青麂，是白蛋，它年轻，灵活。青麂蹦蹦跳跳，十分亢奋，扭胯摆尾，要挣脱两只狗的纠缠。毛钢的那只老狗可能断了腿，或者伤了肝，歪歪斜斜地躲避着。毛钢手中有一把砍柴刀，他要冲上去救狗了。可这时他被刺棵扯住了衣裳，几经挣扎，突然一块石头砸中了他，他前胸一阵钝痛，立马倒下。看见的是那只青麂的四蹄从他的头上滚过，那凶狠的头和脚朝他撞过来。以为是石头，其实是青麂越过他身子时顺便踢了他一脚。他在胸前摸到一些血，因为穿得比较单薄，那青麂将他的胸口踢裂了，还用两颗小獠牙戳穿了他的肩膀。

这青麂好大的能耐！毛钢看到两只狗也跑了出来，没管主人，径直去追青麂。

毛钢捂着胸喊他的表哥姚捡财，终于看到了这人，在洞外举着刀，让毛钢笑死了。

"青麂咧？在哪儿，你放心，我在洞口守着哩。"

"那两匹狗早就冲出去了，这里哪还有青麂！这么大只青麂出来你没看见啊？"毛钢胸口疼痛，不想骂他，又想这青麂莫非可以在人眼皮子底下逃遁？真是神兽？

管不了这个磨磨叽叽的表哥，好在，毛钢跟着狗跑了一截，传来了狗们的欢呼声。它们欢呼起来就像哀号，发出呃呃咿咿的声音。好，青麂终于踏到了一只铁猫子。他心里放下了，脚步也停了，就看这青麂挣扎多久。再回头找姚捡财，姚捡财咋还守着个空洞口哩？这个人真傻，可生了个聪明透顶的儿子。

那青麂被逮上了，哪能动弹？可青麂就是青麂，决不屈服，决不投降，宁愿站着死，也不跪着生。青麂被铁猫子扯着后腿，可是无法拔出来，铁猫子是牢牢地钉在地上，又缠在一棵树上的。这时候，毛钢看到青麂愤怒地耸动着高高的毛冠，奋力跳跃，想把铁猫子给拔出，把腿抽出，这是痴心妄想。铁猫子扯得哐哐啷啷响。可突然的，青麂知道无法逃脱，就狠命朝树撞去。青麂心眼小，气量窄，知耻负气，保卫尊严，两只狗见青麂撞树，没法阻止。没几下，青麂就撞倒在地，气绝身亡。

毛钢走近去看，他看到了这只青麂的脖子不知是钟乳石给割的，还是被狗咬的，反正血肉模糊。身上有许多伤口，皮肉外翻，头上的冠毛被血染红了，那是撞的。头上的毛冠有点像戴胜鸟的头羽，像一只古代官员的头冠，显得很有派头，难怪它宁死不屈的，前世不一般！现在那冠毛七歪八倒沾着血块，黑色的嘴唇边有血泡流出，身子渐渐冷了。

"这真是只烈麂！"毛钢喃喃地嘀咕了几遍。他无意识地摸摸身上想找点什么向这只青麂表示敬意，这时两只狗觉得完成了任务，也疲惫不堪地卧在青麂旁喘气。毛钢蹲下去，他用砍刀撬开铁猫子，把青麂的后蹄从里面拔出。后蹄早就断了，只连着一点皮筋。青麂想挣断一只脚逃跑的，无奈它失败了。两个人商量，不准备背回这只青麂。姚捡财说："这麂子死得惨，咱们就按老规矩办。"于是他们找了块石头，枕在青麂的头下，算是给它安葬了。就这么，他们唤上狗回家，狗却恋恋不舍地看着青麂，想吃点肉。主人不发话，狗就饿肚子。青鹿在那儿，枕着石枕头，睡得很安详。

冤家路窄，话是这么说。

胖崽的狗鼎锅自从与姚人杰的狗白蛋干了一架，就结下了深仇大恨，两只狗都怀着报仇之心。白蛋与青鹿斗后，好像马上成熟了，牙齿长得很快，脸上出现了横肉，有猎狗的气派。此刻，鼎锅沐浴着灿烂的阳光，晃动着一身油荡荡的皮毛，煞是好看，走起路来大摇大摆。那狗的舌头只有五寸，却要拼命伸出来七八寸的样子，吓唬别人。狗因为狠命地垂着舌头，涎就管不住了，不停地往下淌，老远就闻到一股臭味。这狗因为是公狗，见一棵树就要撩起后胯撒几滴尿。

姚文杰的白蛋，也得撒尿圈地盘。它张开后胯时露出圆滚滚的丰满的白蛋，也是一种骄傲，至少在降龙坪狗界，这样的白蛋绝对独一无二，百里挑一。两只狗一路撒过来，一黄一黑的狗终于在杨老哨的屋场前会合。杨老哨门前的树很瘦小，是两棵歪脖子枫杨树，它们都想撒尿，都张开后胯，还没撒出来，两只狗仇人相见，分外眼红，龇着凶狠的牙就干上了。

"司徒雷，看好你的狗！"姚人杰故意喊他死去哥哥的名字，表示他是个死人。

乡下的狗从不拴绳，全靠主人呵斥，胖崽认为它的狗鼎锅今天吃了猪心肺，浑身是胆，满身是劲儿，一定不会输。这白蛋加上上次被鼎锅死死咬着不放的耻辱，在追捕青鹿上学了一套经验，先下手为强，出其不意地冲上去就咬住了鼎锅的耳朵。狗的耳朵是软肋，咬住了耳朵，鼎锅的狗嘴就使不上劲儿。白蛋是有备而来，精气神十足。鼎锅先是想咬白蛋的后胯，并准备袭击它那两颗太过耀眼的白蛋，这白蛋太帅，让天下母狗爱死，必须咬掉，让它成太监狗。本来白蛋的蛋子一直是鼎锅的心病，迟早老子要铲除你，让你白蛋生不如死。但第一个回合让白蛋占了便宜，它的耳朵在白蛋的牙缝里，一样不放。两只狗因为打架，声音都变了形，变成了往外嗡嗡的呕吐，吐出的却是一把把刀子。

俩狗八只爪子刨着地，刨得杨老哨的屋场上烟尘滚滚，砂石乱飞。听到狗的打斗声，杨老哨从菜园里跳出来，手上拿着一把青翠的芫荽，一步三蹿过来说："咋、咋又打起来了？"

现在轮到胖崽喊姚人杰了："你抓住你的狗啊，你若让它咬耳朵，我就不客气了！"

姚人杰这时候从口袋里拿出薄壳核桃，捏开来放进嘴里嚼，还发出挑衅的声音，把个胖崽气得半死。胖崽到处找家伙，找到了一把沉重的生锈的镢头，挥起来就要不顾一切地朝白蛋打下去，一把被杨老哨抓住了："这可要出人命的，活祖宗！"镢头落到地上，把胖崽的虎口都整疼了。可胖崽这次是横了心，再挥起镢头，一下就砸中了白蛋，打在腰上，白蛋一个趔趄，还是咬住不放。这真是以牙还牙，以眼还眼。胖崽的狗吃亏不小，他就晃着一堆肉顶着个大脑袋朝姚人杰一头撞去。人没撞上，两个人缠在了一块，在狗中间也打了起来。一对人，一对狗，在杨老哨的屋场上摆开战场。杨老哨跑前跑后来拉架，不晓得是先拉人呢还是先拉狗。

恰好司徒村长每天巡视村庄的工作开始了，他发誓要在任期内巡视完全村的沟沟垴垴、山山水水，巡视完每一棵树、每一垄庄稼、每一个村民、每一条狗。正好赶上自家儿子打架加上狗打架，于是就叉着腰，披着外套，站在远处欣赏。自己的狗输了，儿子也快输。这还得了！司徒村长急急地跑过来，对杨老哨大吼道："你一个大人也不管管！"

杨老哨焦急得不行，见是村长，哈着腰说："狗仗人势，我能让他们停下来吗？"

"你讽刺谁呢，杨老哨？"

"谁说我没管？我不正在拉扯他们吗？"

"嘿，"村长说，"你当我瞎了眼。好，好，都继续打。杨老哨，端把椅子来……"

人算是拉开了，两个小娃子站在那里。可杨老哨发起飙来，说："好久不见你村长，今天是时候，我家老婆正好要找你哩。"

一唤，那个疯女人就从门缝里钻出来，大喊道："还我女儿，还我女儿！"

这是啥事？这女人敞胸露乳，两个奶子像在灶灰里裹过的红薯，肮脏地蹦跳。"不是你毒死了你的继女吗？你这个恶毒的后妈，还有脸来找我要女儿？"

　　司徒村长憋不住扑哧一笑，一口烟呛得直翻白眼，差点噎死了，对杨老哨说："你老婆找你要女儿，告诉她，埋哪儿了。"

　　"她晓得。"话没说完，一笤帚就打在疯女人的头上，那女人顿时矮了一截。这时，杨老哨对司徒村长说："您别听她胡扯，您看，村长，您家的狗终于又赢啦。"

　　司徒村长看他讨厌，就说："你这人不懂感恩，我家司徒电被姚人杰那小子欺负成啥样了。你女人不是我从县城的汽车站给你追回来，你还有女人吗？结果我在车站给你找女人时，差一点被汽车撞死了。我是冒着生命危险去帮你追老婆的，我吃过你一颗糖吗？"

　　杨老哨在那儿像是学生被老师训话，低着头一声不吭。

　　批评完了，等村长和胖崽父子与狗都走了，姚人杰也准备走时，杨老哨让他先别走："你把狗留下，我帮你看管着，狗又不让进学校。如果村长的狗再来咬你的狗，看我不打断它的狗腿！"

　　姚人杰觉得杨老哨慈眉善目，家里穷，是个可怜人，在村长面前大气不敢出，也憋屈得很，就夹着自己的狗，让杨老哨来拴绳子。杨老哨把白蛋的脖子上系了个结，姚人杰觉得那结太紧，要把狗勒死的感觉，自己的脖子都难受了，就把绳结放松了一些。

　　"您可得给它点水喝和吃的。"

　　"负责给它吃喝，我今天正好吃腊肉，会有骨头的，你放心好了。"

　　姚人杰还是不放心，一步三回头。看到门口一担水桶，姚人杰挑上肩就说："杨爹，我帮你挑一担水去。"

　　杨老哨推辞了一下，还是被姚人杰夺走了扁担。杨老哨家的水源在一个悬崖边，是个小水坑，石头缝里渗出的水。姚人杰用放在那儿的葫芦瓢，舀了满满一担，挑上坡来，并且倒进了杨老哨厨房里的石缸，那石缸是祖传的。杨老哨要给姚人杰烧洋芋吃，姚人杰不要。杨老哨一个劲儿夸姚人杰"天才，天才，真龙天子下凡"，等姚人杰背着书包走下台阶，杨老哨又说了句："你身上咋这么大的尿臊味儿呀，未必狗尿往你身上撒的？"

　　姚人杰一阵羞愧，就飞快地朝学校跑去。下了一个石坎，有一个小水潭，他也不管天气冷不冷，水寒不寒，丢下书包，脱了身上的衣裳，就赤条条往水里跳去，狠狠地洗着自己的全身。那水跟冰块一样，可姚人杰也能扛着，不管那水像刀子割自己的皮肉，他今天要把自己的尿臊味儿全部洗干净，要真有一把刀子，他就要像杀猪佬的刨子，把自己刨一遍。洗了身子，又洗衣裳，在石头上捽打，发疯一样的。然后，爬上岸，在石头上摊开湿衣晾晒。因为太冷，他跑进一个小洞子里蹲了会儿，再出来，衣裳的水汽被吹干了，但依然是湿的，拿起来闻闻，没有了尿骚味儿，倒是有了一股溪水的清新气味儿。他套上衣服，总算能挡风。心想今天去学校也迟了，不如就旷课一天。但一想如果老师去家访告诉他爹，会引来他爹一顿好打，爹在外软弱，在家里可凶狠了，喝了酒就不管你是天才还是庸才，打归打，还说："不打你上树呀？"

姚人杰还是快跑着去学校，听见了下课的铃声，心想才上了一节课呢。他快跑，也让衣裳在风中吹干。跑到学校，一摸身上，衣裳果然差不多干了。学校在半山的一个坳子里，是几年前新建的，红瓦白墙，十分漂亮。姚人杰热爱学校，恨不得天天住在这里，这里没有坟墓，也没有胡姨婆和她的两个黑洞洞的窗子，以及从门缝里跑出来的红狐狸。

到了教室门口，姚文杰鼓足勇气，推开门大声向老师喊："报告！"但老师没有回"请进"，他只好站在走廊里。好在太阳不错，走廊的风也不大，身上半干不干的衣裳正好晒晒太阳。往教室里一看，黑板旁边那个肥滋滋的胖崽正站在那里，被老师叫上来训话哩。

"哈，你的文章念给大家听听。"

"嗯嗯……老师，我不敢念……"

"范文，还不敢念？你不要这么谦虚，不要这么胆小嘛。你用狗吓唬同学时，你的胆子倒是蛮大的哟。"

"老师……"

"念，念作文，《我家的趣事》。"

胖崽被老师逼得快哭起来，只好捧上作文本，念道：

"我、我家的趣、趣事。我爹是一个人民的好村长，他常常背着手叼着烟到村里，爱到农民家里拉家常，到了村民家里就揭别人的锅盖，热情地说：你家的生活不错嘛，你要争取当十佳文明家庭啊！他在家里横草不拈，竖草不拿，脱了臭气熏天的皮鞋，再让我家黑狗鼎锅给他叼袜子，有一次，因为袜子太臭，把我家的狗熏昏了过去。他在家都是我和我妈伺候的，出门穿衣戴帽，都是我们在门口给他套上的。然后，叼着一支烟，哼几声楚剧才出门。他厚颜无耻地教育我说：你狗日的没啥本事，长大了就要争取当村长，这是你唯一的出路，否则你只能跟狗一样吃屎。我爹的教诲，我牢牢地记在心里，从此树立远大的志向，我就带着我的鼎锅平时虚心地向我爹学习，跟在我爹后头狐假虎威，为虎作伥。在村里，鼎锅咬死过几条狗，但是谁都不敢吭声，因为他们害怕我爹到他家里去'嘘寒问暖'。我这条狗我深深地爱着它，就像爱我的爹。有了狗，天下无贼，好事成双，夫妻双双把家还……"

"好了！"

同学们笑得前仰后合，拍桌子打板凳。胖崽站在那里，手捧着他的作文本，想死的心都有，念着念着，竟然打起盹来。

"欧阳电！"

老师一声断喝，把胖崽从梦中吓醒。

"你说你是死去的你双胞胎哥哥司徒雷呢，还是活着的司徒电？这个问题你究竟弄清楚了没有？"

"没、没有。"胖崽诺诺着，看着自己的座位。

老师这才让他回到座位上去。胖崽从讲台上下来，头重脚轻，差点摔了个跟头。

姚人杰正在看教室里的笑话，腿子上有东西在啃，低头一看，是鼎锅在咬他的裤腿。姚人杰吓了一大跳，就让开，捡起一块砖头，就朝这狗砸去，只听到山崩地裂的一声惨叫，立马惊惧了教室里的全体同学和老师。老师赶忙出来看，原来是胖崽的狗瘸着腿，因为疼痛，围着操场中心的旗杆绕圈飞跑。

晚上，村里的狗叫得很凶，是群狗叫。老辈子的人说，群狗叫要死老人，两只狗一起叫，要死年轻人。早上姚捡财起来就说："昨夜的狗得这么凶，还真不知道死什么人呢。"姚人杰的妈说："你清晨八早瞎说是干什么？养狗不叫，不白养了？别在早上放瘟屁。"

姚捡财说："狗嘛，紧咬人，慢咬神，不紧不慢咬生魂。咱也没说怕它，要死卵朝天，不死万万年。"

再看姚人杰的脸上，咋弄的？这么多的血藤子，昨晚回来晚，没细看。就问他昨天是怎么了，姚人杰就如实招了，说是胖嵬的狗欺负咱家的白蛋，跟胖嵬打了一架。

这回他爹破天荒地没骂他也没打他，站在门口抽了一袋烟，磕掉烟灰说了这么一句："狗那么贱，不是活该被剐吗？"

这一天，姚捡财决定跟表弟毛钢去嗡嗡谷。

嗡嗡谷可不是个地方，跟狗屎一样，是一片箭竹林，还有许多山芦苇。这里面特别多的石蛙，也有更多蓝色皮毛的肥壮竹鼠。因为听说竹鼠能治肝炎，连城里都来了许多人在这里下套子逮竹鼠。这竹鼠不是鼠，学名叫竹䶎，咬合力强，两排牙齿只要咬到你的手，必不松口，咬断为止。且只有三两口，你的手指就折断了。那些逮竹鼠的人不知道这个，可吃了不少苦头，无辜地丢失了许多人的指头。问题是，竹鼠本来在地下吃竹根的，因为人的疯狂捕杀，它们在这里就疯了，疯狂地报复人畜。因为这里植物好，什么石蛙和竹鼠都藏在里面。竹鼠本来是不吃荤的，可盯上了石蛙。为了报复人类，逮谁是谁，就开始报复石蛙，疯狂噬咬。石蛙过去与竹鼠相安无事的，完全弄不清楚如今竹鼠为什么跟它们过不去，又没有还手之力，但石蛙有一个特征，就是假死。竹鼠一来，它就翻出白花花的肚皮"死"了，并且从身体里发出一股浓郁的尸臭味，让竹鼠赶紧走开。因为每天都有数以千计的翻着肚皮的假死石蛙，整个嗡嗡谷臭气熏天，像死了几千只野兽一样，像个大尸场。野牲口也好，人也好，都不想进峡谷。

可是青麂在这里，青麂是神农架的一种灵兽，它们发现了臭味儿是石蛙假死带来的，把人熏跑了，于是就来到这里躲避。村里好几个人都说在嗡嗡谷出现了几只青麂，还有黄麂、明鬃羊。

两个人老远就闻到了峡谷里飘来的臭味，蹚进去一看，果然看到了许多假死的石蛙。见人来了，翻过身子就跑，跑得无影无踪。人比竹鼠更厉害，知道它们是假死，就会把它们捉去了。

这里虽然是峡谷，但在高处，听到嗡嗡的响声，那风就卷过来了。风跟千万条鞭子一样，铺天盖地地袭来，天昏地暗，人要吹倒了，箭竹倒向一边，发出折断的咔嚓咔嚓声，就像一群野兽骨折。下铁猫子的地点要有水，就在一个深坑边，那里有许多翻着肚皮的石蛙，臭不可闻。因为这个臭味儿，那些偶蹄类动物就藏身其间。

两只狗因为追过青麂，胸有成竹，静静地卧在主人的身边。这次下铁猫子没有下在石崖和树下，怕青麂自戕。至于青麂叫狗就不敢叫，这个原因姚捡财和毛钢他们都没弄清楚，也不必弄清楚，就算是卤水点豆腐，一物降一物吧。

他们下了两个铁猫子，不仅在周围撒了些盐巴，还各自屙了泡尿，青麂爱舔人尿，尿里有盐。今天姚捡财还把盐炒了，更香。因为风大，毛钢就掏出麂子哨来吹，吹麂子哨模仿小麂叫唤的声音。那声音是走失了的声音，显得很无助，很可怜，这时有母爱的青麂就会出现，以为是自己的小麂在求助呢。那些游荡的公麂听到小麂的声音也会来，来是咬小麂的。公麂虽是草食动物，但可以咬死尚在哺乳中的小麂，咬死了小麂子，就可催母麂尽快发情好交配。

两个人躲在灌丛中，固执地吹着麂子哨，可除了轰轰的大风，没有任何回声，也没有其他响动。两只狗冻得筛糠一样发抖，把头扎进草丛里，身上像被刺扎着一样。

云雾又上来了，怕要下雨，天很暗。这嗡嗡谷一年四季都有瘴气弥漫，秽物横行，人来过这里大多会打摆子。这里像是有巨大的妖怪在峡谷里跑来跑去，恶风一阵比一阵猛，没有尽头。那些动物在这里活着，不冻死就算是奇迹。姚捡财感觉自己身上的所有热量都被风搜刮走了，只剩下一个跳动的心脏。心脏也会最后停止，血脉凝滞，无法流动，就要成冰块了。手上额头的血管平时像大蚯蚓一样的，现在全都没了，细得像几条小皮筋，趴在皮里，血管都吓傻了。

毛钢打着呵欠，让姚捡财吹一会儿，他说："好想抽支烟。"可是不能抽烟，野牲口的鼻子都灵，几里外的烟也能闻得到，还有汗味儿。姚捡财对他说："先忍忍。"姚捡财鼓足劲儿吹了一会儿。他睁大眼睛看到小水潭那儿有团黑影，以为是石头，可在动。一个野牲口的头和两只尖角出现了，那就是青麂。虽叫青麂，却是黑黢黢的，两个小獠牙有亮光，头上的角插在冠毛两边，就像两个挂钩。这只公青麂的冠毛是靠两边长着的，中间像是被人修剪过，像是一个时髦的发式，白下巴，黑唇，两只夜视眼。它虽然支棱起

19

耳朵听着这里逼真的麂子哨，但身子却移动得很谨慎。凡事麂子都胆小，也许是它们祖先的亡魂告诉它们了，无论是人类还是野兽都会欺负它们，吃它们。可它们不知，人类并不爱这些青麂，它被称为"火闪肉"，就是一堆肉。火闪肉是说它们像火一样在林子里闪来闪去，而且肉生火，肉质粗，只有汤鲜，说它的汤是天下第一鲜也不为过。这只落寞的青麂，是来喝水舔盐，还是想来咬死小麂子，不得而知，反正它来了。两只狗不敢轻易造次，只等那青麂踩上铁猫子，一切 OK 了。

在这只青麂不远，还有一只黄麂，不过黄麂不是姚捡财他们想要的，他们只盯着青麂，只希望黄麂不要在青麂之前踏上铁猫子。

可这时，那只狗白蛋不知是不是在做噩梦，突然叫了一声，声音有些恐怖变形，听起来像是单位的锅炉爆炸。"轰"的一声，并且开始抽搐，估计梦中在受虐，在受那个叫鼎哥的狗欺负。这一声叫，棒打一般，姚捡财转过头一看，分明是一只凶狠的竹鼠，从箭竹根部的一个洞里爬出来，咬住了白蛋的爪子。这竹鼠见什么咬什么，因为狗没想离箭竹远一点，姚捡财他们还是找没鼠洞的地方蹲下的，否则沾上竹鼠你的脚就会没了。白蛋的前爪被咬得鲜血淋漓，嗷嗷大叫。姚捡财和毛钢忙去搲狗，狗因为疼痛就顾不了这么多了。青麂是多么灵巧的动物，反应神速，就奋力往安全的地方跑，可安全的地方早被姚捡财他们控制了，青麂几秒钟就踩到了沉重的铁猫子。那个挣扎的响声，就像是狂风吹折了大树。可是，这只是求生的剧烈反应，毫无作用，那铁猫子跟山一样重，就跟钉在石头里一样。只见这青麂猛力地拉、拽、扯、上下摇撼，想全力摆脱。它的内心已经彻底崩溃了，像疯了一样蹦跳，拉得叮哐直响。一只青麂的绝望就这样在山林中突然发生，但山林保持了沉默，忍看着一个动物陷入绝境，死亡就在眼前。但命运就是如此，不管是谁安排的，老天总是缄默不言。

青麂到手了，姚捡财他们几乎先于两只狗跑上前去，两只狗也有强劲的爆发力，箭一样冲上去下了头口，咬住了想逃跑的青麂，这很容易。

青麂突然倒下了，一动不动。

死了？

两个人走近去，去试这青麂的鼻息，摸摸它的心脏处，好好的，跳得还很猛烈，麂子的心脏的确不大，跟猛兽赛跑，缺乏耐力，有时会猝死，毛钢就碰到过。但这只青麂是假死，知道自己跑不了，或者干脆认命吧，随便你们处置吧。那好，两个人用尼龙绳子，将这只虽然活着却一动不动的青麂飞快地绑上了，这下你跑不了啦，然后再解开铁猫子。铁猫子掰开后，哪知这青麂又突然活了，一下子用身子蹦起来，竟然跳出几米高，又重重地落到地上。这让姚捡财他们惊吓得不行，这不是诈尸吗？好可怕，这青麂求生的欲望太强烈了。因为它的四肢被捆住，蹦跶是徒劳的，就是不想让姚捡财他们抬上。这一阵蹦跶挣扎，也是往死里去的，就是自杀，舍身成仁，非常决绝，并且发出跟狗一样号叫的嗷嗷声，只是喉咙细一些。

让它蹦跶，等它彻底疲软，服输。活捉这只青麂，花了太大的功夫，姚捡财就忙给表弟毛钢敬烟，开始商量着将它关在哪儿。青麂不可进村，只能将它栓到村外的哪个地方，还得让它先老实，免得再撞物自杀，这青麂性子真是太刚烈。

毛钢背着这只挣扎得气息奄奄的青麂，快到村里时，就将它依然绑着，放在自己田坂边的一个小洞子里藏起来，让它叫唤，给它放了些水和草，够它吃的。

"哇哇哇……"

青麂的怪叫声像小娃子哭，像老鸦子叫，像鬼喊，阴森恐怖，天都在颤抖，远山吓得退好远。村子里的狗哪还敢叫，除了两三只不谙世事的狗零星吠几下，那也是虚张声势，连鼎锅、白蛋都缩在狗窝里，生怕被鬼吃了。但有人说，青麂因为是山王爷的坐骑，这里天下众生不都该它们管吗？

村里的狗像死绝了，狗不叫，村庄就等于没了，不存在了。狗叫是村庄活着的见证，狗叫是一种夜里最深沉的乡愁。

第一夜，是三两只狗叫，稀稀拉拉，既不是一惊一乍的群叫，也不是要死不活的两只狗一起叫，这样，死什么人呢，既不死老人，也不死小娃，最好最好。这次青麂到，大伙儿多拜拜神农老祖，也就没事，时代不同了，老辈子人说的是屁话，吓唬大家的，至少如今青天白日，事情会变化。

第二天早晨，姚捡财弯了路悄悄去看这只青麂。进得洞去，看到地上竟淌着一摊血，但青麂是活的。难道有什么野兽进来了？再仔细一瞧，竟然看到这青麂背脊上、肚皮上，全是伤，两只角在洞里的石头上磨秃了。原来这青麂不服绑，在地上乱摔乱磨，想是挣脱四肢上的绳子，完全是不顾一切，粉身碎骨在所不惜。姚捡财不禁心疼起这只青麂，哪有这样刚烈的！老虎豹子也比不上它。姚捡财心一软，决定将它松绑，于是就对青麂说："我给你把绳子解开，你不要发脾气了。"就过去，想摸摸它的头让它安静下来。可青麂不是狗，是野物，是山野里长大的，再怎么吃素，血性也在那里。他一靠近，它就拿头来抵他，还伸出小獠牙。为什么这长蹄子的麂子有獠牙？这不是肉食动物与草食动物杂交的吗？这青麂是个怪种，怪不得这副烈性。山野里的一个癞蛤蟆也可以把人毒死，一只马蜂也可以把人蜇死，一朵蘑菇、一滴见血封喉树的汁也能要你的命，山野里全是狠家伙，何况这么大一只青麂呢？想到此，姚捡财好想将这只可怜的青麂放了，让它自由去。但他不会这么做，儿子的尿床得治，儿子那么聪明，都说是有龙来到降龙坪，不能让他就这样。有时看儿子，是不是有云龙之相，也问过老人，龙有尿臊味儿吗？但老人说龙只有一股难闻的腥气，比鱼腥一万倍。腥气跟尿臊气是不是一种气味呢？只是有时突然想，不当真，儿子就是个尿床的小娃，山里娃子，哪来的真龙天子下凡，以后能考上个宜昌的大学，就是祖坟冒青烟了。

姚捡财越想越对不起这青麂，自己不过是想让村长的黑狗闭嘴，就绕了这么大个弯子，让一只活得好好的青麂弄成这样。逮了黑狗就赶紧将它放了，麂子肉因是火闪肉，怪不好吃，是想让它帮咱的，不能卸磨杀驴。甚至，看到这青麂，连打黑狗的决心都软了，怕不是要出什么事，而且青麂叫三天不是说要死人吗？这事儿弄的，想着后怕。好在姚捡财有刀子，就把手伸得远远的，去割绳子。

那青麂通人性，后来觉得来人不是杀它的，是给自己松绑的，就平静了下来，没挣扎踢蹬了。姚捡财先割前蹄的，再割后蹄的，那青麂因为没吃没喝，劲儿也没了，四肢自由了，还是没敢站起来，躺在那儿，相当虚弱。姚捡财慢慢退出石洞，躲在一边，悄悄观察。

好，这青麂见人走了，开始试着站起来，但捆久了，脚不得力。先爬起来，跪着，再站起，它用了很大的劲儿。可被铁猫子夹过的前蹄，已经废了，要长好得一两个月。也就是说，要放了它得养它一两个月，顿觉这青麂凶多吉少，可怜之至。唉，谁叫你是只青麂，你这么狠的，你一叫，狗就不敢叫，你究竟是何方神圣呀！

青麂因为闻到了盐的气味，就在脸盆边用唇触了触，但嘴都没张，还拿眼睛瞄着洞外，知道那个人躲在暗处看着它。青麂终是没有喝水，也不吃丢在地上的草。

这咋办？你还得叫啊，叫的声音越大越好。苍蝇阵阵，都赶到这里来叮青麂，喝它的血，啃它的肉。青麂摆着头，用尾巴挥打苍蝇。这山神爷的坐骑真是虎落平阳，龙入浅滩。但你不吃不喝得叫啊，你不叫，三天以后我们的所有努力都白费了。刚才摸了它心脏，心跳微弱，张嘴喘气，伤口遍体，咋办呀？就只有死路一条，唉！

毛钢一到表哥家里，就得取腊肉喝酒，过去本来就爱蹭酒，现在因为帮忙，更是巴不得天天在姚捡财家搭伙，酒肉招待。毛钢在全村一表人才，在双眉中间一颗痣，男观音的模样，找的老婆也是全村最漂亮的，只因读书少，一事无成。有人就说毛钢生错了地方，生在北京武汉一定是个明星，就没必要到处蹭吃蹭喝，把人搞贱了。但他的确仪表堂堂，一脸正气。姚捡财也差不多，南人北相，看起来蓄过小胡子后，也像个明星，阳刚伟岸，长脸上无一尖凸之处，刀削一般，英俊正派，只因老婆厉害管住了他，致一生胆小怕事。

两人吃着酒，就着炖锅中的腊肉与青菜，还有鸡油菌、刷把菌、硫黄菌，全是姚捡财老婆上山捡的，两双筷子将那炖烂了的食物翻来倒去，酒一杯一杯，两个人已经喝飘了。毛钢就拉过侄子姚人杰说："人杰，你这小子是咋学会什么史丰收速算法的？什么是速算法？"

姚人杰虽然尿臊味儿刺鼻，但眉清目秀，跟他爹一个模子造出来的。姚人杰伸出双手，也让毛钢伸出双手，告诉他什么叫内凑，什么叫外凑，什么叫补数，什么叫反正。说："叔，这五个手指只能表示零—九，只能表示个位数，十的倍数只能由脑子记。我告诉你直加，很简单，加数不大于被加数的虚指时，直接改变虚指的姿势，屈的改为伸的，伸的改为屈的……六加三等于几？"

"这老子不知道！九啊！"

"好，这样六有四个虚指，由屈着四个指表示，加数四大于三，只要把这三个指伸开就得九的手势，看清楚没有？"直加就是加看虚指，移加直加；反手加就是加数小于五而虚指不够用时，把加数改为五，减去内凑……"

毛钢眼花缭乱，听得云山雾罩，吐着重重的酒气说："算了算了，你莫把老子弄成精神错乱了，你叔老子小学读了七年还是没毕业，天天打鸟，你狗日的太聪明，以后发财了要给老子提酒来喝的呀，最好是稻花香原浆酒……"

毛钢就对姚捡财小声说："今天青麂越叫越弱，我去看看，表哥你在家喝茶醒酒。"

真的，青麂的叫声弱了，就像一个埋在地里的死娃娃在棺材里叫，闷声闷气，有一下没一下。青麂不叫，狗就叫了，以为青麂走了，狗们又神气地从门缝里钻出来，在屋场上对着大山对着夜晚一阵乱吼，刷存在感。

毛钢喝多了酒，心里像是有火烧，像用一个烤炉，将他的心肝当红薯烤。心肝快烤熟了，必须用山里的凉风灭火，就带了一把盐，也带了一壶泉水。一定要让这泉水能洗清青麂的喉咙，让它大叫，嗥住那些下贱的狗。

毛钢一进山洞，就遭到了一刀猛刺，是哪个有这狗胆？毛钢当即疼得就闭气了。再拧开电筒，我的娘呀，这青麂明明四肢捆绑着的，咋就站起来了，而且候在洞口，看谁进来，就给他一击，正好让毛刚撞上了。这青麂比人还精明，知道要报复恶人，为自己的被夹被擒讨个说法，还以牙眼。

毛钢手臂登时鲜血如注，他捂着手膀就往村里跑。跑到表哥姚捡财家，几乎是破门而入，说："妖怪，妖怪，我碰上妖怪啦！"

已经睡下的姚捡财问是啥事，毛钢说："快给我止血，我的手臂被青麂的角顶穿了！青麂不知是被哪个松了绑，老子背时倒灶哪知道……"

姚捡财赶忙铲锅底烟灰给他止血，并且说是他割了青麂的绳子。这下毛钢可毛了，指着姚捡财的鼻子说："你是想害我不是？我哪点得罪了你？我是在帮你！"

姚捡财说："不是不是，我忘了给你讲，我以为你回去睡去了，哪知……"

"给我端一碗酒来止疼。"毛钢说。

姚捡财给毛钢端来满满一碗苞谷酒，毛钢一口气喝下了，过了一会儿，说："还是疼，不行，你再给我倒一碗。"

姚捡财又给他倒了一碗，偷偷加了些水，怕他喝死。

因为毛钢走了夜路，身上又有血腥，村里的狗一起狂吠。特别是他们两个人连夜去找村医，村里的狗叫得更凶。路上，疼得不行的毛钢说："狗这么叫，该不会死的是我吧？可我不是老人……"

姚捡财说："狗叫你也当真？那是瞎说的，你还是文化水平低，天天唠叨这些，你的心态就是个老人，不读书人容易变老……"

在漆树坳，找到了马医生，马医生本来近视眼，戴的眼镜是地摊货，简直是在盲人摸象，看了半天说："毛钢你手臂上有个洞咧，咋的了？"毛钢哪敢说是青麃顶的，只说是石头戳的。马医生说："你肯定是跟人打架被刺的，你看你这嘴里的酒气。"

毛钢说："求马医生别问了，快给我治疗。"

马医生这才摸摸索索地找碘酒，找纱布，找止血药。为翻止血药，翻箱倒柜弄了半天，这过程中还追杀了一只蟑螂，又耽误了几分钟。最后缝了三针，包扎好，血也止住了。

回去的路上，毛钢酒也醒了，就后悔说："不怪你，表哥，青麃这东西不能轻易惹它，它本是山神爷的坐骑，不是它发怒，是山神爷惩罚的咱，啥都别说了。"

姚捡财说："你说多了我只能信，人杰说书上说的，谎言重复一千遍就是真理。宁可信其有，不可信其无。毛钢，我们怎么办？"

毛钢说："你打退堂鼓我还咋办？杀了这狗日的，一个分半边肉呗。"

正说着，一坨鸟屎落到毛钢的头上，毛钢一摸，一看，是白鸟屎，正好找到由头："你看啦，白鸟屎落头上，要戴孝的。"

姚捡财大声说："放屁放屁，哪个鸟拉的屎不是白的？"

"你说咋办吧，捡财哥，听你的。"

"我的意思是三天后，将它放了，免得再出事……"

"所以你阳痿，前列腺炎。不是我说你，表哥你这一辈子过的是人的日子吗？前怕狼后怕虎。"

"我不是这个意思，你伤了，我怕司徒村长发现了，咱们可要倒霉，常言说，

25

祸不单行，福无双至，你不也是怕得罪山神吗？……"

"我怕山神，我怕村长吗？我怕他个鸡巴！想当年，你家在建房时，在后面挖了不就一米吗，挖的全是石头，是我帮你挖的，手上全是血泡，狗日的司徒完全可以睁只眼闭只眼，可来说你乱扩宅基地。还不是我与他们交锋，老子农民一个，怕个卵呀！我不是表功，我是说，你软，有的人欺软怕硬，正好成了人家的下饭菜；你硬一点，豁出去，他就软了，赤脚不怕穿鞋的，你怕啥呀，怕丢了农民籍？你越怕鬼鬼越缠着你……"

姚捡财说："算了，不说过去的事了，蚀财免灾。要说恨，他的人我杀都杀得下去；要说不恨，我一条狗杀下去都是罪孽。要不是人杰的事，我不会请你。"

毛钢说："这就对了，今晚我去伺候青麂，让它叫还不简单……"

姚捡财说："毛钢，等你养好伤再去。"

毛钢边走边说："伤算个屁呀，等你，等得黄花菜都凉了……"

还是姚捡财惦记着那青麂，他劝走了毛钢，一个人就去了那洞里。因为把绳索弄得很短，它撞不了石壁，但捆它的绳子处，毛都磨光了，血肉模糊，屎尿裹身，它没有了那份神秘和神性，就像一个疯婆子，跟杨老哨的女人没有两样。这青麂还是没吃没喝，但一双仇恨的、无助的、阴郁的眼睛看着他。青麂本是温顺动物，吃草的动物眼神都柔顺，清心寡欲，只有吃肉的野兽才眼睛凶狠，寒光毕露。唉，青麂呀青麂，你总得像人一样，经过挣扎认命算了吧，咱从来遇上事都是认命来说服自己，不认命又咋样，你犟得过命吗？

"那你就等着死吧。"姚捡财心里说，给他新鲜的草，放在它嘴边，不动；端起毛钢给它的泉水，不动。这就是饿死的节奏，这就是宁死不屈，这就是知耻负气，有的人还没有野牲口这品格，难怪你是山神爷的坐骑的！姚捡财对这只青麂生了敬意，出洞时，还向它敬了个礼，可怜的青麂，你得叫呀！又回来砸了它一石头，砸到肚子，它叫唤了一声。

姚捡财口袋里揣上了两个肉包子，里面放了马钱子，准备毒狗。毒狗得把死狗弄走，不让人看到，所以只有晚上。这就是为什么要老大不易地弄一只青麂来唬狗不让狗叫的原因。

他到岩上瞅了一圈，司徒家的狗窝，在屋场南头，下面是个大陡坎，放着些未锯的树筒，有许多醉鱼草和商陆，花序张牙舞爪，显得很凌乱。

那狗窝比别人的好，红砖红瓦，结实防风，连狗食盆都是不锈钢的，现在空着。低头一看，狗窝也是空的，难怪狗没叫！农民过日子不算星期几，没有这个概念，想了想，儿子今天是上学的，应该是周四或者周五，那就是胖崽把狗带走了，也肯定拴在杨老哨的家门口。学校是不准带狗的，原因是过去有狗咬过一娃子，得了狂犬病死了，校长撤职，学校赔了五万。

姚捡财又去了杨老哨那儿，心想，毒狗的事让杨老哨和他的疯女人发现就完了，除非他们两个都不在。走了一路想了许多怎么支走杨老哨，可到了杨老哨那儿，屋场安静，哪有狗的影子？于是就回家了再计议。

五月，高寒山区一到阴天或者下雨，还会十分寒冷，屋里的火塘还得让其燃着，在火塘上烤火，在火塘上烧茶，同时还在火塘上吊个鼎锅煮饭、煮菜。姚捡财向火塘里投了些柴，却见一根老朽的木柴发出哗哗的嚣叫声，那嚣叫声非常大，同时有一股金黄色的火焰，直朝他射过来，就像一条毒蛇朝他喷吐毒液，差一点把他的脸都烧着了。姚捡财避开火焰，这是咋回事呢？像是柴里面躲着个小妖怪，烧疼了在挣扎着出来，朝他喷射报复。这些柴都是从山里捡来的，有的老树里住着精怪，这不稀奇，但这两天惴惴不安，遇上这事还真有点怵。精怪住朽木里，你烧它，它使些阴术，你就难办了。只好再加几块大木，狠狠烧，把这精怪烧成灰。

晚上，青麂的叫声如期而至。它也许吃东西了吧，也许它哇哇哇的叫声，是想引来它的同伴救它，它一叫，村里的狗就全蔫了，全"死"了。姚捡财以为是嗡嗡谷里石蛙的叫声被风打到这里来了，但仔细一听，分明是他盼望的青麂的叫声。虽然这叫声有点惨，但毕竟是在叫。他心里一阵惊喜，好了，这青麂还是服了，那样就好。

姚捡财出门去，撞上了一个人影，走近才看到是杨老哨，从山坡上下来，戴着一顶帽子，手拿一把大砍刀，还背着一截新砍的木筒。是一根很稀少的小叶黄杨，剥了皮，非常光滑，闪着白晃晃的光，像是一根象牙。

"捡财，我这是做神龛去的，你可不要告诉村长哦，我家里缺个神龛。"

"你那老神龛呢？"

"被那个疯婆子砸啦，"他背着木头，转过身来又说，"哎，捡财，这村里是不是有青麂在叫啊？"

"你都听见啦？"

"是啊，青麂叫得凶，村里必死人，要赶快打死呀。你要你表弟毛钢去打嘛！"

"在哪儿呢？我也不知道……"姚捡财含含混混地说着，就快步走了。

他还是要去洞里看看。过了毛钢的苞谷地，苞谷都齐膝高了，一场透雨，苞谷苗就噌噌地往上蹿，叶子就展开了，绿得跟翡翠似的，煞是好看。

旁边还有一些鲜活的溪水，发出哗哗的声音。但那青麂的声音比溪水大，你听不清楚是从哪儿发出的，就在四山的山壁上来回激荡，被山撞得嗡嗡直响，在空中盘旋。

姚捡财还没进洞，就听见了异样的响动。往上面爬进去一看，表弟毛钢原来在那里发飙，像一个打手，用那只好手挥舞着棍子在抽打那青麂。毛钢这人心硬，打它做什么，难怪那叫声又大又瘆人的，原来是这样。

姚捡财不敢拦，毛钢喝过了酒。人喝过酒之后六亲不认，没有同情心，心就跟蛇蝎一样。家里施暴的男人，十个就有十一个是喝酒了发酒疯，醒过来又后悔。

一个人突然出现，把毛钢吓了一大跳，几乎像麂子一样跳起来八丈高，吓得双脚抽筋，头发一根根竖起来像钢针。这青麂被打得两边乱跑乱踢，还瘸着一只腿。姚捡财想，青麂真是完了，落到人手里就跟落到阎王爷手里一样，放到山里去也不行。为了儿子，为了治儿子的尿床，就狠心断了心疼青麂的念头，就给毛钢递烟，想让他停下来。

毛钢仍在惊惶中，心跳得像打丧鼓，以为是什么野牲口来吃青麂的，那就要连他毛钢一起吃了，还只是消夜的配菜，或者以为是森林警察发现了来查这个，会坏大事，就说："捡财哥，你可把我的苦胆都吓破了。"

姚捡财说："凡麂子是没有胆的，只有阴眼，晚上就用阴眼来看东西，所以是夜视眼……"

两人抽烟说着话，那青麂没了挨打，躲在石洞边一阵阵发抖，就像在冰天雪地一样，身上到处是伤。丢掉烟头，毛钢又捡起碗口粗的棍子，又准备抽它。青麂又叫了，还没抽就叫，是怕了，豺狼虎豹若吃我，三把两下就吃了，可人这样折磨它，人真是恶魔呀，把我一刀捅了不完事了吗？俺青麂又没得罪你们，这样凌迟俺是咋回事呀？青麂欲哭无泪，只有哀哀叫唤。这下好了，天下的狗就噤声了。棍子狠狠地抽，这青麂就快快地跳，后腿也大张开，好像站不稳似的。就见一星红光在后蹄上一闪，又消失了。这时姚捡财看得清清楚楚，就是红通通的东西哩。

"毛钢，它后蹄子上有啥？"姚捡财喊。

"啥？啥呢？"毛钢一脸懵懂。

"它蹄子上有个东西亮锃锃的。"

"这就有鬼了。"毛钢完全不相信，等他蹲下去把青麂的蹄子抬起来，什么东西也没有，就一些屎尿，蹄子已经磨烂了。

姚捡财不相信自己眼睛："把它扳倒看看。"

怎么搬倒青麂是个大难题，这家伙少说也有百十来斤，就算它没死，因为生性狂暴阴沉，还动怒，不屈服——这阴暗林子里东躲西藏的野牲口，都性情古怪。又是豺狼虎豹所有猛兽追赶的对象，活下来的都是精怪，心计不比人差。

毛钢这时趁青麂不注意，照它的后腿就是一棍，这下狠了，青麂没防备，一下子就倒下了。毛钢用那只好膀子死死压着青麂，喊姚捡财赶快来看。

姚捡财这名字取得好，活该捡财，他去看，发现它蹄子中间卡着一个东西，就去掰，是颗玉石样的东西，晶莹剔透，红闪闪的。他喜滋滋地说："这、这……"

"玉，宝石呀！"毛钢看了，跳起来，这真是意外之财，这青麂咋有这么个好东西在脚上？

"如果是宝石咱们就发了，多少钱，咱们一人一半就是了。"

"行，等这事完了，咱们去宜昌卖看看。"

"那就不打它了，这青麂给咱们带来财喜。"姚捡财说。他再感激地看那只青麂，已遍体鳞伤，可怜兮兮。

"就算没把狗打了，咱们有这个宝贝也不算亏啊。"毛钢说。

"狗不叫了，我们去把狗弄了。"

包好那颗红玉，毛钢硬要他自己拿着，说这事要保密，咱这个东西被发现了，不仅没收，还得罚款。姚捡财逮狗要紧，说："你放着好了，我相信你。"

毛钢去家里放玉石，还得煮腊肉包马钱子。他们煮了几块大肉，一块裹上马钱子，用一根细线绑好，剩下的肉两个人就喝了点酒，盼着夜深一点。

姚捡财不知为何每到有事时，会浑身发抖，上下牙齿发出机关枪一样的嗒嗒声，嘴里像跑马。毛钢说："表哥，你这是咋的啦，在火塘边上还冷？"姚捡财说："寒气病。""那你就多喝点。"毛钢给姚捡财用大杯子倒的，姚捡财也恨自己，就赌气一样地灌，脸却灌得越来越白，像个吊死鬼，嘴唇是乌黑的，像吃了马桑果。毛钢说："你顶一床被子去。"姚捡财就摆手。

毛钢说："可以走了。"

姚捡财说："咱们再等等，要到十一点过后，等他们都睡了咱们再去，免得让人看见了。"

村里死寂一片，哪儿还有声音！到了晚上，这里只有山冈和森林漫上来，把村庄淹没了，所有的嗓子都被黑夜填得满满的，非常憋气，只好钻进被窝。今天，这里总算还有一只青麂在叫，它的声音荡漾在群山间，像乌云一样沉重。青麂是山里黑夜的控制者，叫声寒凉，像钢刺一样，在夜空里发亮。它在泣诉，在嘶吼，它有满腹的悲愤。可对于那些狗们，它就是恫吓，是铁钳，是一双掐着它们脖子的神秘大手。

"青麂又进村了。"有人在被窝里、在火塘边这样说。

夜晚给羊圈添草料的人，看到自己的狗居然在狗窝里蜷着，蒙住眼睛，有一阵没一阵地抽搐，青麂一叫，它就抽搐，这事真他娘的怪。添料人轻蔑地看了看自己的狗，就进屋里睡觉去了。门要关好，没狗叫就有可能盗贼和野兽都来了。乡村是用狗守住的，狗的叫声就是防盗门和安全栅。

两条黑影从龙降坪东边的斜坡往司徒村长家走。司徒村长的家在柏岩上，姚捡财和毛钢两个人轻车熟路。他们不紧不慢地过了水沟，一前一后，隔四五步远，一旦前面的碰上人，后面的好躲，这是姚捡财的主意。姚捡财没有干过偷鸡摸狗的坏事，活得心安理得，堂堂正正。今天喝酒越喝越冷，用双手卡住嘴巴，里面的牙齿还在蓬勃磕打——做贼心虚。姚捡财心里只能这样安慰自己：就是一次赶仗围猎，那狗太凶，不也是个野物嘛，人总得说服自己。毛钢在前，姚捡财胆小，就随后了。两个人，一个可以放风，另外毒到狗，可以换肩背一背，村长那只狗太肥大，少说也有百十斤。

村庄真的沉睡了，山里所有的鸟兽人畜都睡得很深。深夜寒冷，虽然是初夏，但山风吹来，寒意犹在，加上心虚，姚捡财是周身寒彻。这深山老林，到了夜晚，生无可恋，只好早睡。再说山路坎坷，不适合夜晚走动，有些爱闹爱玩的，半夜回家，最后不是摔下悬崖，就是脚踝骨折；不是遇上老熊啃了脸皮，就是遇上鬣羚踢断肋骨。

过了一个茶园，就近了村长的家，他屋后的那两棵崖柏虬枝怪伸，像是勾魂鬼站在岩上。那凶恶的狗鼎锅不声不响，他们二人停下脚步，伏在地上。毛钢摸了块小石头，朝那个狗窝扔去，等回音。没有，太好了。再扔一块，还是没有声响，石头就像砸在坟上一样。为了保险，毛钢又捡了块大点的石头，让动静大些。"叭！"一下砸在狗食盆上，那响声就像砸中了一面锣，就像雷管爆炸，在这样的黑夜就跟雷管爆炸没什么两样，太响太脆，要把一屋子人惊醒似的。但好在现在有风，风一吹也有响声，特别是岩上的柏树，风一吹就吼，呜呜乱摆，就像疯子。他们两个人赶快紧紧地趴在地上，恨不得是两片树叶这么薄。看村长家里有没有动静。好，没有。仔细听，他家里有两个鼾声，一老一嫩，比着喉咙。老的是司徒村长，嫩的是胖崽司徒电。

夜空中，有杜鹃鸟划过的叫声："豌豆八果，爹爹烧火……"还有那垂死挣扎的青麂的哀叫，从村外传来的。悲惨的青麂叫声就是冲着这个村庄来的，笔直到达村长家的屋场。你家的狗再胆大还敢吠半声看？毛钢把塑料纸拿出来，打开里面包好了马钱子的肉。腊肉是熏过的，煮熟后香喷喷的，对乡下的狗来说，就跟人吃鱼翅燕窝没有两样。只要它吃，只要吃进去，半小时内就会倒地，背上就走。

毛刚已经把那毒肉端在了手上，离得近些，再近一些，最好是喂到狗的嘴边。但狗不叫不代表它不会咬人，还是远离一点吧，狗日的狗！狗毕竟是狗！

毛钢把开路的开山斧拿着，神农架叫开山子。狗若咬他，对不起，就是一斧头。这斧头类似镰刀，但比镰刀厚，比斧头薄，还带着弯钩，一刀下去，拉一下，锋利无比，一条狗就会拉成两条狗，从中齐齐地划开。你又能怎样？反正你不敢叫，你就乖乖地送死吧。

毛刚趴在岩坎下，这里可进可退，狗不一定会咬到他，狗不敢跳下岩坎。狗有自己显威的地盘，这坡下一定不属于它。他看准，扔出了那肉块，还挺沉的，正好，准确地丢在了狗食盆边。正对着狗窝，这美妙的气味一下子就会飘到狗鼻子里。毛钢候在那里，可狗没有出来，狗压根儿就没见着，如果他毛钢在这儿出现，那鼎锅一定会出来的，狗很敏感，因为，有一次毛钢下地时碰见鼎锅，悄悄打了它一镢头，人记恨，狗更记恨。就算它不叫，不在乎这坨腊肉，有肉也会露个脸嘛。这就怪了，这狗去哪儿了？关家里了？可关在家里，听到响动也会叫啊。对对，它不敢叫，因为青麂在叫。

毛钢在暗中摇头，就用手势让姚捡财过来。姚捡财以为狗都倒了哩，就过来，毛钢告诉他，狗没见着。这可让姚捡财着急了："我去看看。"毛钢说："你不要去，我去。"

毛钢爬上岩，猴着腰慢慢靠近狗窝，他摸到了那块肉，捡起来，照狗门丢进去。

还是没有响动。狗这样坐怀不乱吗？这狗除非是皇帝的狗，天天吃人参燕窝。可虽然是村长的狗，但也看见它吃过小娃子的屎。狗改不了吃屎，就是皇帝的狗，肯定也吃屎，因为狗认为屎很香吧，反正他看不起狗，不养狗，时常，有钱了就去镇上馆子里撮一顿狗肉补补身子。

毛钢再悄声过去捡起那块冷冰冰的肉，直接丢进狗窝。

窝里空空如也。

现在，两个人站在黑黢黢的屋场上，借着微弱的天光看四周。先到猪圈里看，猪也不敢叫，也在酣睡。再到羊圈，羊倒是来回在圈里跑，也没叫。这青麂的叫声咋这么大杀气呢？这真是古怪呀。司徒家的大门紧闭，里面依然是不间断的死猪般的鼾声。毛钢这时候胆子大了，走到大门口，掏出裆里的家伙，就对着大门撒了一泡尿。那尿盛大沸腾，姚捡财闻到了一股热乎乎的尿骚味。别人一尿，自己的尿意也来了，也弄出家伙，找盛尿的地方。好，看到了屋檐下晒在外头的一钵辣椒酱，他闻到了新鲜的辣椒酱味，晚上用斗笠盖着的，揭开，撅起屁股踮着脚，朝辣椒酱盆里尿去，很惬意，然后掸一掸，心满意足地拢裤带。姚捡财拢着裤子的时候，无意间一抬头，往上一看，那墙柱子边，咋有一个红圈在那个亮着，像鬼火，一圈红点。这是个啥东西啊？像是嗡嗡谷里野兽的眼睛，但这是只独眼。难道是卫星电视锅上的设备？但咱们家可没有这个呀，村长的卫星电视设备高级些，接收电视信号好些？就招手来让毛钢看，毛钢看着，也不知道那是啥玩意儿。

"这个我也不认识啊！反正不是宝石。"

那东西蹊跷，分明幽幽闪闪像只眼睛瞧着他们。

"咱们快走。"

姚捡财的牙磕又叮叮当当敲起来，的确夜已深了，寒气降了，此处不可久留。狗没打着，惊醒司徒村长出来，可就要出大纰漏。

两个人就匆匆地走了。

回到家里已是半夜，娃子的爷爷和娃子姚人杰都还没睡。咋的？一问，姚人杰又梦中"下汉口"了，老少两个正在翻被子，找东西垫在床上。姚捡财就去问儿子："你今天上学看到胖崽家的狗了吗？"

"他说他家的狗不见了，鬼晓得，他没到学校去，找狗去了……"

姚捡财一听，今晚上白忙活了，便说："他狗不见了，你怎么不告诉我呀？"

姚人杰说："又不是我们家的狗，我告诉你干什么？他家的狗不见了，活该！"

也是的，司徒父子这么喜欢那条狗，不见了不是活该吗？活该活该！但问题是，你这小子的病得要这条狗治呀。

"爹，不是你和毛钢叔叔打了吧？"

姚捡财火了："我哪儿打了？你这吃里爬外的家伙！"

一顿吼，儿子就不作声了。

没有狗叫，村里。

没有狗叫的村子，是个死村，鸡鸣狗吠才是热闹的村庄。

早上还没起床，就听见上学的儿子唤狗的声音。家里的狗也没叫，一直没叫，早上也没叫。往常，鸡放出笼，猫出来晒太阳，白蛋都要跟这些鸡啊猫啊打闹一阵子，叫一会儿。戏鸡，撩猫。狗却没叫，但听得见狗在喉咙里发出难受的声音，像不敢哭的小学生，咕噜咕噜。

只有青麂在叫，显然微弱了。姚人杰踏着早上的阳光，带着狗去学校。但那狗也有点害怕的样子，左顾右盼，畏畏缩缩，好像后面有野兽追它似的。在杨老哨家门口的时候，走过来了胖崽，一脸乌青，垂头丧气，两只腿岔得很开，拖在地上，艰难跋涉，就像患了睾丸囊肿一样。一个人因为没有了狗，就没有了精气神，就跟泄气的皮球一样，嘴角都耷拉下来了，像死了亲娘老子。

"司徒雷！"故意喊他死去哥哥的名字。

"我不是司徒雷，我是司徒电。"

"你就是司徒雷，司徒电是带着狗上学的。"

"我家的狗晓得被哪个黑心烂肝的人搞走了，我怀疑是你。"

姚人杰说："你家的狗不值得我搞，你家的狗多狠，哪个敢搞？你家的狗我看是司徒电带走了，你是死鬼司徒雷，你的脸就是张死人脸。"

胖崽大声说："你才是死人，我只有吃'死人指'的时候才想到我哥司徒雷，我哥最喜欢吃'死人指'。"

"死人指"，野香蕉，黑黢黢的，比香蕉小，细，像死人的指头。姚人杰故意过去掰他的右手："这不是死人指是什么？"

"啊！"掰疼了，胖崽大叫。姚人杰想到平时胖崽狗仗人势欺负他，就掰着不放。这时白蛋也嗅过去，围着胖崽的裤腿呜呜叫，淌着臭涎，还用身子蹭他。胖崽害怕得不行，两只脚挪过来，跳过去，没有了鼎锅的嚣张，白蛋就称雄了，扬眉吐气了。

胖崽额头上冒着滚滚大汗，他央求姚人杰说："姚人杰，你把狗拦住好不好？它咬了我，我要打狂犬疫苗，那你可得赔五百块钱呢。"

一听说五百块，姚人杰赶快拦狗，抓着狗头。这时胖崽突然跑了，沉重的身子像石头一样滚下山坡，狗想追，姚人杰不让。

"狗放这里。"杨老哨就喊姚人杰。

当然放这里。姚人杰就把狗头抱住，让杨老哨来拴绳。狗还是拴在歪脖子树上。拴好狗，像每天一样，姚人杰拿起水桶去帮杨老哨挑水，再去上学。

他挑上水桶出来，问杨老哨："杨爹，这村里的狗咋都不叫了呢？"

杨老哨想了想，说："是不是青麓来了？我这两夜都听到青麓叫了，狗就不叫，狗跟青麓是一对生死冤家……"

"胖崽的狗是被青麓吃了吗？"

"……哈，你这娃子，青麓是不吃狗的，青麓吃草，不过也难说。他家那狗跑哪儿去了谁知道，也许是被熊叼走了……"

"我们家白蛋还好啊。"

"你家白蛋又没作孽，鼎锅作了不少孽，迟早有这么一天的。"

姚人杰跟杨老哨说话时，他的疯女人扶着墙过来了，直接往羊圈旁的厕所里跑，还一路放着嘹亮的响屁，"啪啪啪啪"，像放鞭炮。姚人杰没在意，等他挑了第二担水回来，又看到疯女人往茅厕里跑。杨老哨不好意思，傻笑着说："狗日的拉稀，吃多了，难受。"

"吃啥哩？"

"你揩揩汗，没啥，没啥，咱们这号人家，几天吃不上一顿荤腥……"

姚人杰放学回来时，他的狗也不见了。老远就看到杨老哨屋场上没了狗，他飞快地跑去，看到那树上还有一截绳子，仔细的姚人杰，一看是割断的，不是扯断的毛口，他就猛喊："白蛋！白蛋！"

没有狗应。他冲进杨老哨的屋子大喊："杨爹！我的狗呢？"

那疯女人从黑洞洞的房里出来，像鬼似的，朝他龇着牙笑。也许没看见他，朝空气笑。

"我的狗，我的白蛋，你们看见我的狗了吗？"

那疯女人神经质地点着头，脸上蜡黄蜡黄，眼睛都凹陷进去了，就是个骷髅，手扶着墙歪歪欲倒。

"我的狗！"

这时听到屋外有响动，是杨老哨回来了，杨老哨丢下镢头，还把背篓放了一边下来，背篓是空的。

"狗不见了吗？"

"是啊，我的狗呢？"

"我出坡干活儿去了，这绳子都挣断了……"杨老哨说。

"绳子不是挣断的，是割断的。"姚人杰肯定地说。

姚人杰想到狗的种种好处和感情，就控制不住自己，跺着脚呜呜地大哭起来。杨老哨在那儿像个痴呆，手上拿着空背篓，看这个少年转着圈，好像很可怜的样子。

那个疯女人又去了茅厕，浑身发臭。姚人杰想狗是不是回去了，也许真的是挣脱回家了呢。

于是就疯狂地往家里跑去，一路上边跑边喊："白蛋！白蛋！"到了家又喊，喉咙都嘶哑了。

没有狗了，只有鸡和猫，再没有两颗白蛋子的狗了，他的最好的伙伴。

姚人杰拿着一块石头，也不知道想干什么，就站在屋檐下，哭都不会了，就这么站着。这娃子遇到事就像个树桩这样站着，性格就是如此。

爷爷过来安慰他说，狗不见了，再抱个狗娃回来。也说不定在山沟里逮竹鼠去了，这狗爱在林子里逛，先找找再说。

他爹姚捡财放羊回来，说是村里来通知了，马上开会，是关于种地补贴的事，他得马上去，看咱们家能补贴多少钱。问到狗，说狗不见了，爹的说法跟爷爷一样，再找人家捉一只回来养就是了。他们这些大人的轻描淡写，仿佛这么大一条狗，还不如一只鸡被黄鼠狼拖走。

姚捡财去到村委会，看到了表弟毛钢。村里因为住得散，加上快到了做晚饭的时候，慢吞吞来了二三十个人。村委会门口放了一台电脑，这时村里的治保主任把电脑打开，电脑屏幕不是很大，大家就凑过来看是什么东西。这时村长就出来了，说开会前，咱们大家看一个录像，是关于咱们村的，很有意思。这时就点击播放了，画面很黑，很暗，好像是在一家屋场上，一个黑影，提着蛇皮袋子就出现了，两只眼睛对着屏幕时，就像两只野兽在夜里的眼睛，闪着一种幽光。虽然有点模糊，大家还是认出了，这好像是杨老哨啊！这杨老哨咋进了电脑的录像呢？这是在哪里？再细看，有人就说出："不是村长家屋场上吗？"

杨老哨看到了自己，就准备开溜，却被两个人架住了，是两个镇上来的，估计是便衣警察或者镇政府的人。电脑里，杨老哨鬼头鬼脑，径直到了狗窝那儿，因为狗不敢叫，那狗鼎锅冲出来，杨老哨操起一把镢头，狠狠地砸下去，砸住了头，那狗当即倒地。杨老哨麻利地将狗装进蛇皮袋，背上就走，前后不到两分钟。

原来村长的狗是被杨老哨打了，这是怎么把他拍到的？大家就议论起来，乱哄哄的，说杨老哨要不得，你打人家的狗干什么，好端端一条狗，一镢头就没了，杨老哨可狠心了，平时看不出来。杨老哨说："不是我，不是我！"这时治保主任点了一下鼠标，定格，那就是杨老哨，是他的正面相。杨老哨这时候已经把头低到裤裆里去了，浑身不停地发抖。这可真掉价，半夜偷偷摸摸去偷狗，狗有什么好偷的？都是村里的人。正这么说的时候屏幕又一阵乱闪，又亮了，又出现了黑影。村长说："大家继续看。"又来了一个黑影，又是眼睛像兽眼一样亮，又是在同样的地方出现了。黑影趴在地上，又站起来，手上拿着什么，往狗窝里甩。这不是毛钢吗？这副鬼样子，在这个屏幕里面就一副鬼相，他要干什么啊？还有个人又出现了，虽然有点模糊，大家还是一下子认出来了，是姚捡财。平时相貌堂堂，一脸正气的姚捡财，现在也变得鬼鬼祟祟了。这姚捡财看起来就是个贼，现在他不就是做贼吗？半夜时候到人家屋场上去是干什么？狗丢了他们不知，又来了一个打狗的，这青麂一叫狗就不叫了，狗不叫，就有人想到打狗的营生。这两拨贼都想着这条黑狗，因为黑狗是壮阳的吗？杨老哨就算了，这两个人——毛钢和老姚，平时相貌堂堂，宽宽爽爽，现在却贼眉贼眼。看哪，毛钢竟然对着村长大门，撒起尿来。接着，更恶心的是姚捡财，揭开人家的酱盆子，也往里面撒尿。这真是恶心，这两个人好猥琐好无聊。这是什么仪器，都给记录下来了？村里的人万万没想到，你说杨老哨偷狗，是他家里穷。但毛钢和姚捡财做出这样的事，完全不可思议。哪个拍的？这是半夜拍到的，那不就是天神拍的吗？

村长说："常言道，头顶三尺有神明，这神明就是现在的摄像头、天眼，你干了什么坏事，都会记录下来，记个一清二楚，哪个都跑不脱。毛钢，姚捡财，我得罪了你们什么，这样在我家撒尿？我的酱也没得罪你呀，有这样恶心人的？咱们有啥怨仇啊，让大伙评评理看。"

气氛一边倒，姚捡财和毛钢没有一句话，铁证如山，说什么呢？哪是来开会说补贴的，就是来羞辱咱的，全村人咋看自己呀，脸往哪儿搁呀，一个村里的人，低头不见抬头见，这可丢尽了八辈子人……

姚捡财听到有人说"人不做做鬼"，他快哭起来。

他们三个跟着派出所的人去了镇上。杨老哨拘留了十五天，毛钢和姚捡财各拘留了十天。

十天后，姚捡财和毛钢从派出所回来，还没走到村里，到了一处天坑边，姚捡财就跳进去了。毛钢一看，姚捡财不见了，就大喊："表哥，表哥！"

姚捡财死了。那天坑几百米深，还有活的吗？就算跳下去是活的，怎么弄上来呢？

办了姚捡财的丧事，毛钢就想到那青麂，还不知在不在，进洞一看，早死了，身上爬满了蚂蚁，苍蝇飞进飞出，臭不可闻。他就只好将这个洞封了，依然在它的头下枕块石头，就这么葬了。

狗又开始叫，村里的月光明亮得紧。

一连几天，姚人杰在家里，也不敢去上学，怕人家笑话，就在村里找他的狗。怕它是踩上了别人下的铁猫子或者钢丝套，都没有。

那疯女人可怜，姚人杰虽然死了爹很悲痛，还是每天给她挑一担水，因为杨老哨还没有放出来。但疯女人天天拉肚子，已经瘦得像一张纸了。因为天天挑水，也不害怕这个女人了，就在家里拿几个馒头给她吃。

有一天，姚人杰做了一个梦，梦见他爹给他说，咱们的狗白蛋藏在杨老哨的床底下，醒来他清楚地记得爹骑一只青麂，在嗡嗡谷里玩耍。

那二天，姚人杰帮疯女人挑完水后，就想起晚上的那个梦，就到杨老哨的床下想去瞄一瞄。到床下一看，没有他的狗。他蹲下往床底歪着头一看，看到了一堆东西，有一些霉味和腐臭味从床底钻出来。那东西黑乎乎的，就拖出来一看，毛茸茸的，是啥哩？是一张狗皮，已经硝了，但没有晒干。那狗皮黑黑的，这不是胖崽的鼎锅吗？里面还有东西，再一摸，也是毛茸茸的。他慢慢拖出来，又是一张狗皮，黄色的，狗卵的袋子还在，白咧咧的，他一眼就认出是自己家狗的皮，原来，他的狗也是被杨老哨打死吃了。

姚人杰心里一下子崩溃了，他没想到天天给杨老哨挑水，自己的狗却被他杀了，有一种被欺骗的愤怒。他抱着白蛋的皮，冲出门朝路上狂奔而去，向着大山喊："白蛋！白蛋！"

白蛋永远地不在了。爹也不在了。只有水在，山在，林子在，村庄在，白云在。

第二年，姚人杰上初二，参加了全省的数学竞赛，获得一等奖。他的尿床不治而愈。

（原载于《上海文学》2020 年第 4 期）

巨　兽

潮湿的夜幕像毡子一样沉重地垂下来，压在饿老婆山和滚水村的头上。溪水在石崖下发出流响声，一只萤火虫钻破黑暗，有气无力地亮了几下，就不知飞到何处去了。

村长和福是被罗赶早的老爹叫到罗家去的，说是有惊人的事要说。他披衣就去了，去的时候那儿已有四五人，神色凝重，围着火塘不出声。见他来了，连让座也没有，蓬着火，仿佛几个妖怪。挤进去，狗却朝他狂吠；他转过头去看，狗是冲他来的。那狗一副怪相，地包天牙齿，长相奇丑无比。和福有些愠怒，好在罗赶早的爹把狗飞快夹住了。一个村长受到这样的对待，当时火就来了，就冲罗赶早说："啥鸡巴事儿，说哟！"对面的罗赶早抬起头来，哪还有形象，魂儿都不在身上了，一副躯壳，头发冲天炸起，两眼睁得像灯泡，在火光中就是个大死耗子。

"大家伙，"他说，"有五……五头牛那么大！"他伸出五个指头。

"鬼？"和福说，"是不是鬼哟？"

那家伙噎了半天，还是没有回答。果真碰到鬼了？有人给他捶背顺气，有人递水给他喝。他哪喝得进去，人是个硬的，像块石头。吓得这样了！

"……我赶早说了瞎话，不得好……好死！"他发毒誓，"我……我……"

罗赶早的爹大声呵斥罗赶早，说："你们给他兜头一瓢粪，我不相信他不还阳。"大家就笑，但还是拿罗赶早没法。罗赶早的魂儿还在地狱里。罗赶早费力地喝了一口茶，说：

"没事、事儿，我细细讲、讲来……"

于是他就对大伙儿说了这事的来龙去脉——

罗赶早就像他的名字，这几天天天赶早去挖节儿根。节儿根就是鱼腥草的根，山下的餐馆收，凉拌吃的。今天，罗赶早天刚亮就进了山，往白鹿沟去。下了几天雨，天晴了，正好挖。沟里虽是秋天，鱼腥草却长得蓊蓊翠翠，一蓬一蓬。在岩畔沟坎下，土石松动，很好挖，不到一个时辰就有了大半篓。罗赶早用挖锄在石缝里刨时，眼见得背篓要满了，突然听到一阵很大的响动，从林子里发出，还有石头乱滚的声音。罗赶早把头抬起往崖上望去，雾气弥漫，树影、山影、草影都仿佛在蒸笼里一般。罗赶早只觉得一股凉气从脚板心往上蹿，浑身寒毛倒竖，有一种大难临头感。天天在山里头钻的人，什么都见过，什么都经历过，今天咋无来由地发寒呢？罗赶早伏在岩坎边去看，果真看出个大征候来了——雾霭蒙蒙的坡地上，出现了一个黑魆魆的家伙，一个影子，巨大，像间守秋的棚子。罗赶早心想，这沟里也没哪个种庄稼，何时搭了个守秋棚子哩？这地儿咱熟啦，也没啥烤药棚的，荒林野地。那东西黑乎乎的像一条船在雾里浮动，是个啥玩意儿哩？浮动的意象进入了大脑，那家伙果然动了起来。一个屋子动哩！屋子动，还踢得树呀草呀石头呀哗哗乱响，这可邪门儿哩，楚霸王请客，凶多吉少哩。咱活了四十岁可没见过这尖板眼儿！以为是看花了眼，再一细看，那屋子真的在动，圆滚滚的好像还是背脊，有毛。树枝咔嚓咔嚓地折断，土石哗啦哗啦地滚动……罗赶早当即就痴呆了，恨不得把心抓出来哭，三魂吓掉了两魂半。就紧贴着一蓬鱼腥草，想是个山龟就钻进草缝中去了。大气不敢出，二气不敢进，憋得脸就跟溺死的人似的，就听见那家伙呼呼啦啦地走远了。他拔腿就往村里跑，连滚带爬，自己也不知道是怎么回家的。回到家也不敢跟家人说，自己在被子里抖了一整天，鼻子流血，迷迷糊糊全是一条大兽。盖了三床被子还是抖，发高烧，说胡话。等到晚上，全家人都回来了，他老爹用辣椒水喷了他一脸，辣得他艳若桃花，这才哇哇地清醒过来，大喊一声："祖宗哎——"喊叫声如长空破石，惊绝莫名，这才把山上遇到的状况说了出来……

现在，一屋的鱼腥草气，一屋的寡妇脸，一屋的呛人烟子，一屋的没魂人。人包裹在浓浓的烟雾里，以为这就安全了。可罗赶早在火塘的火光下，把火拢到了自己怀里，衣裳烤出一股牛尿的臊味儿，就差把自己丢进火里了。火就是他的护身符。他手抓着胸口，两只眼睛像柿子一样在风中摆动，看着都令人揪心。

"啥哩？它吃了你没？"和福说。

"吃了还能回来吗！"罗赶早的爹说。

"这就对了。它惹了你没？"

"惹了那还有命！"罗赶早的爹又抢着说。

这让和福烦了："没问你，问赶早。"

"没，没。"罗赶早张着一张申冤的嘴说。

"没咧，都没咧，吓成这样了，卵掉没？"

"没……"

"这就对了。你是盲人进按摩房，瞎鸡巴叫唤。"

"那家伙大呀……"有几个人小声附和。

"和尚的鸡娃子大不大？那还不是白大的！"他想轻描淡写。他，和福，村长。他想走，离开。他想站起来，可他站不起来。

"就是个守秋棚子吧。"有人说。"得看个明白。"有人说。"花了眼了。"有人也说。

"能走动，是不是个大熊？"

"没这么大的熊！是个从没见过的野家伙！"罗赶早突然不耐烦地嚷起来，像受了天大委屈似的。

"赶早，那你仔细回忆看看，究竟长得啥样儿的？……"

"……头蛮大的，黑乎乎的，嘴嘛……蛮短的，全身毛带点灰棕色……头像个大皱瓜，长方形的。"

他说得这么确切，他什么都想起来啦。

"你什么都看清了，是公的母的？长了几个鸡娃子？"和福不信。他要否定。他打断他，呵斥他："长方形，还正方形的啰，那不就是个棺材兽？……"他发觉他失言了。村长失言了，同时大惊失色。他恨不得铲自己几嘴巴："我咋把这全说出了哩？我这不是帮他们添砖加瓦？"

村长说出了，挑明了，棺材兽来了！只有传说中的那秽物棺材兽才这么大，或者还没这么大，可这兽来了，是要装几个人进去的。屋子里一阵骚动。

"瞎扯鸡巴蛋的！赶早你真以为我信？清晨巴早的，那么大的雾，你看得鼻子是鼻子眼是眼，鬼信喽，你只怕是孙悟空火眼金睛！"他甩掉别人敬给他的烟，抽了两口就狠狠丢了。他要化解这件事。他站起来。

"那……那我……"

"骡尿拷的！"他还骂。

娃娃鸡在林子里荒荒地叫了几声，这些鬼鸡子，叫得夜里惶惶的，难受。难道不能来几声喜鹊喳喳叫？可半夜三更的。有人咳嗽。

"是真是假，弄清楚了再说。"这就了了，把人打散。人聚在一堆，事情会越扯越大。

他去点杉树皮火把，其他人也只有走了。有的找棍，有的找电筒，也有的来点火把。

夜已深。夜很深。这样的地方，一入夜，夜就很深很深，深不见底。

"究竟是啥家伙，把我家赶早吓成这样啊！"罗赶早的老爹号。

"是个老家伙。"村长说。他烦。又笑。走出门就笑出声来了。烤暖的身子一下子丢进寒霜里，天虽晴，星斗满天，可气温寒冽，风一浸，像要下雪的样子。估计周边山里下雪了，或者明天要下雪了。天很开啊，银河像一把扫帚，气势磅礴地划过夜空，扎进大山肚子里。

第二天，没有事。天还是晴的，没雨没雪。山上的叶子也亮了，该落的往下落，不该落的也在红着。用"秋高气爽"几个字来形容也靠得了谱。苞谷在萎黄，那也是熟了，一个个大棒子里露出秋天的丰满。蜜蜂像兴奋过度的小娃子，不停地穿梭，嗡嗡地飞蹿，酿着秋蜜。先是一棵鸡爪槭红了，后有几株海棠也红了。秋风吹拂，大福大贵，大吉大利。烤烟的屋子升起了蓝的烟雾，并且飘来今年第一阵烤烟叶的清香。一些猕猴桃青梗梗的，一些五味子红骚骚的，一些蔷薇果紫屄屄的，都串在那些枝条上，在路边，在灌木丛，勾引人和蝇子。

和福村长很早就叫来了几个人，包括罗赶早，一起到白麂沟去。啥尿都没有，四野皆静。沟里的叶子亮汪汪的，沟深，像个贼娃子红得够灿烂了。沟里，坡上，崖上，崖下，林子里，在罗赶早说的地方，扒开地缝寻了个遍，没有大兽走过的痕迹。也许是这沟里昨晚下了一场雨，把痕迹都冲走了。草隐约有倒伏的迹象。雾气散了，天高云淡。人也多，加上狗，闹哄哄的，什么兽都吓跑了，躲开了。也没见到罗赶早说的守秋棚子、药棚子之类，肯定是这狗日的起来太早，睡眠不足，看花了眼。这山里有大兽，灵鬌羊啊、老熊啊、羚牛啊，还有放牛的咧，大牲口在雾里，有膨大的幻象。再说村里也打死过大兽，马斗全的老爹当年就打死过一头七百多斤的老熊，站起来山一样的。可也让一个村民——就是王天飞的叔叔王眍子的给那熊一巴掌打死了。王眍子是个深度近视。可这熊，也忒大了。在雾中看东西，总能看出怪模样来。若是熊，倒能对付。和福带来了二十几个套子，一半钢丝套，埋在罗赶早说的地方，一路走一路下。

山坡上，湖蓝色的石泽和粉红色的打破碗碗花争奇斗艳，冷杉和粗榧油碧墨绿地抖擞，站得安安静静。流云如画册，死去的苦竹又好像活了，青芽在中间偷蹿，风中的竹米沙沙往下掉落，山冈是沉醉的，没有恐惧。

没事儿。大家就笑谑罗赶早让他一个人留下继续挖节儿根。有人这么一说，罗赶早拔腿就跑，比兔子还快，大喊着："鸡日的害我啊！……"

第三天，也没有事。山上的秋事倒热火朝天。乌桕比海棠红得凶猛，只有一夜，不知哪里来的一株乌桕就站在了高处，在南边的茶畈上，把火燃到了山的眉梢。乌桕是乔木，而海棠大多是灌木。看到乌桕的红，提醒人们秋茶也要采了。农家的事儿多哩。

也没在意的这一天，这个晚上，皮安的儿子没有回来。

傍晚，灵鬌羊的叫声清亮清亮的，明天又是一个秋收的好日子啊。晚上灵鬌羊叫，表明又将是一个晴天。灵鬌羊若早上叫，则雨。可这天，皮安的儿子却没有回来。

皮安的儿子是聪明懂事的货，叫皮小安，跟和福儿子是同学，高一个年级。和福的儿子喜子，学名全喜——全家人欢喜。

喜子与小安是一同放学的，学校在锁牢关，离村子有八九里地。今年的夏天，山洪怒吼，将仅有的一条简易公路冲断了——这路是之前匆匆修的，投入少，勉强能走人，这下连人都走不了，上百米成为断崖，只好绕道往黑松榨走，又多出了二三里。为了娃娃们，他和福也要想办法把这条路修起来。可还没修起来，事就出了。黑松榨可是个黑得像锅底的老林子，常常狂风大作，芭茅遍野，荒无人烟，老熊时有出现。据喜子说，这一天他们是五六个娃子结伴儿，男女都有。可小安说要摘五味子，说多搞些给他娘吃。大家也没在意，以为小安只是挪在后头了，没想到没能回来。

天完全黑了，皮小安的娘就哭哭啼啼上门了。皮安不在家，去城里打工去了。皮安老婆哭得浑身发抖，眼睛青肿得像打了二十棒的。儿子只有一个，儿子不见了，她如何向皮安交代呢？问题有些严重。

和福村长叫来了村里所有的男人，十来个，加上些年轻胆大热心肠自告奋勇的女人，准备了几十个火把，都操着家伙，还将护秋的锣和芒筒拿了出来，去找皮小安。

和福村长在村头发话聚人。村头有棵千年天师栗，又叫梭罗树、烧天树。这树呀，传说只有月宫里才有的，一到秋天就燃烧起来，一树的红叶，照彻三五里，就像整个村庄都着火了一般。可有时也真燃烧，几次打雷，将其打着，树都烧空了。有一次打雷，从里面树洞里打出条大蛇，打到半空中，又跌落下来，落到河滩死了。三日之内河滩上臭不可闻，后来那蛇尸无影无踪了。天师栗到了秋天结一种猴板栗，比板栗大，酷肖板栗，是味中药，成熟往下掉的时候，树叶就要红了，譬如现在。树叶密密匝匝的，酝酿着血红的火热的季节。今天，老树在几十支火把的映衬下在高远星空中就像着了火一般——哈，叶子竟一下子全红了，咋就一下子全红了呢？这下看，叶子像烧天荒的大火，真叫烧天树哩！这个壮观哪，天地一起全烧透了，有如革命的前夜。甭说三五里，十里八里也全照透了，三十六层天宫也全照透了。红灿灿、雄滚滚的树，火树，把妖魔鬼怪全要赶出饿老婆山，赶出滚水村。火一汇拢，就壮了山的胆气，加上一些狗叫，马锣敲，芒筒吹，还有什么可怕的！和福村长站在高高的树根上，可着喉咙大喊：

"村民们，老少爷们，皮安的娃子不见了，我们一定要找回来。说什么也要找回来！小心火哪，别碰着枯草落叶，这是两件大事，烧着了你我要掉脑壳的……"

气氛狂热而紧张，正准备出发，那树边高深围墙的大铁门打开了，王天飞也就是王百万的傻儿子王刚跑出来看热闹了。他一出来，他家那匹大狼狗也出来了，狼狗外八字脚，尾比狼尾还粗，在火光里像一条巨型松毛虫，淌着奔放的舌头，出来就咬。一些人吓得就跑，队形就乱了，惊叫声炸开。和福也不知往哪里跑，那狗有时认他，有时不认他，让他很头疼。对村里的人基本都咬，没有不咬的。因为这是条城里的狗，比较傲慢，不喜底层人民，特别是长相寒碜穿着陈旧瘦瘦巴巴的乡下人，不认乡亲这个概念，以貌取人。其实链子还是在王刚手上，但王刚是个呆傻儿，保不了故意让你咬下一块皮来，他乐和乐和。狗挣着链子撵咬人，照看王刚的裴姐赶快出来喝唤了：王刚啊王刚啊，火车啊火车啊！火车是那匹狗。狗唤上了，拽回了。重新拢好人，已是一身臭汗，体力用了过半。

大家再吼吼跑跑地去找人，皮安的老婆却鬼哭狼嚎，捂着肚子被人架着走——她有胃病，皮小安就是说摘五味子给她吃了治胃病的，五味子消积化食。这女人一哭，一喊，就凄惶了。说是她害死了小安，说皮安回来要打死她的。哭去哭来就是这些，后来让大家对她的哭无动于衷了。

秋夜全在秋色的红里。秋夜在秋色的深里。一溜的火把不过就是几十只萤火虫，山林子在夜里显得忒大。大家唤着，敲打着，吹喊着，唤皮小安。带去的火把烧成灰了，还是连根人毛都没见着。喜子和他的同学带路，一路寻去，一无所获。皮安老婆在黑松榨苦竹林里不出来了。到了锁牢关学校，在小安课桌里寻到半截铅笔头，揣着回了，用铅笔头扎自己的心窝子。

就算讨鬼吃了，讨野牲口叼走了，也得见个尸见点血见块骨头呀。

一路上大家有各种猜测：一是这娃子是不是一时性起，去城里找他爹皮安去了；二是碰上熟人，跟人玩儿去了；三或是被熟人顺路带走找他爹去了；四就是碰上了恶牲口，碰上罗赶早说的那个不明不白的大兽。反正被人贩子拐走的可能性不大，十一二岁的娃子，难拐。当然也说不定喽。再则，男娃儿，奸杀的可能性也没。

半夜回来一个个蓬头垢面，疲惫不堪，衣裳被荆棘挂得筋筋缕缕。听见王刚家那条狼狗的吠叫声，大家总算舒了一口气，说，总算回家了。可人是没寻着，事情没完。罗赶早说的那个东西，果真是真的？到咱们饿老婆山里来了？且要吃上几个人什么的？就是那棺材兽？村里果真要备棺材，备几副棺材？……

皮安儿子失踪的第三天，皮安歪歪倒倒从城里回来了——有村人辗转给他递了信。回来失魂落魄，到了村口就哭，连口水都没喝就进山找儿子。这个人！

当天傍晚，皮安和几个亲戚，竟在蛇行垭几百米深的河谷底下，即响水河边找到了他儿子，不过已经死了。皮安儿子安静地躺在一块石头边，就像熟睡一样，蜷着身子，书包放在一边，没有零乱迹象，没有被野牲口咬噬的痕迹，身上干爽爽的，就脖子上扎了个洞，洞很小，不细看还看不出，就像个土蜂子洞，有几只红丝蚂蚁从那里爬进爬出。没有一丁点血迹，干干净净。但更令大家大惑不解的是，这娃子过了河，在河那边，而这条汹涌急遽的河十几米宽，又没有桥，他是如何到河对岸去的呢？莫非飞过去的？

哭是哭，哭得死去活来也没有用了，皮安的老婆是在村口看见儿子的尸体的，看见儿子脸上有红是白，跟生前一般模样，拍打着他的脸，又跳又喊，就是没有应声，就一头撞向那棵天师栗，后被人拉住了。皮安老婆习惯性流产，吃了多少药才保住这娃子，且是个男娃，可这下什么都没了，那还有不伤心欲绝的！

和福村长从皮家"吊冤科"的法事上回到家，喜子已做完作业正收拾书包，他就给儿子说，明天别去学校了。儿子问为啥，他只说请两天假。儿子不干，儿子是听老师的话的。儿子成绩很好，在班上是学习委员、三好学生。学习上的事，从来没让他操心。儿子不干他就发脾气了，说："听老子的，你未必也想讨野牲口叼走吗？！"他这么说时就想到村里的娃子都暂缓上学，待在家几天再说。这事儿以后去找老师说得通。他不能躺在家里睡大觉，他必须得给其他娃子家去说说。他又往黑暗的村子里走去。

村里虽然只有二三十户人家，但分得较散，这一个岩垴，那一个阳坡，稀稀拉拉的。带上自家的狗欢子，还带了把刀。一路是夹道的苞谷，在黑暗中传来奇异的搓响，那是风弄的。夜色微明，月亮像一支烛火在云端里摇曳。从山洞里流出来的水，滚过几块犬牙交错的大石头，一直跌往崖下，水的气息凉森森的，带着一点灿烂的甜味。那也许是山里浆果成熟的气味，也许是苞谷的气味，趁着黑夜偷偷地飘出来。 或者说这些甜味正在静谧的山林中蔓延，享受着它们的秋夜。蛐蛐儿乱叫，清脆悦耳，仿佛是一首秋歌。多么美好的秋夜，多么美好的时辰。可死亡的恐惧却笼罩在村人的心里，没来由的一头吃小娃子的野兽，正神秘地游弋在饿老婆山间，游弋在人们眼皮子底下。已经像是真的了，已经传得很神了。他走到人家里时，才知道他根本就不需来，那些人家已准备了让孩子待在家里，甚至想到把孩子送到山外去读书。

和福回去听到他老娘正在床前给喜子神吹什么花脚狼的故事。说是往年饿老婆山里有一种花脚狼，脚掌是黑色的，脚爪子是白色的。这种狼见到男娃儿就吃了——只吃男娃儿，见着妮子呢，就不吃，就养着，养大了，妮子就变成花脚狼，再去勾引村里的男娃儿出来，把他们吃掉。"所以说，是花脚狼。"

和福心中直好笑，花脚狼也没这么大呀。罗赶早说的是一个屋子大，多少头牛大。十只一百只花脚狼也没有那东西大。那是个啥家伙？骡屎拷的！

孩子们待在村里的两三天里，传言越来越邪乎。一个叫根宝的村民说，在黑石潭又看见了那家伙，是在水上行走，像个拖拉机，就是不沉。还有一个人说，看见山顶上那家伙抓星星，抓得火星子乱飞。哈哈，这纯粹是扯卵蛋了。但根宝是个老实人，没撒过谎。他撒谎又挣不到一个钱，唬谁呢？他说，那兽啊，从水里爬起来，浑身都是鼻涕状，要多恶心就有多恶心，老远就闻到一股怪味儿，头上还有个棺材上面的"奠"字——他没说棺材兽，可这正是棺材兽，还咋有了个汉字咧？扯不扯淡！

"兴许咱村里有人要升官了。村长，你要搞乡镇长了！"根宝傻乎乎地圆话说。棺就是官嘛。梦见棺材就升官，这是大家都知道的解梦。

"啊嗬，你只怕要升官了。"和福对这个屎人说。这屎人擦着鼻子，衣领像一条桐油膏药，满脸器官乱动，一辈子就是这样身体失去控制的自由人，跟风中的植物没有两样。"嗯，我看你下辈子也没个官相。"他心里说。

他强迫根宝去黑石潭走一遭，根宝连连拒绝。"但你说了你就得负责。不去也得去。不去就是造谣，就是唯恐天下不乱。我也得去哩，我不能退缩哩。又不是我不去，让你根宝一个人去喂那兽。我身先士卒，走在前面，兽来了先啃我。"

他先去了马斗全家里。他记得马斗全爹生前有一杆枪的，很老的老铳。马斗全不继承他爹遗志了，也不准打兽了。马斗全干别的，有点小本事，脑瓜子较活。他爹在世时他爹打，他就卖皮张，卖山龟鞭獐麂鞭给县里人，跟外界有很多联系，撮吃撮喝很有道儿。那条简易公路都是他介绍来的施工队和包工头。包工头穿皮鞋，他也穿皮鞋；包工头有包，他也有包。一副生意人派头，可家里也没个什么摆设。这人就是爱吹。因为修路还要自筹资金，马斗全说能的，和福村长不会信。弄来了就算事。弄的施工队，一看是没资质的，水货队伍，出了问题咋办？不过有资质的又不想到这山里来修路，没有油水。可钱太少，十万块钱修饿老婆山的路，塞牙缝还可以，修路就不行了。路基全毁了，填石方，买炸药和雷管这十万还不够。一吨炸药也要二十多万。修路的来一看，要经过几家地头，别人也不干。"把我的地给你们！"和福做出牺牲，只要把出山的路修好，给娃子们把上学的路弄通，不再走黑松榨。可马斗全请来的施工队，吃了和福村长老婆双姣烧的腊蹄子腊猪肝羊骚羊蝎子，喝了小丛红景天加党参泡的苞谷酒，头脑还是清醒的，说："除非我是你的女婿！"意思是你是我丈人我才干这种贴钱的傻事儿。和福村长说："我也没闺女，再说你他妈的比我年纪还大！"头脑清醒的包工头走了两个，最后一个没走的醉倒了，第二天也走了。马斗全说："和福哥你这么抠，以为我吃了回扣啊。"和福说："就这么点钱。这样，你真能拉来钱，干脆你全拿去算了。"心想："你也拉不到钱，你这身衣服，一择袖子火光直冒——一身的化纤织物，满脸石头色，鼻毛指甲这么长，人家跟你赞助？"马斗全说："你是激将我哩和福哥，你欺我哩。十万拉不到，五万别个是答应了的。我一分钱都不要，路修成了你到时让我剪个彩什么的，满足我的虚荣心就行了，我这人就是要个面子你不是不知道。给村里修路，应该是有钱的出钱，有力的出力。"嗬，姿态还是蛮高的，也不知道是人话是鬼话。

"斗全，"进门就说，"你那老头的枪咧？"

"杀人？"马斗全出来说。

"要你找枪就找枪。"和福说。

马斗全灰头土脸翻箱倒柜终于找出了那杆枪："拿去！"

"兄弟，情况你都见了，事情很严重，斗全，希望你能帮帮我，帮帮我就是帮帮大家，帮帮村里人。那东西是个甚哩？不管是什么，都要把它制服，撵走！你爹过去为民除害，深得乡亲们爱戴，你是知道的。你爹过世全村人无论男女老少全部出来为你爹送葬，那场面你是亲历过的，你还记得吧？"

马斗全点点头。

"这就对了，"他接着说，"过去你爹是我们全村的守护神哩，可是你爹不在了，大兽出来了，你是马神枪的儿子，你总得有个担当……"

"上山？"

"就是。"

"那就上山嘛，"马斗全爽快地说，"你听根宝、赶早这些人的！他们能够叫人吗？"

"可皮安娃子又是怎么死的呢？"他反问。村长反问。和福反问。他随手丢给马斗全一个油纸包就走了。

马斗全接过来一闻就知道是什么。是熊油。这熊油如今可是个稀罕东西，少说是珍藏了十年之物，有个水火烫伤烧伤和痔疮什么的，一抹即好。今天村长甩给他不是治病的，是让他捅枪管的，润枪的。枪吃这个。没熊油，獾子油也可，但熊油最好。

熊油来自哪里已不重要，也许是马斗全的爹送给和福的。这可是贵重的东西。马斗全只能照办。

这个晚上，滚水村的男人们都在磨刀擦枪。

月亮像一面镜子照得群山犹如白昼。风一吹，传来满山铃兰叮叮当当的声音。一只夜枭在很远的林子里回应着另一只夜枭的唳叫。叫声在神秘、寒冷的森林上空掠过，充盈在人们心里。"大杀气哩……"和福村长拭着刀的刃口心里发着寒说。

"必须抢在犹豫和坐以待毙之前开始行动！"虽然他和福常常是优柔寡断，以拖待变。长期在深山老林慢吞吞地生活，不想太活跃。有时想就是这个村庄不在了，中国还照样前进，"神七""神八"照样飞上天。路冲毁了不是我的错，大不了让娃子多走几里路。可这个不行，人命关天，威胁到我的娃子。娃子也嚷着要到他小姨那里去读书——这都是老婆教的。儿子听老婆的话。但我一天不看到儿子心里就难受，这可不行。就算自己的儿子走了，其他的没能投亲靠友的呢？再死了娃子呢？一个再软蛋的村长也会站出来。

山尖红了，云彩像撒欢的羊群在天上奔跑，又像炸开的礼花，红得相当放肆。地上出现了霜，白白的，出现霜就表明日子往寒处走了。往山上望去，槭树金黄透明，叶子仿佛越来越薄，像玻璃片片。山林一层黄，一层红，夹着常绿的阔叶和针叶树，夹着白色的枝干。溪水像碧玉一般从苔石上飒飒流过，赶着秋天的路程。那水面上，夹着一片片的、从更深的山里流出的红叶。一些红得令人心痛的枫叶，贴在湿漉漉的石头上，有如玛瑙，触目惊心。老林子上的巴山冷杉，像一些苍老的怪物，像一些老人，挣扎在高高的风口上。

到了阴风垭子，全是嶙峋的石林，高入云天，少有人进去。一忽儿，峡谷里的雾气就卷上来了，这里，是饿老婆山的大风口，垭子上，一些瘦小的冷杉，竟结上了冰！冰包裹着冷杉的一条条枝叶，就像一把把冰刀，冷冽冽的。雾气一上来，人的意识就乱了。

"这啥都看不到，能打到什么？"马斗全身子缩成一团说。

雾把群山淹没了，连狗也露出惶恐的样子，夹着尾巴，呜呜地低号。

和福村长这时要鼓劲儿："斗全，现在办事很难，甭说杀一个大兽。我感谢你在修路上帮我，帮没帮成是一回事，心尽到了。可你爹在世的时候，我和福可是对得起他。他那年从崖上摔下来，摔断腿，我是一路把他抬到县医院去的。整整一天，没吃没喝……"他想挖出心肝来给他说，给他说就是给其他人说。这家伙有煽动性，把他稳住就稳住了所有人。

"我都记着，村长。我娃子也要上学哩，我一样不恨得牙痒痒！我来过山上，你不晓得。你见过那牲口？你看到有什么？"

"不是找吗？"

"找到了这破枪加咱们大伙儿的几根钩子几把刀，玩得过它？——假如真像赶早他们说的？……"

罗赶早这时蹦出一句话："说了假话死祖宗八代！"

"你滚一边去，我跟村长讲话。"马斗全不屑跟罗赶早说，"村长，为今天拖枪来，我昨晚跟我媳妇打了一恶架你晓得啵？她不让我来，我正是念你对我爹好，记在心坎坎上哩。我娃子也要上学哩。我是个知恩图报的人，修路的事，我再去努力，总有办法的。你要是不信也就算了，我也没骗村里什么钱财，得到个什么好处，说这个大话干啥哩……"

"一切都凭天地良心，"和福说，他拿出烟来满铺，"是这样的，大伙儿明白这个事理，娃子们是我们村的未来，我们累死累活当牛做马地干又是为什么呢？还不是为娃子！牲口把我和福吃了无所谓，死屎无所谓了，死得着了，一把年纪了。可娃子们的人生刚开头。皮安媳妇撞树的时候，我看着都哭了。虽说那不是哪一个人造成的，可我们大人连自己的娃娃都保护不了，连娃子们在这儿都没人生安全，我们在这里活命有什么意思呢？没屎意思！都是为人父母的，不能让兽来吃我们的后代，不能的！万万不能的！今天，谁都别装缩头乌龟了，往前走，冻死被吃了也往前走！……"

大伙儿看见和福村长有些激动，言辞打战，眼里肯定冒泪花子。雾大，看不见。另几个人——赶早、老金头和王臭眼都在红。他们拿着猎叉挠钩，老金头牵一条高腿猎狗，叫擂炮什么的。气魄很大，骨架也莽，比和福村长的狗壮实。老金头和王臭过去都是马斗全爹的徒弟，玩过几天枪铳什么的。现在因为年岁没出外打工，干些上山下套子偷猎的鬼事儿，对付野牲口是有经验的。

"村长，我们听你的，你说得对。没有怕死鬼！……"他们说。

冲进阴风垭子峡谷，它的下面就是黑石潭，再下面就是皮安儿子迷路死去的响水河。但阴风垭子是很难进去的，有人传说看到大兽在这儿出现过。风像冰水一样往人的皮肉里钻，蹚进去，怪石峥嵘，没被冻住的树长有几寸厚的青苔，往下淌着水。所有的树都是水淋淋的，地下也是，石头也是。

"你可把香签都点上啊！都装的些啥？"和福问马斗全，心里怔忡不安。

香签是燃的，随时准备啄火的——就是点燃引信。那枪歪歪扭扭，老黑老黑，柄裂了口。怎么看枪口都太细，膛也不正似的。可在马斗全爹手上，打死过不少恶兽。但今天看，打麻雀都不行，就像是件老旧的玩具。这让和福放心不下，心里更虚。

一条双龙道的小峡谷——双龙是马斗全说的，说是他爹取的名字。有一次，他爹在这里杀死过一头睡觉的狗熊，狗熊在苦竹窝里。前面就是成片成片的苦竹，也有楠竹，风一吹来，似有千军万马。

突然有了更大的响动，而这时老金头的狗擂炮吠叫起来，它的毛被风掀开，像被人翻动的书页。这狗的毛很长，且是金黄色的，远看像一只獐子。大家同时身贴岩石，隐住自己，往竹林里看。高大的石头，像踞蹲其间的一尊尊怪兽，时隐时现。可没有兽，没有真兽，不过是一阵卷地风呼啸而起，两只鸟歪歪斜斜地飞过来，像是两只大鸊。

马斗全咳嗽了一声，"没有啥的"，他说。等大家松弛下来他又说："不过，这里得小心，我爹在这里遇见过许多怪事哩，最多的是鬼打墙。"

"是啊，是啊，"老金头和王臭都附和，"这里兽不少的，小心些为妙……"

和福知道他们两个在这里下过套子。刚才他就看到了有个生了锈的套子，还夹着只什么兽的小腿骨，那兽挣断腿跑了。和福就问他们："这几天你们来过没有？"

"没没，哪个有这么大的狗胆！"

"大伙儿仔细瞅瞅有没有什么痕迹，脚印、粪便什么的。"和福提醒他们。

狗有激情，在人的腿缝里穿来捣去，吼着。马斗全说他也是豁出去了，枪里灌的全是钢筋头、六毛丝，滚珠儿都没有，全是钉骨的，只要有目标，肯定往死里射。

又点燃了一根香签，表明一个时辰已过了。没见太阳，雾气还没散去，在石峰间流溢。走上一个高坡，一大片一望无际的狐茅，摇荡在他们面前。茅穗子全成熟了，这也是秋天的另一种色彩。在这里，这白色的狐茅和铁青色的怪石组成的景色，还有那暗针叶林子在一旁鬼鬼祟祟站立的景色，仿佛让人有一种不祥之感。这种感觉出现时，老金头的狗就突然狂吠起来，不肯前行了。和福村长的欢子前蹿了几步，也被老金头的擂炮狗给吠止住了，仿佛前面有人在逼狗。

"擂炮！"老金头唤吼，可狗不肯前行，同时爪子使劲儿刨地。

大家不由得聚拢在一起。和福村长虽寒毛倒竖，心提到了嗓子眼，可他不能慌。他把马斗全的枪抓着，与马斗全抓在一起，这是提醒马斗全不可轻举妄动。

一股阴风从峡谷深处翻上来，带着怪异的呜呜声。他们把眼睛盯着狐茅深处。在峡谷底下——皮安儿子失踪的地方，一条河水像一根银链子，不停地翻滚。

马斗全这时在和福村长的摁压下蹲了下来，端着枪，那燃着的香签被和福村长卡在两指间，离信子只有半寸。

"你看见什么了就咬出来呀！"老金头忽然暴跳如雷，一脚猛踹猎狗的屁股。

狗却不走，死死伏地，嗷嗷叫着，张着无可奈何的牙齿，嘴里发出呜呜的哭声。

这么大的风，和福的汗却涔涔地往外流，手心里是一层水。欢子呢？欢子也不走了，躲在擂炮的后头。

一定有东西！和福村长心里的恐惧渐渐明晰坚定起来。他抓着那香签和香签夹子，明显感到马斗全端着枪的手抖了起来。这当儿，马斗全一颤抖，香签就碰上了引信。几个人都没防备，那老铳这时就响了。一股火的洪流向前狂奔而去，爆炸在茅丛中和石缝间；碰着石头的闪出耀眼的火花，声音响亮果断。打没打着东西在其次，把邪秽和恐惧重重地压下去了。子弹和火药就是猎人的吼气，把堵郁的心一下子就打通了。

枪声支持了狗。狗先是惊得一跳，后来，两匹狗顺着硝烟腾飞的方向，箭一样地向前冲去，狂叫着消失在狐茅和乱石中。

"打着了，一定打着了！"老金头那几个人根本不知道马斗全是走火，瞎鸡巴起哄欢呼。老金头手上挥舞着猎钩和狗绳，只差要跳到天上去。

这时候，狂乱的声音招上来一阵大大的雾。雾罩上来了。和福只觉得一阵晕眩，雾带着水汽压过来，湿黏黏的，像一床梅雨季节厚厚的被子。眼睛就去寻找，看什么都不清爽。听见自家的狗欢子凄厉一声，跑了出来，回头呜呜叫着想告诉众人什么。几个人凑过来，一声轰响，他们看到一团血糊糊的东西朝他们滚来，仿佛是被掷出来的。就听到老金头哀鸣般地大喊："擂炮啊——"

那是他的狗，狗的四肢没了，滚回来了。

是谁把那巨大的怪兽引到饿老婆山来的？那只能是秋天，不会是我。和福村长站在镇上的街头，秋天在这里集中着最优美的姿势。挑着浓稠秋蜜的蜂农沿街叫卖，一群嗡嗡的蜜蜂跟着他。鲜红的五味子，紫色的老鸦枕头果，开了口的"八月炸""猫儿屎"都堆在街头。淌着松脂的翠绿色松果、新鲜的核桃、板栗和老嫩适中的苞谷都呼啸出现在街上。炒板栗、烧苞谷、炒松子……满街都是被烟火燎乱的秋的醇味儿，满街都是秋天成熟后的香味儿，唯一没有秋天的恐惧。

"……是什么确实没有看见，可狗的四条腿又是被谁一口吃掉的呢？"

"皮安那娃子又是被谁给杀死的？……"

他反问镇领导，他，焦躁火燎的滚水村村长和福。

"……你是不是想着法儿找镇上要钱呀，老和？"镇长乐呵呵地说，"给你说了，镇里只有政策，没有现金。只有同情，没有办法。"

"我想这样的法儿？把人家的娃儿搞死找借口，镇长？"

"没，没，不是，不是……"

镇长在和福送上的报告上迅速地批着字，希望让下一个单位去处理这事儿，这就了结了。

到了派出所。又协调镇政府办公室。两个字：调查。不调查清楚不得妄下结论。

夏天山洪留下了残忍的疮痍，山路崎岖，危石断崖。但这无法阻挡秋天美艳、溪水香浓、森林金贵。乌桕、海棠是一种红，红枫、槭与漆树又是一种红。紫杉成了橘红，落叶松成了金黄。蔷薇果金钟样伸到路上，好像要把果实喂到你嘴里。独兰在茂密的蕨丛中送来郁香，白色的花朵像铺上了一层云彩。两只酒红色的角雉像两团跳动的火焰钻进了草丛深处。但恶魔却藏身其间，正不动声色地潜伏着，将我们美好但平淡的生活打翻在地，将秋天的美丽掐死。

警察老周和镇里的宣传委员小楚一同前来。老周是军人出身，他带着一把安静小巧的五四手枪。这很好，和福的心有了些安慰。

从黑松榨的垭口往北望去，越过层层的烟霭，看到峡谷对面的山坡，可

55

说是一种惊赏。那山坡上如织锦的田畴，现出成熟的庄稼，色彩斑斓，白色的房舍点缀其间，炊烟袅袅。那就是滚水村。滚水如一条白练滚过石坝，那景象，就是世外桃源。道路虽被损毁，但村庄的美丽毫厘不减，依然如故。

有狗叫。一阵劈头迎来的痛哭让和福村长猝不及防，肝肠寸断。这已经是傍晚了，在那棵天师栗树下，一头圆滚滚的大肥牛已经给下了四肢，发出哀哀的哞叫，脑壳不停地摆来摆去，一条尾巴像一根旗杆拼命地拍打着地上的灰土，整个身子往外渗着血。围观的人就是等着和福村长的，一个个面色焦急，吵吵嚷嚷，看着牛痛苦地挣扎，干着急。牛是根宝的牛，一头牯牛。根宝从人群中钻出来一下子发现了和福村长，他提着刀，敞着怀，怒气冲冲，奔过来就像是要来杀和福的，也像是来问狠的。这人正是宣称看见过那巨兽在水上不沉的，说那兽一身鼻涕臭不可闻的。大家都以为他是说谎，这下可好了。和福一个扁身，风一样就抓住了根宝的手，下了他的刀，说：

"还不给它放血算了！"

很好，他这样说，就掌控了局面。他把刀随手给了人缝里的王臭，王臭是杀猪的，宰牲口野兽是一把好手，并且将根宝用身子拦住了。

"畜生也不能这么折磨啊！"他说，他引导这场面说。

"不要杀我的牛！"根宝喊，去夺刀。

"那还叫牛？你卖几个肉钱免得让它受罪。"村长让王臭快动手，给王臭腾出了空间和时间。

王臭的刀犹豫着下不去。因为那牛委实太难受，挣扎着，身坯又大，根宝又在痛苦和愤怒中。和福这个时候是不会软手的。这时候的和福才是真和福。他又夺过刀，飞快飞快，一刀就捅进了牛的脖子。嗬，准了，从没捅过牛的，一刀就准了，一剑封喉——"噗！"牛立马就软了，魂飞了，安静了。脖子里没了多少血，血已经流尽了。没了声息就行了。这天色已看不到什么，他的表演大家没见着。只是他自己的手缩回来时，刀抽出来时，感到烫了一下，麻了一下。他为自己的干净利落高兴。再从荷包里掏出钱来，寻出五十元的，塞到根宝手上，说："我要十斤。"又说："派出所来民警了，带枪来给咱们灭兽的！大家能不能给周警官和镇里的楚干部一口水喝？啊？！"他故意大喊。

接了钱的根宝怔在那儿。他的思维还跟不上,牛就变成村长锅里的肉了。他其实不知道怎么处理。村长给钱买肉,又有几个人跟上,这个说要两斤,那个说要一斤,围上了根宝,根宝成了卖牛肉的根宝。

给民警和镇干部找水喝的人就去拍王天飞家的铁门,听到的是那狗火车的狂吠。和福村长就说:"算了,回去喝去。王臭,给我把秤称足啊!"心里却说:"想要村里和我认这个账,没门儿,根宝,你就打落牙齿往肚里吞吧……"

他带着周警官和小楚走了。他不忍看那个场面。周警官明显地想多了解一些情况,他不让他了解,不让他问。他感觉到这样对自己有利。让黑暗的、沉沉的悬念像石头一样压在他们心头吧。这牛死得真是时候,这事儿出得恰到好处。你们都见了,全是真实不虚的,比我说的还要严重,事情就会解决的。唉,这骡尿拷的秋天。

沉沉的灯火、高寂的星空和随着秋风一起吟唱的夜晚,群峰如齿,森林如魅。一言不发的和福带着一言不发的周警官和小楚两个人,高一脚低一脚地到了自己家里。打水,洗脸,烤鞋,倒茶。除此而外,没有其他语言。"洗一把。""脱了鞋烤烤。""喝茶。"……

火在火塘里哔哔剥剥燃烧。和福村长手上带着牛血,牛血黏黏的。他们——那两个人看到他手上的牛血,看着他为他们忙着。儿子,拿着一本书的儿子,做饭的老婆。他说:"等下王臭送牛肉来。根宝的牛,是他的牛。"

那两个人烤着火,将双手反绞着套在膝上。狗呆坐在一旁,舔着舌头。

"爸爸,我要上学!"

这娃子,这娃子叫了起来。

"上学?"

"上学?"两个客人也问。

"他们没学上了,娃子们,村里的娃子们。"

这时候,他竟然看见他小姨子出现在门口,估计是刚才串门去了。也是今天才来的。和福村长一下子就知道是怎么回事,小姨子是来接喜子去她那儿上学的。她在另外一个靠近公路的镇上教书。

没有招呼,他呵斥起来。他伸出手指着他的小姨子,凌厉地说:

"你来干什么？啊？你给我走，你给我赶紧走！你出去！"

他的面相姣好、穿着大红毛衣、胸脯鼓鼓的、脸上风光洋溢的小姨子，进门劈头就让姐夫一顿恶语，让她摸头不是脑，木愣愣地，站在那里，雷打痴一样，抓灰不是，抓火不是。从来平和的和颜悦色的姐夫绝对是一个像犯了作风错误的男人，对自己的二婚——找一个小自己一大截的老婆怀有愧疚心理，对老婆的家人绝对是毕恭毕敬，唯命是从，比对自己的父母还贴心贴意，对这个漂亮的小姨子更是恨不得连内衣也要给她买的劲头，好得有点下着。

"我、我……姐夫你、你是……"

"我是一村之长，我不能让自己的娃子临阵逃脱，要死死在一起，要活活在一起！我家的娃子离开了，其他的娃子呢？其他的娃子莫非就不是爹妈生的，就该喂牲口？！啊？"

他的情绪狂乱了，面目狰狞。两位客人完全愣了，也傻了。他们大约听出了个眉目，可又没有什么眉目，懵在那里，望着激动异常的愤怒的村长，望着那个好看的小女子，小学老师，气鼓鼓的精神崩溃的丰满的女人，看她的泪花花在眼眶里打转儿，看她的香泪扑簌扑簌往下掉。"哇——"哭出来啦！跑啦！村长老婆小学老师的姐姐闻声出来，去房里询问安慰。又走出来小着声（怕得罪了客人）问丈夫："咋个啦？我妹妹有什么错撒？你怪人不知理喔，你发哪样的脾气！……"

"都是骡尿拷的！"村长骂。看着屋外头，可心里想："小姨子，你咋就不在村头杀牛的现场出现呢？你在那儿，我对着全村人轰炸你，那有多好！我会拿着刀把你逼出村子，我一刀捅了那无腿牛，一刀逼你离开，那效果会多好！"

"算了，算了。"两个客人站起来解劝，拦住和福，要他坐下，给他烟，点上火。和福本来是表演的，但一发火，火就真的来了，就是真的了，浑身乱颤，心里烈火滚滚，一腔气还真没处发。他点上烟，说："这事你们不知，你们也知道当个屎村长的难处。咱又不比别人多个鸡儿，搞成这个样子，你们为我着想一下……"

两个客人就说："总会解决的，我们不是来了嘛，镇里是很重视的。"

深黑的夜，他们吃牛肉，喝酒。两位客人坚持说不喝酒，但和福村长坚持给他们斟酒。三个男人闷闷地、无滋无味地喝了几杯。可那牛肉有点意思，越吃越有意思，山里的味道。只是不说，不表现出来，像吃青菜，吃庙里的水煮豆腐。谁不知道村长老婆双姣的手艺，来客多，做出来了。吃到后来，控制不住了，还是表现出来了，兴奋了，一杯杯盖，往口里盖。说，吃，吃。好，吃，吃，不客气，不客气。

山上的兽吼了整整一晚。

也可以说是因为雨吧，秋雨，加上轰轰的雷声，秋雷。雨在潮湿深黑的山上飞翔，树木发出垂死挣扎的啸叫，石头在哭泣。整个村子的心脏仿佛已经不再跳动了。两个来客——周警官带头，将衣裳脱得精光，没有说出怕什么，可和福知道那是因为怕山里的虱子。小楚也这样了，不过留了条裤衩。周警官在昏暗的电灯下赤身裸体，露出中年人松弛的身子和两颗软弱无力的大睾丸。接着，山上开始吼叫，躲在被窝里，山上的吼叫像是在梦中。雷声沉闷，没有电光，仿佛在咕哝着一句永远也没想明白的话语。这是悲凉的秋天，在雨中，周警官醉得几分舒服地想。和福村长将吊壶里加满了水，洗了脸和脚。他听见了山上的兽吼。在山里生活了几十年，他分得清是山吼还是兽吼。无名的兽吼在饿老婆山的最高处，一会儿又像下到了峡谷，又像是进了森林，又像是在滚水坝上面，飘摇不定。北风呼啸，岩石在滚动，雨声和混合的林涛兽吼令人心胆欲裂。

这一夜，全村的人都失眠了。这一夜，小楚打开没有信号的手机，录下了一段这山里夜晚的鬼哭狼嚎声，他在冰凉的被窝里不敢靠近那个赤身裸体的警察，直挺挺地发抖。

"哈，兽终于来了，帮了我的忙。这是真的，他们可以作证了。"和福村长自言自语地说。他在黑暗中抽着自制的兰花烟。这兽来啦，它吃根宝的牛腿吃出味儿来了，它会不会到村里来吃所有人畜的腿？

门死死地关着，连羊也赶进牛栏了，牛栏很结实，用大铁锁锁住了。狗有点迟钝，保持沉默。风雨在窗子上抓挠，房子有些晃动。

如果人们整天睡在床上，生活不再在早晨重新开始，牛羊不再叫唤，人们也不再去屋外抱柴，鸡不再觅食，猪栏里的粪不再运上山去，苞谷和红薯就让它烂在地里,茶叶让它老了,娃子们不再读书,一只兽又有什么关系呢?

早晨的雨甚至更猛,雷声更大,天上的声音在跳跃着翻腾,好像在与什么东西搏杀。雨幕布置下了恐慌不安的氛围,人们什么也看不见,一切都在雨雾深处。

两个来客睁着红红的眼睛,都是一宿未睡。老婆和小姨子要来强行夺走喜子,于是村长与两个女人开展了搏斗。喜子在中间,拉扯得哇啦哇啦尖叫:"我不走了,我不走了!⋯⋯"两个来客又只好劝架,他们不知道为何这么倒霉,总是劝架。周警官以最后裁判的口气说:"这样好不好?喜子他小姨明日跟我们一起走,这路因为雨,更难走了。这里的事我们保证向镇里汇报的。现在你们说山上有动静,更不可造次,大家都待在家里,以免出事,等有了结论再说⋯⋯"

"——来,"他把和福村长拉到一边,"你们说,山上的东西叫你们没听见过?我昨晚听了,那若是兽,该要几百只。几百只,我一支枪有卵用?我建议要省里派大部队来围剿。"

"你这是什么意思啊,周警官?"和福村长看着他。

"呵呵,没、没意思,说个笑话。我认为这是不可能的。这样,你把那几个人找来,雨大,今天不宜进山,我先把情况问问再说⋯⋯"

"老金头的狗是我亲眼所见!"他吼起来,和福村长吼起来,"昨天算我没见着,根宝的牛是咋回事,可老金头的狗我是看见它没了腿从林子里滚出来的!"

"腿呢?咋就只吃腿?这是啥口味呢?"

和福村长无言以对。他走在村里,雨把路都浸出了墒情。这是一个美丽正常的地方,春种什么,秋收什么,清清楚楚。山里头有什么,河里头有什么,一清二白。可现在有了这个事,他自己也说不清楚了,他还成了被怀疑的对象。他们真会这么想吗?会认为我为了修好一条路,多批几个钱,把皮安的儿子杀了?把村民的牛腿剁了?我和福变态,成了恶魔?为了拼政绩不择手段谋财害命制造惊天惨案?

披着蓑衣的他像一只被雨打蔫的大鸟,蹒跚在路上。

几个人被叫来了。

罗赶早的身上已经没了鱼腥草味儿，他在家里搓草绳，手糙得像锉子，进门就申辩："我没撒谎！"

根宝说："我还以为是村里给我赔牛哩，问我的道理呢？莫非我吃了牛腿？……老没道理的。我说过它像台拖拉机不沉，我要是不说出来，不晓得还有多少牛让兽吃掉……"

皮安老婆就骂开了："根宝你个翻泡的，栽岩的，你咒得好啊，我的儿呀！没你在村里下咒就没这个事哩！"

"嫂子你别骂我，我是给大家提个醒，哪是咒啊。"根宝一脸委屈，对周警官说："山上的野牲口吃了咱的牛，政府就不赔吗？一条牛一两千块，咱犁地打场全靠它哩，还是头牯子……"

"老金头的狗也是公狗吗？"周警官这么问。

在一旁的老金头赶紧回答："是哩，是哩。"

"这兽还只吃公的人和畜呀，嘿嘿。"周警官看看和福村长说。

是啊，大家都在想，是公的咧，男娃子咧。

"你想想，"周警官指着皮安的老婆，"你在村里有没有跟哪个结仇？"

皮安老婆眼睛轱辘轱辘转了两圈："我可没哩，哪个有这么大的仇害死我娃子呀？"

"那你是好典型啰，"周警官讽刺道，"你跟人连嘴都没叮吵过？"

皮安老婆眼睛又轱辘轱辘转了两圈："我跟栗大珍叮吵过。她家猪吃我家田里红薯……"

"栗大珍那次还甩过她嘴巴哩。"老金头插嘴说。

"你这翻泡的！"皮安老婆骂老金头揭她的短。

"看看，看看，又口带渣滓！"老金头变了脸。

"你说栗大珍为啥甩你嘴巴？"周警官问。

"还不是骂人家翻泡的栽岩的！"老金头说。

"村长，麻烦你再把栗大珍叫来。"周警官指挥。

又问根宝："你的牛咧？你与人结孽没？"

"结孽？哪个有这么大的能耐，扯起我那头牯子剁四个蹄子啊？"

等和福村长叫来了栗大珍，另一个村民焦巴子的已端坐在他家屋里。

焦巴子又是谁喊来的呢？和福不高兴，他快爆发了。这不是在弄得人人自危吗？这样搞是什么意思呢？明明是个兽，却找人的歪。

"你说说你十月二十七号下午四点到七点你在哪里？可否有人作证？"周警官问栗大珍。

"那哪个记得，咱又没个手表没个钟，哪个记时间呀！"栗大珍快哭起来，脚跺着地下，呼冤枉，双手贴着衣摆，全身在打战，终于手找到方向指着皮安老婆说，"你可不要血口喷人啊，你、你娃子的死与我何干？……"

和福老婆双姣拍抚着栗大珍的肩膀，给她端上茶要她喝一口。

周警官有些不服，犟着脑壳，知道和福村长对此有异议，气氛不是很好，小楚摊开纸笔百无聊赖，审问没有进展，屁都没问出一个，会让人笑话。

"根宝的牛是咋回事？"问焦巴子哪。

焦巴子早就做好了准备，一副冤大头模样，瘦了吧唧的身子故意摇摇晃晃，像患了重病似的，用旷世悲情的腔调说："我有这么大的劲儿下他牯牛的胯子？怎么不说我扯了他几根牛毛咧，那还靠得了谱，真是哩！……"

根宝跟焦巴子的岳母有过皮肉交情。根宝是个单身汉，焦巴子的岳母大他一大截。焦巴子岳母常敞着怀，不避他人，也是死了男人的，年岁不小了。有人看见焦巴子岳母跟根宝鬼搞时，说屁股底下冷，根宝就在寒冬腊月光着屁股回他家去抱垫絮——他们家住隔壁。这都是人传的。焦巴子夫妇觉得自己的娘有些亏，没占到根宝什么便宜，捉过根宝家三只鸡子吃。根宝也小气，还在焦巴子家菜园下挖出了鸡毛，端给人看。为这事两家吵过架，根宝与焦巴子也打过一架。可过了就过了，以后也没什么。这样的事不叫事，村里打皮闹绊的很多，风气如此。有顺口溜说：山高天气寒，没么事玩，白天喝烧酒，晚上打皮绊。根宝怀疑焦巴子砍他的牛腿吗？不怀疑。是和福村长出门去叫栗大珍时，罗赶早浑说的。罗赶早也不会这么想，是周警官诱导说出的。罗赶早想破脑壳，往死里想，就焦巴子。焦巴子这时显然情绪有些激动，说去厨房喝口茶，却是去拿刀的，要抹脖子。村长和福感到焦巴子有点异常，见厨房里有铁器的大响声，就进去了，焦巴子本来是故意弄出响动的，看村长来了，拿起刀就往颈上搁，口中还怪叫。和福冲上前去一把抱住了他，周警官也过来了，夺过菜刀。

气吼吼地把焦巴子按在椅子上，大伙儿就劝他，说："是就是，不是就不是，又没哪个非要你招。"焦巴子闭着眼睛像死了一样喘气。和福就要讲话了，对周警官说："咱村里绝对是治安先进，这个我不是吹的，人跟人之间不像别处，没有杀死的冤仇。咱这山里人，要求甚少，容易满足，没有外头那些烂肠子烂心肝的……"

周警官已在尴尬处，有人自杀，差点出人命，你和福村长却跳出来，正好将气顺过来，将话头刺过去，解救自己：

"那你们村干群关系就一点儿都不紧张啰，就是咱饿老婆山的世外桃源啰！行，算我错了，你带我去抓那个比屋子还大的兽去！"

周警官拍了拍手枪套子就要往外走，不走不行了。栗大珍在那儿哭哭啼啼，见焦巴子要自刎，更来了劲儿，也想上吊。天上又下起雨刮起风来，落叶滚得满地都是，飞到屋里，烧火塘的柴主人也没用好柴，烧不旺，还闹一屋烟子，呛得人直流泪。这屋子待不下去啦。

这一次，他们是直奔黑水潭而去的。根宝带路，买了不少黄表纸，还弄了些朱砂——这都是压邪让妖怪显形的。

往黑水潭的路相当难走，里面遍布烂棕树，几乎没路。沿途全是一些极少见到的古老树种，如天师栗、山白树、青冈栎、珙桐、野生蜡梅。那天师栗在这里也是疯狂燃烧，果实累累。但棕树占领了此地，烂过后的棕树歪歪倒倒岔七岔八的枝干形成密不透风的栅栏，到处鼓荡着腐败的毒气。巨大的虾脊兰和独蒜兰绿得像塑料，在黑黢黢的森林里亮闪闪的，雨水把它们洗得像灯盏。

只听见一阵轰隆隆的声音，抬头一看，从树缝间看到一排白冽冽的瀑布大水，从山崖上倾泻下来，冲进深深的沟谷，激起滔滔白雾。那正是黑水潭。一股从地窖中冒出的凉意一下子把人的衣服扒光了，丢进冬天。激浪呼啸，有如冤魂众号。正当王臭和老金头往潭里丢黄表纸和朱砂时，就听见潭中传来咚咚咚的击水声。大伙儿怵悸着停了手，忙抽出随身携带的猎具家伙，周警官也拔出了手枪，几条狗也狂吠乱叫。

和福村长仔细瞧，崖上好像有人影晃动，就给他们说有人。大伙儿跟着和福往上爬，边爬边喊："喂，你们在搞吗事？"

是三个水淋淋的人，三个采药的人，三个不认识的陌生人。腰上绑着绳子和采药的蛇皮袋子，三个都胸前抱着大石头，在往崖下砸。

这很奇怪。顺着石头下落的方向，大伙儿就看到了，崖下有一个人，一个俯在石头上的人，好像已经死了，穿着灰夹克，伏在一块半崖的石头上。这三个人砸的正是那个人。但石头往里凹进去了，还有树挡着，砸不到那人。三个水鬼似的人见有人来了，还穿着警服，就嗷嗷大哭说出了一件奇事——

他们是进山来采金钗的，金钗是名贵中药。那个死去的人胆子最大，最先看到半崖上有一盘金钗，一直延伸到一棵香果树上。那香果树也是金黄的叶子，金钗也是金黄的一窝。这人就自告奋勇地让同伴放绳下去采。荡到一半，忽然崖坎下一阵躁动，崖上的人还没看清什么，就见那个同伴大叫一声，摔在下面一块石头上没了声息。事情来得很突然，当时雾蒙蒙的，雨下得忒大，几个同伴不敢下去，也下不去。这几个人下不敢下，走不敢走，喊了半天，没个动静，估计那个人已死了，就商议反正人是拉不上来了，干脆把他的尸体打入潭中，就算是水葬了。可砸了许多石头，就是砸不中。

周警官一听这事，就有怀疑，立马把这三人的手用他们攀岩的绳子串在了一起，要把他们押回镇里审讯。这一定是一桩谋财害命案，肯定是因为他们采到了好金钗分账不匀，内讧所致。

但事情总是有些蹊跷的，和福村长就这么认为。一定是他们遇到了什么东西，一定是有原因的。看这三个采药人不像说谎，就问他们："你们到底看到了什么？"

那三个人被周警官反绑着手，冻得像三个乌龟，哪还说得出话来，一个个发着抖，呜呜地像鸟鸣。

什么都没看着？半崖里一声惨叫，那就是遇到什么了，死了。一问，是最小的一个，才十六七岁。大家只能看着他躺在那里，永远地躺在那里。令人发酸的雨雾浮在山岩间，狗狼狠地咬着那三个可怜的人。朝潭中投进了全部黄表纸和朱砂，没一点反应，水还是水，水声还是水声，没有任何妖魔鬼怪现形，没有传说中的潭中伸出一只毛茸茸的巨手来抓他们，也没有什么拖拉机一样大的不沉怪兽。只有一个搁在半崖中的死人。又死了一个，这是真的，连周警官都看到了。天气阴沉，好像还有一场大雨，或者有一百场大雨。秋天没了形象，颓废得像一个吸毒分子。老鸦哇哇地叫着，叫声像鞭子一样驱赶着人们尽快离开这个凶险混账的地方。

然而和福和他的乡亲们是不可能离去的，他们依然在这里，在饿老婆山里，在恐怖中。关于那个采药人的死有了不同的版本。但从镇里传来的消息几乎没有，那三个押走的采药汉一去不返。死去的那个娃子有说是遇上了像雾一样的巨兽，那巨兽会吐雾，不是根宝说的那个拖拉机兽；还有一种说法是采药人遇上了手臂如锯齿的兽，锯断了他的绳索后摔下去的。有人看见那锯齿形的手臂有一丈多长。而且，大家发现又是一个男的，且是娃子。娃子，娃子……

村里有了更多的谣言，说这巨兽还要吃十个娃子才走掉，离开饿老婆山。

这天，和福得到的消息是：那三个采药人在派出所信誓旦旦说看到了怪家伙，他们说那个地方从来没看见过这多金钗的，可他们那天竟看到有一盘金钗有一簸箕大，金灿灿的，就像崖畔搁了个金盆子，亮得刺眼。这与兽无关，但死了人是真实不虚的。过了两天，听说镇里就封山了，特别是在饿老婆山的几个与外省接壤的隘口，森林武警二十多人，进山搜索，一无所获。但许多消息是保密的，这个和福村长和他的村民无从知道，这是政府的事。不过，也接到通知，学校停课一周，所有村民不得上山出坡干活儿。

这很好，这至少说明镇里承认了山上有事，不是我和福编撰的，不是我弄了什么阴谋诡计，不是人为的。这就为我和福平了反。可躲在家里的人们，受着煎熬哩。他们想，镇里既然要大家好好待在家里，就会想办法擒住那头传说中的巨兽。政府总有办法的。我们必须出坡，不能让庄稼的收成烂在地里，粪在猪栏沤着有两尺深了，猪不能总在粪水里生活，蹄子都沤得稀烂；牛必须上山去吃草，已经饿得皮包骨头，毛脱落得厉害。秋天里还有许多好东西，比如药材，要去挖，要去采摘；比如猴板栗和扣子七、三七、地骨皮、柴胡、蛇菰。猴板栗已经卖到二三十块钱一斤了，掉落地上就腐烂了。在家的都听从村里的统一安排，每天在村子外围巡逻，任何人不得进山。

村里噤声寥落，阴沉颓靡。和福村长经过皮安家时，听见了哭声。皮安

65

已经返回城里了，工地上的活儿脱不开身。从他家门口那根被雷劈坏的枫杨树钻过去，晒着一床小垫絮，估计是皮小安的。皮安老婆双手抱着儿子的书包，在那里哭着。这个女人一下子老尿了，头发全白了，嘴里白泡直出，发出叮叮咚咚的呜咽，还在伤心欲绝中。

"嫂子……"他说。

"你可要节哀。"他又说。

那个书包印着一些字母，铁红色的，有些毛边，还有个卡通形象。这定是皮安从城里带回的，很洋气，镇上都买不到。可现在书包还在，人没了。

皮安老婆根本没看和福，始终在自己的回忆与悲伤中。连她脚下的鸡也有些通人性似的，忧伤地看着她，发出咯咯咯的安慰声。一只猫坐在树下，朝主人神情落寞地盯望着。

"会好的。"和福说。

他就走了。那个书包还有什么作用呢？没有了，只会增添痛苦。

无数双眼睛从门缝里和窗户探出来。

"为什么是娃子而不是我们这些活够了的大人？……娃子们是无辜的！"他喊，在内心里大喊，在内心里流泪。

"我要拯救他们！我不能无所作为！我的村庄不能任由一头野兽恐吓和摆布！凭什么让我们忍受这种无声的折磨、威胁和煎熬呢？还真要有十个娃子？……"想到此，他不寒而栗。一片一片的苞谷结着多么丰满的果实，一条在秋风中沉醉得蹒跚的狗跟着他。

进去罗赶早家里，却没看见罗赶早的人。他那个神经兮兮的爹含糊其词，眼睛躲躲闪闪。和福村长又闻到了节儿根的新鲜气味，就是一股鱼腥味。

"赶早这么大的胆进山了？"

"哪里哪里，这是原先挖的。"他爹说。

"我和福丑话说在前，出了事我可不负一丁点责。"

那老头一句话把他噎死："你村长也没负个蛋尿责……"

"未必把我杀了才叫负责？一条命换一条命？"赶早爹的话把他打趴了。他真的负不了责，他自己感到力不从心。他走到村头那棵天师栗下，看到王老板的高墙大院和楼房，他要找到办法，以解除村人的危急，事不宜迟。老头的话刺醒了他。

他让老婆帮他找两件换洗衣服，刀也磨快一些。他在背篓里装了两块沉手的尖石头，一来可以防身，二来背上沉一些，可以给自己壮个胆。

晚上的天气有些转暖，群山的轮廓分明，星星有如迸出的火星，三三两两辉映在深灰色的天幕上。和福想早睡早起早动身。他就睡了，一两声狗吠是他的催眠曲，被窝是暖和的。正往梦中走的时候，却听到一阵惊心动魄的拍门声，是罗赶早的那个老爹，声音几近疯狂：

"村长啊，村长啊！……"

……

唉！说什么好呢？罗赶早是一个心存幻想的人。他在想，也许那天他是看花了眼，或者这个的死那个的伤都是碰巧到一起了，与兽不兽的没关系。山下又催得急，到了深秋，餐馆里吃火锅的多了，需要凉拌节儿根的也多了。这样他就躲开了那些把守的村民，去了山里。

真的没有事，雨也未下了，山岚远去了，视野清爽了，山谷里明亮了，山里一路都是画廊，除了树叶掉落，除了刺猬山龟，鬼尿都没看着。他需要的节儿根倒是很多，俯拾即是。进山就是一背篓，到了溪边，将泥巴洗去，一把把捆扎好，白生生的，像玉石瓷器，气味直打他心里去。一旦有了成堆的节儿根，他还怕什么？怕鬼怕兽？钱迷住了他。

第二天更疯狂要儿子跟他一起去。儿子反正在家闲玩，是个不安分的家伙，书又看不进去，就扯狗毛，给猫剪胡子，结果猫晚上撞墙。这娃子成绩根本不行，以后也是个专职挖节儿根的人，不会有什么大出息。也就没把他看得娇贵，当贱货一样养，本名就叫贱货。

带上一条狗，说没事的，他老爹也赞同，钱迷了心窍，人家都不挖的时候你挖，一定有大收获。是准备去赚一大把的，决心很大。罗赶早还是防了一手，在开阔地挖，进退都可掌控，视野宽敞，加上让狗吃了辣椒，狗兴奋，不停地叫，有吓阻作用。没碰上什么，就放松了警惕，路越挖越远，山越挖越深。不过总在宽敞处，云淡风轻，鸟语花香，蜜蜂嗡嗡。可以望见很远的山冈，望见远远的冷杉林，望见山顶上黄茸茸的草甸，无边的苦竹沙沙有声，轻言细语。自己的背篓满了，儿子的也快满了。他就指着一处泉水，要儿子去清洗。那地方在他的视线之内，也没什么危险征兆。狗还在儿子身边，辣得直吼。这样说吧，是正午时分，太阳有些昏黄。可当他回走了几步，狗却突然跳了起来，一阵黑，一个大大的黑影就把天地一下子罩住了。狗跳起来的时候他转过身随手一抓，以为抓着了狗腿——因为狗跳时那腿弹到他背上，还打了他后脑勺。但抓着的却是一双人手，是儿子贱货的。

"爹呀！"他听见儿子掉进万丈深渊的喊叫，他就把儿子的手薅住了。可自己也感觉到正往下坠……那是幻觉吧？他只有一个念头：死死抓住儿子不放，任凭杀了他也不放手。但儿子分明正被一个大口吞噬！他要把儿子拽回来，拖出来，与那股力量拔河。他什么也看不到，背篓丢弃了，节儿根乱落一地，踩成了泥，他不放手，他终于胜利了，坚持住了。那个巨大的黑影不见了，天又亮了。他再看自己的儿子，儿子的双腿已经黑黢黢的，像在煤炭里滚了一遍。那狗呢，狗伏在地下正哭号哩——狗的四肢也黑炭一般了，且是烧灼的、咀嚼过的黑炭……

现在，狗和人都在屋子里呻吟。和福村长看到的罗赶早的儿子，正躺在床上，伤得不轻。屋子里确有一股怪味，烧煳过的。那只奇丑无比的狗蜷成一团，在一个筲箕里，对给它食物也视而不见，浑身发抖。那个娃子呢？贱货呢？也蜷曲在被窝里，一双黑黢黢的腿伸出在被子外头。罗赶早的老爹用一种什么泥加草药给糊在上面，说是可以减轻疼痛。那娃子两只眼睛亮晶晶的，像两颗夜明珠；他疼得连眼睛都不会眨一下了，颤抖得连床也发出嘎叽嘎叽的响声。床腿又撞着一个什么坛子，坛子沉闷地摇晃，使得整个屋子都似在晃动，在疼痛和受难中晃动，然后说不定哪一下就哗啦塌下来，将屋里所有人都埋入地狱。

确实像地狱。

他在想着怎么去安慰这个娃子，这个无助的无辜的娃子。他去拿去痛片来？把家里还剩的一点熊油拿来？可问题是：他是怎么给弄伤的？是烫伤？是烧伤？是被那兽的嘴里的涎液舔伤？

他还是走了。

"贱货的爹掉到钱眼里去了呗。"晚上他给儿子喜子讲说。

"他爹把他从兽嘴里拔出来的。"

"听说吃了又吐出来了。"

"这兽是冲着娃子们来的，不是花脚狼。大得吓人。饿老婆山有大兽，没听说过有这么大的。七几年时闹过虎害，可全村人一出动，几下就把虎给打死了。又闹过猪害，也是给消灭了。可这家伙到现在还没露面哩，就搞成这样了，究竟有多凶残呀？到这个年月了，我们还要死在它手里？……"

和福村长走在县城里。这里马路宽畅明亮，空气干燥平庸。人行人道，车走车道，人们十分安全。尘土飞扬，直往人的裤腿上卷。他穿着沾有饿老婆山泥巴的胶鞋，行色匆匆。他是来找一个人，一个本村的人，王天飞王老板，就是傻蛋王刚的爹，一个磷矿老板。有人说他很有钱，有人说他四处行骗没钱，赚的几个矿工的血汗钱。

"你肯定是来找我赞助修路的。我绝不会给你一分修路的钱。这样，和福兄，我宁肯给你私人两万块钱，你建个楼房，路就让镇里去定，怎么样好就怎么样好。"王天飞说。

和福想分辩和解释，被王天飞摁下了。

"你不是不知道，修路是害我。我那傻娃儿上次就是从你们那什么条简易公路上跑出来的，两个月没回家，在城里捡垃圾吃……谢天谢地，让山洪把你那鬼路给冲断了，不然我儿子说不定死在外头连尸也收不到……钱是小事呀，我那娃子丢了可是大事。我花钱把路重修起来，这不是害自己？我当然要反对你修这条路！"

和福没见过这么激动的王天飞。他的确不是专为这个来的，或者说也算是为这个来的吧，与这个有关吧。他是来求援的，怎么把那兽打死，让路通了学生娃子们可以走大路，就不怕野牲口了。他一个山里的村长，在城里认识的人有限，只有找这个本村人，或许会给他出出主意，再给他几个钱，把路修了。必须把路修通，兽就不会这么凶狂。因为封闭，兽才敢为所欲为，发出野性，制造骇人听闻的惨案，让大家受罪，让外面什么也不知道。必须让风吹进去，雨刮进去，车开进去，人走进去，什么样的事儿就会在阳光底下，兽啊精怪啊就会无影无踪，望风而逃。

　　躺在按摩店温暖的窄床上，年轻女人柔软的手指正按着他隐隐的酸痛处——按哪儿哪儿酸痛。年轻女人若即若离的气息现实而沉醉，按得那个舒服，那个恰到好处，那个软硬兼施，就是人人向往的腐朽生活，巴不得每天都来这么一次。

　　"王总，你为什么不赞助我修一条大路咧？"

　　"我说了，拦住他——我儿子，不让他往外跑。"

　　"你阻拦不了的！"

　　"没路他咋跑？飞出来？"

　　"你知道我是怎么出来的吗？"

　　"我不知道你是怎么出来的。但我知道，你怎么出来，还得怎么回去……"

　　"你骡屄拷的天飞！你想让我住上跟你一样的高大房子，安上坦克也攻不破的铁门像你儿子一样再也走不出去？……你的算盘要失算了！你家娃子跟我家娃子一样，保不了哪一天就会遭到攻击，被野兽给吃了，把腿啃了，等有路也走不出来了。这样咱们就会全完蛋的，明白吗？你这骡屄拷的！……"

　　和福村长从按摩床上一个骨碌滚下来，将那一纸杯水狠狠地砸向王天飞，连鞋也不想穿就跑上了大街。

　　"骡屄拷的！"

　　一个村长，一个赤脚的村长飞快地走在浮土喧嚣的大马路上，闯红灯，不避车辆，暴躁愤怒。刚才他差一点就要投降了——当年轻女子的手指按着他大腿内侧时，那种溜滑爽痒的暗示，是不是在怂恿他"随它去""没法挽回了""各自保命吧"？女子吼吼地笑着，青春温润，脸上像丝绸。她们像人间的异类。投靠她们，就能躲避巨兽的攻击。你按着俺的脚跟说您睡眠很差。这妮子你是咋知道的？您足底反射区里面颗粒很多，证明代谢很差，睡眠很坏。是啊是啊，我夜夜难眠。我们村长是想着你们几个小妮子才睡不着觉哩，伺候好呀！——王天飞说。王天飞还说，抱个小妮子，你就呼呼大睡啦！小妮子说，村长那还睡个鬼，一夜不得安宁，吼吼吼。

　　"和福！和福！老兄啊，活祖宗！"王天飞提着两只臭鞋在大街上追着他。

王天飞因为喝多了,有些摇晃。"……你、你个狗日的这么大的气,什么鸡巴康庄工程,你自己开口要我眼都不眨给,我王天飞说话算话。我把建筑材料给你背回去,钢筋水泥砖瓦。天知地知你知我知。你个鸡娃子村长我还巴结你不成,我又不吃你的饭。我是看你帮我在村里把我苕娃子照护得好……"

"现钱。"和福站住了,向王天飞伸出手来。

王天飞一愣,眼珠子歪在一边,连气也不会喘了:"现钱?"

"当然是现钱。"

"……你房子我是一定要赞助的。想到上次我娃子跑出后,你前后几天帮着寻找,两条腿都走跛……可是,你今天拿着钱定是买杀那巨兽的枪去的。买枪是幌子,你骗不了我,没枪卖,你是买修路的炸药去的!"

"你放屁。我就是要买枪。"

"哪来那子虚乌有的巨兽啊!朗朗青天白日!……"

这家伙溜了。

和福村长还是弄来了人和枪。他是请人来过枪瘾的。这个人姓来,叫来三坡,是县财政局翁副局长的小舅子,好打猎,有野性,常被人请去猎杀害兽如野猪什么的,有点名声。此人是马斗全引见的。马斗全说这是一箭双雕的好主意。过去他就提到过这个人,镇里也有人出主意提到过这人,说他姐夫手上有预算外的机动款,大概是五万元的拨款权限吧。如果让来三坡过足了枪瘾,打死了一头大兽,天下扬名,他去说服他姐夫,五万是一定的,说不定还。修路的理由又充足,还闹兽死了娃儿,拨钱的理由更充足了。兽来了,这不正好找姓来的有个由头。这兽还真是时候来助和福修路的咧。我倒要感谢这巨兽了,骡屎拷的……

国际狩猎俱乐部VIP会员来三坡,脚穿着狩猎靴,身着意大利顶级勃朗宁丛林套装猎服,像披着一身枯树叶;仿生猎包,背得像电视里去伊拉克打仗的美国鬼子,弯着腰,双手端着12号半自动猎枪,马甲、弹袋、猎手套,应有尽有。不过,那感觉不像是个身手敏捷的猎人,倒像是个旧社会的背夫,负了千斤重担的,压得喘不过气来的样子。

　　来三坡虽气喘，但一路上语气笃定，信心满怀，说多大的兽他都不怵，能对付的。他说他那管枪是五连发的，雷明顿牌的，是全县最好的猎枪。"嘿嘿，别人送的。"他说。他还说，若论枪法，全县他也最准，百步穿杨。那个国际狩猎俱乐部会员，县里还有几个，一个这么大这么深的饿老婆山总得培养几个超级杀手咧。这些个人，就好这一枪，嗍他个舅子的。这些人身子骨也没一个壮实的，却爱打猎，充硬气好汉。有的甚至病病歪歪，肺气肿，糖尿病，性功能障碍，但枪弹一武装，就像变了个人似的，威风凛凛，装备先进，不是猎人也是猎人了，不像山里的猎人，赤着脚，一条狗一支土铳就行了。

　　和福承认，要几个修路的钱，但也一举两得，兽也给消灭了，有何不好？问题是，这人能够把那大兽降伏得了吗？这人好像不是那回事。当然，人都有假象。人不可貌相，海水不可斗量。他说他打死过四五百斤的野猪，还出国打过猎哩，这可了得。

　　被山洪冲毁的道路他是看了，看了就等于是实地考察了，给他姐夫翁局长一说，这事就会成了。但也不能空手而归，打了大兽一举成名天下知，这就好了。还要保护他的安全，平平安安满载而归，两全其美最好。

　　抱怨道路艰难之后，来三坡的兴致并没有被破坏。他停下来吃维生素和啃苹果——他什么都带的有。他从瓶子里拿出那些花花绿绿的药丸，告诉和福村长说这是维生素C，这是复合维生素B，这是维生素E，这是维生素D，这是胡萝卜素，这是叶酸什么的，还有压缩饼干。他从靴子旁抽出一把刀来削苹果，说这把刀是外国的一个什么鸟人送给他的。又从包里抽出一把刀，说是另一个国家的一个屌人送的。他擦拭他的枪说是一个老板送的，自动退壳的，没一点后坐力。他说："不像你们的土火，后坐力把人的脸都震没了。"说还炸膛。"你那铁砂子把枪膛磨成鱼肚状了，会爆炸。你那滚珠铁砂的，火舌太长，你一条火龙出去，目标太大，兽没打死，早吓跑了。"不像他的枪，悄没声息，兽死了还不知是咋死。"你点信子的，一枪没打死，你再灌药慢点儿，兽就呛着烟子扑上来了，你性命难保。过去那些猎人啊可遭罪！火舌太长的，还回火来喷你一脸，烧得像砖头。你那土火再好，也就五十米的射程，我这个，两百米！所以说，别怕，有我，再大的兽禁得住我这枪！有我，你们就一切OK了。"

来三坡来到了滚水村。这是一个真的处在惊恐和哀恸之中的村庄。那些奋力燃烧的秋树，那些火红的树的穹顶，犹如一个伟大的传说。那一排排的落叶松，人走进去，就像进入了神话中的用金子装饰的宫殿。这秋，这秋啊，在布置着一个华贵的大典，将上演神圣的乐章。似乎什么也没有发生，有的只是秋天的激情美景，肃穆宁静。来三坡对这深山老林的秋色简直陶醉了，这地方还没来过，真是太美了！

去上滚水坝，走上山去，天晴了，四野闪闪发亮，大片大片的云朵像红色的奔马，层层叠叠挤挤攘攘地向前，飞跑，云也在附和秋天的呐喊燃烧着，雾气蒸腾，像山谷里跃起了千万条玉色惊龙。这样的秋天暗藏着怎样的杀戮呢？这样的秋景并不是属于嗜血和残忍的。可是……

这一天，子弹上膛，和福村长挑选了最强壮的几个人，跟着来三坡。狗也是挑选过的三条狗。大砍刀拿在手上，还有土火。来三坡教大家怎么配合他。他有望远镜，说能看上三公里以外的东西，毛发都能看得清楚。这个玩意儿也是个好帮手。他还炫耀了一把自己的枪，是给大家壮胆。打个五连发，把天师栗上两只黑鸟打下了，还打坏了王天飞家一块瓦，让王刚这小子跑出来鸡巴卵子骂了一通，来三坡说不跟傻逼计较。他说他去蒙古打过狼，还去西伯利亚打过熊什么的，说蒙古那地方狼忒多，他一天就打死二十多只。他自称他是神枪手。

第一天打死了两只黑鸟，还打死了两只兔子，一锅炖了。来三坡认为有收获，至少把地形熟悉了。

第二天，他制订了潜伏的计划。伪装起来，在罗赶早从巨兽口里拔出儿子的地方，埋伏在草丛中。一整天，几个人趴在草丛中，一动不动，各种机关和枪口都准备好了，但平安无事，啥都没瞧见。

罗赶早没去。晚上回来，罗赶早孩子的哀号在村子里依然嘹亮回荡。还有他那匹狗。狗也像人哀叫。罗赶早烦了，一刀将狗捅了。他提着两只血淋淋的狗胯来到村长家里。那狗胯已经烂了，惨不忍睹，见了就恶心，和福恼了，"你跟你的节儿根一起卖去！"又说，"你总不能把你娃儿一刀捅了吧？"

"那我请教村长，我该咋办？我家的娃儿，你们不去看看吗？"

和福与来三坡就去了。来三坡见多识广，也没看出个门道来。腿是好的，就是黑了。他爷爷给抹的药膏起了作用，总算没烂，皮枯枯的，疼，焦辣火疼，怎么也止不住。这就奇了怪了，莫非在兽嘴里一趟就这个样子？这是张什么嘴，这么大的毒？医生看过，说弄得不好要截肢。号的那个声音，跟杀驴没尿两样。

"打到那个兽就好了，就用内脏敷，毒就拔出来了。"来三坡说。

哪天打到呢？

又过了两天。

下起了雨来。村头天师栗那一蓬天火黯淡了。这天正是重阳。重阳雨，日子就往寒处走了。一场秋雨一场寒，一阵北风一阵凉。北风吹落的叶子在烂泥中像宰狗的血。重阳没几日，雪线之上的饿老婆山就要落雪了，就会成为白头翁。几个人披着雨布走到滚水坝，狗就乱吠，狗爪子刨地。马斗全就喊："看——"大伙顺着他手指的地方，是雨雾朦胧的坝顶，水声轰响，马斗全又喊："看到有个娃子没？"

娃子？不细看不要紧，一看还真看到水里面似有个娃子，正顺着水瀑往坝上爬，连光着身子也看得分明！

不对呀！有人说有，有人说不是。那水帘扑下水坝打得急，有人说是水中一块石头，时隐时现；有人坚持说是个娃子。和福是啥都没看到，眼老花了，起翳子，就干脆一铳，往他们说的地方打去。一枪把眼睛打亮了，雨雾打散了。再看，什么娃子、石头都没有了，有的只是一条白水帘。大伙儿上了坝顶，心里还是有点虚，一个人滑了一跤，差点掉下坝去。

这一天把大家弄得有点紧张和疲惫，为有没有娃子争了一路。晚上，大家就敲村长和福的酒，要他给大伙儿压惊。和福没法，杀了一只鸡，不够，煮了一锅腊肉洋芋。喝到七八分醉的时候，来三坡就从颈子里抠出一块玉来，是个观音，用红线拴着。他的这块玉，白得耀眼。他说是块和田玉，这块玉不小，有狗卵大。大伙儿问多少钱，他要人猜。有猜一百的，有猜一千的。他说出个数来吓了大家一跳，说值两三万。还说黄金有价玉无价。马斗全说："又是别人送你的吧。"来三坡就笑着说："当然，吃的喝的全是人送的，我哪买得起？"他说："打猎的夜路走得多，肯定会碰到些精怪事儿，科学不能解释。打猎在山里钻，一定要戴一两件灵物，玉最好，加上是观音，绝对避邪。他说行猎就是血光之路，秽邪之气缠着你，不用灵物压压，你就吃亏。我过去不信还是戴了。有个同伴儿始终不信的，我们有天晚上去打野猪，打到野猪了，看见野猪在跑，却是半截身子，他去追，一头撞在树上，两个树丫子，刚好戳到他的眼睛，一双眼睛戳瞎了。这是我亲眼见的。"

马斗全说打猎的命硬，二十年前他爹一个徒弟就是黑松榨的，去打麂，那麂没跑，就在他身边，开枪怎么都不响。这人就用枪托去砸，哪知枪却响了，子弹从裆里进去的，从脑壳里出来。马斗全这么说，来三坡又从兜里掏出个东西，贼亮贼亮的，说是颗蒙古狼牙，避邪非常好。外国的，镇咱国内的山上的恶东西很厉害。说这也是千里大草原上的，比咱山里的东西霸道。他还说枪也是避邪的，不过那土火不行，歪了，又是本地的铁啊树啊，根本镇不住。他擦拭他的枪，拿出一套专用的清刷工具——放在一个皮套子中，好家伙，这下让大伙儿开了眼界，一堆刷子，精细得不得了，光羊毛刷子就八个，铜丝刷十个。这人见大家惊讶、艳羡，虚荣心得到了极大的满足，又拿出引诱哨来，有野猪的，有野鸭的，有秃鹰的，有鹿的……他说："要打野猪，我这一吹，猪就来了。"他吹那哨，果真像，像神了，咕噜咕噜的。他说："我这次听和村长的安排，不打野猪，只打那巨兽，为你们除害。"他又说："你们不要怕，如今有些怪事儿本属正常。这些年，天灾人祸连连，出外打工做事的也多，失踪的也多，出事的也多，魂儿都回不去了，冤魂野鬼的到处蹿荡，你碰上个把不稀奇……"

没见到兽影，但那兽要吃到第十个娃子才肯走的传闻越传越凶。

来三坡说是不是他的枪太镇场子了把那兽吓跑了，吓得不敢出来了？那就把枪藏着，他把枪藏在和福家的苞谷桶里，与和福他们一起去山上下套子，把绳套全换成了钢丝套，增加到五十个，遍布白麂沟、蛇行垭、阴风垭和黑水潭一带，可谓布下了天罗地网。上山清套的这一天，套子什么都没套到，吊在树上的弓形套，有十好几个，倒一个都不见了。但也不排除有人先他们把套着的东西捡走了，把好套子偷走了。

来三坡手痒，打了几只雀鸟，和福的老婆动手拔毛，炖炒。来三坡这个老兄喝酒就脸红，一副不能喝的样子，可端上杯，没有人是他的对手。他常常自罚三杯，无缘无故，说，"我自罚三杯"，一壶酒就被他罚没了。和福的老婆为下酒菜每天头疼，晚上就暗暗掐和福腿上的汗毛，让和福不敢喊。

姓来的去马斗全家住了一夜。第二天马斗全就给和福说，那五万块钱包在他身上了。"不过总得给我这个中间人两包烟吃撒。"

"可我这里好吃好喝伺候，酒啊肉啊的就不要钱的？"

"你怎么想的村长！人家是来打兽的，你不给吃？还要开工资哩！何况在这儿能吃个什么，生绿霉的腊肉，苞谷酒，那叫吃？人家是吃什么的你晓得？人家什么没吃过，请他吃他还要看人哩，财政局长不是我、你请得动！"这么说后就从和福村长兜里搜去了二十块钱，说是帮老来买烟去。

"八字没一撇咧，就算是腊肉，也吃光了，三光，肉光酒光米光，锅光壶光杯光。这该如何是好？还得供他的烟，烟酒不分家，我和福心慌着啊！"可这请来的打兽英雄也算是称职的，常常一个人敢背着猎包进山，回来空手。和福真希望他跳着回村，手举洋枪说打死了打死了！那就好了。和福还恶狭地希望这人就此不回来，到了晚上，这人失踪了。大不了五万块钱不要了。哪有五万，你切一块他切一块。可是夕阳西下，这人总是能够回来。得准备辣汤辣水的火锅，还要陪客，马斗全之流。

"山里的秋天真舒服。"他说。

"苞谷酒真好喝。"他说。

他擦着枪。他脱下鞋袜泡脚。他打着酒嗝。他这么说。

说不烂不烂的，罗赶早娃子的脚却烂出了骨头。这真是千年难见的恶兽。那娃子的叫声顽固缠绵，在村里穿越。风越来越凄厉，掺和着那娃子的喊叫声。到了晚上，天师栗发出高亢的怒吼申诉着什么。一些来不及躲藏的虫豸，在角落里，和这个村庄一起哀鸣。

家里快没吃的了，这个给马斗全婉转说了。和福村长心里焦急如刀割。"我要读书，爸。"儿子说，在梦中还拿着书本。老婆说着梦语："快快走吧！快快走！……"说什么呢？说那不见面的兽，还是说请来的打兽者——赖在他家吃喝的来三坡？"请神容易送神难。"他突然想起这句话。可现在有什么办法送？……

要了结了。饿老婆山啊，你这名字可真孬。你饿得要吃自家的娃子，你引来这样的怪兽，让我们不得安宁，你与我们玩着残忍的游戏。

　　天黑黑的，在村头那棵天师栗树下，和福村长靠着树干给来三坡和马斗全递上烟。三人对上火，三个红点你明我灭，在三张紧闭的嘴上。王天飞家的火车疯狂吠叫着，发出一种被高墙挤压的嗡嗡声，仿佛在一个遥远的密室里受虐。没有月亮，天空寒冷而苍茫，植物腐烂的气味在加重，远处的山影像一排打手，阴险地候立在那儿。

　　他说要了结了，和福村长。他有点狠心撺人的意思，这个面前的两个人都感觉到了。可来三坡有些迟钝，天真地追问："那你说咋了结村长？兽不出来，唤全村的狗，借上王老板家的狼狗，一起去咬，咬出来？"

　　没有回答。

　　"不过你们必须忍耐。一只老虎守一只山羊，可以空着肚子守上七天七夜，你们也必须忍耐。"

　　"够了，忍耐够了！"和福村长说。他把烟头狠狠地踩熄。

　　"让来哥走吗？来哥一走，那兽又出来伤人呢？我们又没那么好的枪，"马斗全说，"来哥在村里就镇邪，兽不出来就是证明。他一颗狼牙就够镇住了，叭——"突然空中一声惊响。是马斗全发出的，他在抽牛鞭。他带着的这鞭子是找人弄的，没狼牙也没玉，就听说牛鞭用过三年能镇邪，于是就搞了这鞭子插在身上，是个土灵物。他这下一鞭，太清脆，把和福和来三坡都吓了一跳。

　　"兽不出来也许有别的原因……我倒有个主意想了多天……"

　　"说说看。"和福说。

　　"这兽有特点，我分析，什么公牛公狗男娃子，只沾公的，特别是男娃子他最爱……"

　　"你是说……用男娃子把它逗引出来？"和福村长顿感身上一阵寒意。

　　"正是。"

　　"道理在这里。"马斗全兴奋地说。

　　"用公羊公猪咧？非得要用男娃儿？"

　　"我想速战速决，用男娃儿绝对行，我有预感咧……大伙儿小声点儿，这兽鬼，咱们一定要保密。"

"娃儿快？"

"娃儿一定快！"

"谁家的男娃儿？谁家肯？……"

"那就听来哥的。试试嘛。"马斗全说。他这么说当然坚决，他反正没男娃儿，他三个姑娘，且都到城里打工去了或出嫁了。

"我和福可做不了这个主，天底下没这么黑心的村长，也没有这么黑心的爹。"他说。声音偏大，压抑不住。心里和血在喊，在这夜里喊，在这个伤心的秋天喊。

"不是让娃儿去死的，不是让他上山就送命，咱们的枪在后头。只是引，是个诱子。没听说猎人打野物把诱子舍了的，嘿嘿，那不是个烂货猎手！"

"你这么多引诱哨，就不可以学娃子？"

"没有娃子哨，娃子用什么声音呀？嘿嘿！再说这兽鬼精，你用哨有什么用？我打了二十年猎，全世界跑遍了，这还是头一次遇上难题咧……"

"难道我就用我家娃子喜子去逗引那兽？我自己的不上阵让别家的娃儿上阵这是没有道理的。别人也不会干。你一个村长，你刚好有一个男娃儿……这事就算了吧。让他来三坡在这儿吃下去，他想吃多久吃多久，我那路总不比我家娃儿喜子重要。明日用酸菜炖白菜给他吃，他吃腻了就会走的。把自己的娃子看好，要备几副棺材那也是村里该遭的难，谁家点子低谁倒霉，又不是我引来的兽……"

和福村长焦头烂额地在村里乱窜。他一抬头，看到了还在顽强燃烧的天师栗大树下，王天飞家的铁门哐啷打开了，王天飞的傻儿子王刚顶着个大头走了出来，那条狼狗拽着链子哗哗地飙出来了，老远就朝和福狂叫。和福害怕那狗挣脱了王刚的手，或王刚干脆撒了手纵狗来咬他——这是有可能的，这小子反正无心无肝，正想让狗咬个人玩儿哩。一条村里的狗对村长大为不敬，怎么也不买账，这只有王天飞家的狗才敢。财大气粗，连狗都目中无人哩，狗日的狗！当然包括骡屎拷的人。是人，是这骡屎拷的王天飞的傻儿，又开始牵着猛狗在村里乱窜了。他怎么不会又一次走失呢？他怎么就不会被那巨兽一口吞掉呢？富大命大？……忽然他的心头一阵豁亮，就像犁铧从泥土里翻出来！

　　——让王刚去招引那大兽出来或许是最理想不过的。这个想法一蹦出来，和福就感到一种替谁解脱的轻松。这娃子成天乱跑，不让跑还打裴姐哩。可怜的裴姐被他打得大包小疖，五青六紫，还不敢吭声。因为他爹王天飞老板将那挨打的钱也算在了工钱里，一月有上千块钱。为了这娃子，王天飞花尽了心血和银子，专给他在村里盖的房子。上次跑失踪找回来就花了好几万。可这娃子活着又有什么作用呢？不就是废物一个吗？还指望给他们王家传宗接代？其实让他死尿了还好些，让他去给村里除害，万一被兽吞了，王天飞还为村里做了一件大好事，自己这辈子也解脱了。

　　"刚娃呀，做啥哩？"

　　"玩。"

　　"看好火车哟。"

　　"嘎嘎。"傻笑。

　　"你爹这些时日回来看你没？给你带回一些好吃的没？"

　　"没。"

　　"你爹不喜你了哩，你爹不认你了。"

　　"胡说。我爹喜我。我爹说，过两天给我带肯德基回来吃的。"

　　"肯德鸡？鸡娃子吃头！你爹在城里找了女人把你丢下了。"

　　"胡说。我爹就回来看我的。"

　　"愿意跟我去山里玩儿吗？"他试探地问。他看着王刚那大得无理的脑袋，石头一样的嘴唇和呼哧呼哧的朝天鼻孔。这娃儿淌着些涎，步态不稳定，像踩在云端里似的。这娃子也可怜。这娃子生下来这样，他妈就跑了，丢下他跑了。没吃的，王天飞就嚼些饭粒儿喂他嘴里，竟把他喂活了。王天飞爱他如掌上明珠。没娘的孩子还有个好老爹照应。后来王天飞去找这娃子的妈，在外做生意还上了道儿。当然，这娃子越来越成了王天飞的心事，大伙儿也不是不知道的。这娃儿越来越傻，还不让王天飞找女人呢。今年春节的时候，王天飞就带回一个女人，可王刚朝她吐涎水，朝她滋尿。莫非王天飞的内心里就没有让这娃子早一点"走掉"的意思？上次花几万元寻找，那只是做做样子，了却心愿，不让人说闲话，哪想到竟找到了，王天飞莫非不心里暗暗叫苦？现在这是一个机会，一个千载难逢的机会。一个傻儿英雄救了一村人，我要给你树碑哩……跟王天飞那骡尿拷的去打个招呼，商量商量？……这是断然不行的。那骡尿拷的就算心里肯，可口里却不会答应，定会虚情假意把我痛骂一顿，这是一定的。只有不商量，来个先斩后奏，那王天飞回来会痛哭一顿，心里可高兴死了，累赘甩脱了，心里直感激我和福哩……

王刚拽着那狗，狗吼吼喘气儿，他也吼吼喘气儿。狗是狼狗，一脸英雄气，长得比王刚还俊。王刚那头颅就没成型，张着嘴，一双善良单纯得让人心疼的眼睛就这么瞧着你，仿佛一只懵懂无知的狗……这娃子这个样子，和福的心又一下子软下来。这么可怜的一个娃儿，你和福忍心让他去喂兽？你的心也太黑了点，简直不是人的想法……

当夜幕降临的时候，秋风一阵阵呜咽，河水惊悸的声音弯弯曲曲传过来。村子里路断人稀，仿佛是个死去的村庄。他猛然回头的时候，看到了那棵巨大的天师栗，在一抹即将黯淡的晚霞中，像一朵金色的蘑菇云，灼灼其华，翻卷咆哮，仿佛是一个巨大的警告，把他推向很远，很远很远。那个深宅是不可靠近的。一切都要结束了，一切总得有个结束。就像这在风中呼喊的树叶，就像这晚霞，就像这渐渐冷却的秋天。

他在外面踯躅了很久才回去。客人已经睡了，鼾声如雷，枪在床头。喜子也在酣睡，手上仍拿着书本。他已经想好了，和福村长已经想好了，当他疲倦不堪地回到家时，他知道这个决断是不得不做的。这是一个惊天的秘密，要瞒着老婆——儿子他妈。这可是山崩地裂的事儿。可也有办法的，既然罗赶早拉住了儿子，虽说双脚废了，可也有个活人在。把事情想在前头，一切都是可以避免的，但愿如此啊。老天爷，任何人的孩子都不行，唯有拿出自己的孩子。走到村里，男娃儿已经不多了。只有自己的儿子，而且这是唯一的选择，如果把心放在当中的话。

喜子的脸在电灯下红彤彤的，就像颗成熟的柿子。这娃子像他妈，像妈的孩子有饭吃，也就说好的……唉，就这么决定啦，已经安排好啦，就这么。这也是最后没办法的办法了。

灵鬃羊在山里叫，明天又是一个油亮的晴天。什么都不需准备了。先前在老金头屋里，老金头要甩甩卦，被和福制止了。没什么可甩的，人豁出去了，会比命运想得更周到，何况他不信这个，这骡屎拷的什么甩卦啊掐八字啊念骚经念胡咒啊，他自己认为他还很年轻，不用来这个。他有一股子战胜命运的力量。

黑夜像个烧炭翁，秋蛰的嚷叫叽叽喳喳。他磨好刀子。他睡下了。灵鬉羊在山里固执地呼唤着什么。山很静，很空。

这一天跟以往任何一天几乎没有什么两样。果然是晴天。一群群椋鸟从空中飞过，落到一片漆树林子里。那里面的果实正喷吐浓香。早晨，和福村长让来三坡迅速到指定的石桥那儿去。已经让马斗全老婆来喊自己老婆了；给马斗全老婆说了，不得吐露半个字，陪村长老婆打半天牌，有二十元补助。这绝对是瞒着娃子他妈的，不能挑明，挑明是一场生死架。

"喜子跟我到外面去走走。"等老婆被骗出门后，和福将准备好的东西赶紧带上。他给儿子系好红领巾。还有一条旧红领巾，他有用的。带上狗，狗很平静。

儿子是小帅哥，儿子胖胖的小手搭在他的肩上，因为有些兴奋，鼻子呼呼直响，用哑声哑气的嫩声问："爸，我们这是到哪儿去呀？"

"去采点药。"他说。儿子的手搭在他肩膀上，就像朋友。儿子的眼睛闪闪的，像水塘，睫毛像他妈，老长，眼睛眨起来，骚好看的，像鸟的翅膀一样扑闪扑闪。说话的时候嘴里还一口娃娃们才有的奶腥气，直熨他的脸。儿子真是个娃娃，什么也不懂。

狗腾跳在前面，和福为它解开了绳子。这狗一路嗅着地面，径直往村头走去。路两边的向日葵一律垂着脸盆大的黑面，籽实饱满。牵牛花在篱笆上胡屎乱开，一片蓝色，薄薄的喇叭随风摇曳。另一种纠缠在篱上的刀豆垂得像紫色的门帘。葫芦腆着大肚子，叶子已经枯黄。花椒树全是青碧色的籽儿，诱人淌口水。和福摘了两颗放进嘴里咀嚼，一股新鲜灿烂的麻味儿直冲九霄，把魂送上天了。再抬头，到了天师栗树下，到了在早晨火红的树影里静静伫立的王家深宅。自家的狗似乎闻到了它同类的气味，跑去刨那大铁门。狼狗立马现身，汪汪大叫，不欢迎，叫声雄壮如雷，趴在铁门的竖齿上，要冲出来。自家的狗欢子也汪汪叫，两只狗不知是亲昵还是较劲儿，反正互咬，凶猛异常。王刚就出来了，在铁门里。和福看见他睁着还没睡醒的眼睛，敞着衣裳，呵斥狗。那个卑鄙的想法又不可遏止地冒出来了。就算让他给我喜子做个伴儿，两个娃子，我心里好想一些……

"王刚，你出来跟喜子去玩会儿？"他可怜巴巴地求唤。

王刚的鼻子缩着，眼里没有喜子，没有和福，没有人，也没有狗。

"出来啊！"他再喊。

"王刚。回屋来吃早饭了！"裴姐喊起来。裴姐敲碗，像唤狗。这一敲，那狗火车果真抢先跑了，王刚也就跟着狗跑了。

马斗全这时背着铳来叫他，老远就大声说："你还不走，待会儿双姣晓得了就走不脱了！"

和福就匆匆拉着喜子走了。

到了石桥，来三坡和另几个人正等在那儿。来三坡显然已经知道了是咋回事，脸上表情满意，显得志在必得。话又说回来，他哪天不是这副表情！不过和福觉得这人有点虚张声势，有点吹嘘。这人越是信心大爆，和福越是心中不安。来三坡过来摸着喜子的头对和福说："没给他个东西？"

东西听出来了，东西是指灵物，压邪的。来三坡这回的馊主意，他自己也没见过这出猎的场面：让一个娃子去当诱子。他出发时说这个，让和福心里一个小激灵。说灵物是啥意思啊？真有什么事儿？你那身上的玉啊狼牙啊就不能给一个让我娃子带上？

"红领巾也行。"来三坡后来敷衍着说。

他们就开始走。喜子不知道大人们打猎为啥要议论他。气氛无端有些沉重，有些黏滞。四五个大人，一个娃子。

"你们也不要怕得，只要把兽引出来，不要你们的土火和狗，无用的，我这枪五连发，一杆顶五杆，自动退壳的，什么兽打不了！难道是大恐龙？就算是恐龙，咱们今天就是降龙人了！"来三坡鼓劲儿说。

"那是那是，我们有信心。"大伙喊喊喳喳地表态。声音压得很低，仿佛有什么亏欠似的。这当然就是和福村长带着自家的娃子。这是大家没想到的。

和福当然没说什么，一路沉默。他如果要说他就要吼了。他说多了会让那些人心慌，会让事情更乱。他不说话。他带上喜子比一万句话都管用，你们这些浑身都是嘴的人你们做了什么？你们快闭嘴！你们要做的就是保护我的娃子。他这个也没说。说了就是乞求，说了就没意思了。他现在想用一根绳子紧紧把儿子拴着，拴在自己身上，拽着他走，这是他最想做的一件事。可现在他不能这样。他正在行走，正在深山里行走，正在老林子里行走。

满地的红叶，斑斓的溪水，踏着这些红叶犹如踏着秋天的火烬。而在四周，在头顶，则是愤怒燃烧的秋的穹隆和环廊。溪水艳丽，落英缤纷，红叶的流逝宛如生命，宛如一支送亲的队伍。看云岚轻柔如紫，看嫩寒纤弱似玉，秋啊，肝肠寸断的秋，悱恻缠绵的秋……红叶沸腾……红叶沸腾……红叶沸腾……

和福的心也在这情景里蒸煮着，翻滚着……

"爸呀，说是去采药的呀，你们不是去打猎的？"儿子问。

"都是。又打猎，又挖药。"他拉着儿子的小手，紧紧地。

蛇行垭烟雾滚滚，从山谷腾起来的雾气，在这里潴积不动，形成了一股巨型旋涡。人都半隐在烟雾里。

狗的嘴都给套上了，不让它们咬出声，也不让它们去撺。来三坡选的几条狗全是公狗。他说了只要它们的气味。他说他在这里已经守了几天，有了些情况，大伙儿不要说话，这里有好几个山洞，深不见底，说不定就是巨兽的老巢。

就在这里，来三坡为他目测的距离与和福村长产生了争执。

"一百五十米。"来三坡说。他是要让喜子在他们前头一个人与大伙儿保持的距离。

"五十米不够吗？"和福只同意五十米。五十米已经够远了，五十米是和福心理忍受的极限。五十米之外，儿子就会像断线的风筝，飞了。

"一百五十米，听我的没错。我这枪两百米的距离，你怕什么啊！我有经验，没这个数引不出来。"来三坡坚持说。

"不，不行。"和福说。

"那就一百米？"马斗全两边和谐地说，"一百米总可以跑的。"

"不用，我这枪伸出去就是个死。两百米，一秒钟工夫，兽只要一现身，还能抓你娃子？"

这时，林子里的野鸡叫得慌，马斗全他们看到说话时和福村长的汗都从额头出来了。其实这山上冷飕飕的，大伙儿发着寒。他们理解他们的村长，对来三坡的坚持有些反感了，又不好明确反对，还是和稀泥，说一百米行了，够了。大伙儿只要掩藏好就行了。这个有经验。

来三坡说："野猪能闻三里的气味，三里是多少米？一千五百米。你们没打过猎的啊？这样，你们就这里坐着，我跟喜子两个去就行了。"

和福哪会干呢？一万个不行。喜子不可能离开他跟一个什么城里的鸟人去找兽打猎，这没有信任感、安全感。后来，来三坡就缴械投降了，就一百米。

"喜子，你在前头一些，大伙儿盯着你走，你在前头带个路。"和福给儿子说。他蹲下。他想了想，把手上的那块电子表捋了下来，给儿子戴上。儿子的手腕太细，往手臂上套。电子表这种城里的先进玩意儿肯定是能避邪的灵物。

"喜子，你若看见前面有家伙，你就往回跑啊。或者看我这个——"他拿出那条旧红领巾，"我这里一摇，你也往我这里跑，听见没有？"他反复交代。

儿子似懂非懂地点着头，像个小大人，神情凝重——是被大人们弄成这样的："可这么大的雾，爸，你不挖药啊？这里好多扣子七和羊角七。"

"你挖，你挖，你在前面边走边挖……"和福说。他把小挖锄从背篓里找出来，交给儿子。他发现他流泪了。他说："喜子你小心些哩，听周围的响动，爸在你后头跟着……"他泪流满面。雾大，儿子看不见。

儿子点着头。

"走了，走了。"来三坡催促。

儿子走了。儿子在前头一个人，越走越远，拉开了与大伙儿的距离。林子静得像地窖，树木全在战栗。乌鸦的叫声像坚果往地上砸，叫一声，砸一颗，叫一声，砸一颗。天空光秃秃的，空荡荡的。

儿子在前头说"七叶胆"，那声音像羽毛，飘着的，和福抓不到。儿子成绩很好，儿子还勤快，从小就帮大人干活儿，替大人分忧。七八岁就跟他一起钻山挖柴胡、扣子七、七叶胆、田七、贝母、蛇菰……这娃子从小懂事，没让父母操过心。你进屋他就为你脱鞋、捶背、抓痒、端茶……如果儿子这一次能把那个大兽引出来，儿子就真是让老师同学全村人钦佩的小英雄了。如果胜利回家，他的妈会原谅我做的这个决定。我们不能退缩，因为我们生活在这里，过去无数个这样的时刻，都被我们和我们的长辈战胜过。战胜过无数的兽和灾难，才有了这个村庄，才有了今天，才有了我这个大伙儿选出来的村长……

儿子寂寂地一个人在前面走着，每一步都让和福看着，目光像绳子拉住他。他一边看儿子的背影，一边看着来三坡的枪，又一边压住马斗全、老金头这些人土火的枪口，生怕他们的枪走火，伤着喜子。

前面鱼腥草的气味愈来愈烈，雾气贴地漫卷，狗不见了，人都像半浮在空中，天色也晦暗下来。他们翻过了一座山头，一声不吭地紧紧跟在一个小娃子的后头。这个小娃子有着机警和大胆的智慧。马斗全那根借来的老牛鞭杆响起了轻轻的一声，那是把邪秽打在了走来的路上吧。两边的冷杉又矮又粗，树干上青苔深厚，淌着湿漉漉的水，仿佛每一根树都是一个泉眼。

刚拐过一个弯，就听见前方的喜子传来一声细细的呼叫，或是发出的别的什么声音。这时林子里的风呼啸而来，雾气此刻像箭一样向前飞奔。一个大大的重重的黑影就像鬼魅一样向他们压来！人们猝不及防。头顶上一片树枝坼裂的锐响，重重的罩在头上的黑影不就是那兽？！……娃子！和福内心一阵惊叫，摆动红领巾的手费了好大的劲儿才抬起来，却已经看不见儿子了。儿子不见了。有人在喊："兽！兽！"而此刻，树林一阵摇晃，来三坡的枪响了——大家看到，那枪是颤抖着穿过冷杉向那黑影射出去的，枪声叭叭叭叭地打在一些障碍物上——一定打着东西了！

一声比石头的开花还痛苦的尖叫从前面传来，和福分明看到来三坡移动着他的肥腿时朝他狠狠地瞪了一眼，脸上的肉像被刀剁砍过的发出鲜红的寒光。

——那一声稚嫩的尖叫声朝远处的山壁孤独撞去，这事发生得太突然了。和福看到来三坡笑眯眯地坐到地上。和福这时疯了一样就向那个山嘴跑去，那个山嘴叫老虎嘴。风把他的衣裳撕扯得像旗帜，风挟着他像滑雪一般疾速不可停下。他自己听见自己声嘶力竭的叫喊声："喜子！喜子——"

所有被套着嚼子的狗也从喉咙里哭叫起来。

他看见自己的儿子倒在血泊里，手上抓着湿淋淋的青苔，一些带着泥土的柴胡梗儿散乱在一旁。儿子已经没气了，两颗洁白的牙齿已经给打掉了，脚下有两个深深的槽迹，是向后面的和福他们爬来的，是想到他爸身边，狠狠地蹬了几步就没劲儿了，整个脸已经变成了青色。

"娃子呀！……"

他号叫着把儿子揽到怀里，眼睛疼痛得无法睁开。他只是听到有哑哑的声音大骂说：

"你都瞄准了谁呀？你个骡日的！"

天空突然纷纷飘起了雪花。秋天熄灭了。

（原载于《芙蓉》2009 年第 3 期）

我的诗生活

我是个傻子，我叫德瓜儿，他们都这么叫我，有时也假模假样地叫我小德子。我的爷爷最疼爱我，可是他已经死了。前天，我跟他们一起到爷爷的坟上去，我从车里下来的时候，就敞开了衣襟向山上猛跑。他们让我别跑，别解开衣服，说小心感冒了。可我的背上已经滚出了今年的第一身汗。他们让我老是待在家里看电视，说我不要看其他什么，说我看到的跟他们看到的不是一码事。这简直是胡说。我不想看电视了，我想写一下我所见到的事情。当我偷偷拿起笔来的时候，他们就会说："你这个傻瓜！"他们笑我，他们，我爸，我妈，我姐和我哥，还有一个小保姆。他们笑我的时候，我总是显得很难堪，也就咧开嘴笑一下。他们便说，德瓜儿会害羞。

我生下来的时候大脑严重缺氧，后来就长成了一个傻不拉叽的模样。为此，我的父母十分伤心。我的姐姐和哥哥对我很好，他们从不欺负我，因为我的父母说了，小德子太可怜，他活着就跟死了一样。他们说，你们别看他整天咧着嘴笑，可上天可怜他，我们内心里都为他痛哭。所以，只要我姐和我哥有一点欺负我的意图，他们就会免不了一顿毒打，在这点上，我爸我妈是从不客气的。他们在感情上完全偏向我，他们觉得对我有歉疚，他们要用爱，用全心全意的爱来补偿我傻活的悲哀。

我们家我最喜欢我爷爷，他总是跟我睡，给我讲好多好听的故事，带我到河边去逮蚂蚱和翻螃蟹。我爷爷喜欢吃油炸蚂蚱，这是一个山上的道人告诉他的一个土方子，说是可以治骨头疼。我爷爷年轻的时候被日本鬼子打断过肋骨，头上还挨了一棒。我爷爷说，我是喜欢说真话的，他跟我一样。他告诉我，有一次日本鬼子杀中国人，要我爷爷在旁边看，他杀一个就对我爷爷说："我杀的是中国人还是支那猪？"我爷爷说，是中国人。日本鬼子说，不是人，是支那猪。我爷爷说，不对，是中国人。再杀了一个，又问，可我爷爷还是说是中国人，而日本鬼子硬要我爷爷说是支那猪。他们就火了，就用棒子打我爷爷的头，又用脚踩我爷爷的背脊。我爷爷当时是个乡绅，为日本鬼子为八路军都筹过粮，但日本鬼子把我的爷爷打伤了，从此以后，我爷爷就爱上了油炸蚂蚱，一到变天时，我爷爷要吃一大碗蚂蚱。后来我们学会了放网捕捉，我总是眼疾手快，捕得很多，我双手攥着满满的蚂蚱，脸上、手上染着草汁的绿色。我爷爷让我把蚂蚱放进一个布袋里便摸着我的头夸奖我说："小德子真行！""可是他们都说我是傻瓜，爷爷，我很傻吗？"爷爷就笑着说："你不傻，你最聪明，在爷爷的眼中你是最聪明的，我们家，你爸爸最傻。"因此，我爱爷爷。我爷爷死的时候我哭得天昏地暗，我差一点冲进火葬场的炉子里把爷爷抢出来。我听他们说要烧我的爷爷，我就愤怒了，我说："为什么要烧我的爷爷？为什么要烧我的爷爷？我的爷爷又不是一把柴火！"但是他们拉住了我，我哥说："德瓜儿，你何必这么冲动，每个人最后都免不了一烧的。"他阴阳怪气的口气让我恨得咬牙切齿，他以为我很喜欢他，因为他已经是我们这个县级市的市邮政局局长了，人人都很喜欢他。可我讨厌他。我就说："只有你才会烧，爷爷是不会烧的。""可是爷爷早就成一把灰了。"这位邮政局的秦局长说。果然，我看见爷爷成了一把灰，装在一个匣子里。我哭晕了过去，我是怎么从火葬场回家的我都不知道。

关于死亡的问题我至今都没有弄明白，人为什么会死呢？好端端的一个人，昨天还在用油炸蚂蚱下酒的人，摸着我的头叫我小德子乖乖的人，今天就怎么被那些人送到那个鬼地方给烧了？是谁下的命令？是我爸吗？我爸经常下命令。我爸是我们这个县级市的市长。

在很远的时候，他们就认为我是个大苕货，薯瓜儿，看什么东西完全与他们不同。为此，他们对我心生怜悯。我知道这种怜悯对我很有好处，我也就顺坡下驴，就汤下面了。因为这样我便会得到糖吃。我很喜欢嚼糖，每天嘴巴里不嚼点甜货就不舒服。早晨睁开眼睛，就要放一块糖进嘴里醒闷儿。比如那会儿在我小时候，他们断定我连星星月亮都分不清楚，他们为此事争论不休，打赌，他们说，小德子肯定以为月亮是大饼儿，星星是狗屎。其实我知道月亮是个啥玩意儿，星星是个啥玩意儿，但当他们问我月亮是什么的时候我就说是大饼儿，星星是什么的时候我就说是臭狗屎。他们很满意，认为他们看人看得太准了，因为我说出来的跟他们想象的完全一样。这几个秦家的聪明人，为他们的聪明大摆了一场筵席，每个人都喝了许多酒，然后指着天上说："小德子，看，臭狗屎要掉到你的头上了。"他们哈哈笑着，拿我开心，我也就说："看，臭狗屎掉到你们的口里去了。"他们说："臭狗屎为什么会掉到我们的口里？"我说："你们的酒碗落了臭狗屎，你们把酒碗喝了，臭狗屎不掉进嘴里了？"他们笑得更响，他们说我有想象力。

我还说过，太阳是骚猫。爸爸是臭豆腐。妈妈是蝙蝠。德瓜子（我）是空心罗汉。哥哥是蛋子。

"哥哥是什么蛋子？"他们不明白，也许是明知故问逗逗我。

我说："蛋子你们都不明白？牛蛋子你们明不明白？"

他们说："牛蛋子是什么样子的？你又没见过牛蛋子。"

我就说："牛蛋子在妈妈的胸前。"

这一下，他们把气都笑岔了。这有什么好笑的，我认为这丝毫都不好笑。我后来就把这些记下来了。我爸说："小德子在记昏话。"他要我干脆去看电视，记也没用，记是白记的，这些昏话，比梦话都不如。可我认为这是有用的，我在与他们恶意的对话中时常记下这些东西。我还记下了"远山在喊娘，近山在喊船""臭豆腐想吃骚猫，结果咬到了蜂窝煤""冬天的空调打着饱嗝""牛蛋子在石头上跳舞"等一些胡话，胡言乱语。但是一涉及"牛蛋子"这些字我哥见了会一脸地不高兴，会指着这些纸片讽刺挖苦我说："德瓜儿要考研究生了。"我才懒得理他，这个牛蛋子局长。

这一天阳光十分地灿烂，春光又十分地明媚，我的心情很好，正嚼着一颗夹心奶糖在院子里让小保姆给我剪指甲，我大伯就来了。我大伯给我们带来了一些扁豆种子，我就问："大伯，这是狗屎吗？"大伯说："这是扁豆，夏天可以吃的挂在墙头上的那种。"

大伯要给我们的院子种些扁豆，他是从乡下来的，但我爸我妈都不干。我们在县城的院子现在成了我爸的盆景园了，他说种扁豆逗虫逗壁虎，他喜欢玩盆景，大大小小上百盆盆景，有几盆非常名贵的百年老桩瓶兰花，有一盆一米见方的绿蛾抱珠，还有一盆蟠龙虬枝的金钟花，一到秋天香袭十里。但我的大伯是个犟人，虽然我们一家都不喜欢他，可他还是充老大，拿起锹就在墙院边点起豆来。我认为我大伯是对的，我喜欢看扁豆我就拍手欢呼："种狗屎啰，种狗屎啰！"我妈拿眼睛横我，并不怀好意地问我："那他种的是天上的狗屎？"我说："大伯种的是金狗屎。"我大伯就朝我伸出大拇指，我妈见了，气得半死，说："大哥，你们乡下人没有教养把我家小德子也教坏了。"我大伯说："那关我什么事呀，二妹子！"我就说："不关大伯的事，我想怎么说便怎么说。"我妈说："是啊，一个傻子是口无遮拦。我说大哥，直说了吧，有什么事来找我们？"我大伯一点儿也不在乎我妈的无情无义，边挖土边说："绝对没什么事来找老二。我看能不能找几份红头文件看看，关于咱乡下的。"我妈说："大哥，红头文件可不是随便看的，你家老二的红头文件我都不敢看，我不够级别，那大哥你就更不够级别了。"大伯说："是不是现在县改市老二提升了半级？"我妈说："那当然啦，你家老二现在是副厅级了，副厅级晓得吗？"大伯说："不就是比过去的县长高一点嘛，那又能高多少？他还是我家老二，不可能成了老大。我说二妹子，我家老二还能往上面升吗？"我妈说："还升个鬼，都五十八了。你们还想让他升到哪儿去？还不够吗？你们秦家，翻十八代的家谱就他一个副厅级，你们老爹是个什么级别？副保长，副保长副科级都不是。你们几兄弟就出了个他，其他的都只会盘泥巴果子，还是些扶不上墙的稀泥巴。前几年要你到城里来守门当门卫，你说到城里拉不出屎来，还是跑回去了，这说出来不让人笑掉大牙！"我听我妈这么说我真的大笑起来了，我呵呵地笑着，笑得前仰后合，我妈说："小德子，看你那一对傻门牙！"

我大伯也笑，笑了之后说："二妹子，过去的事就别提了，丢人现眼。小德子听了都好笑，就证明这事是太好笑了。说正经的，我真是想问问现在的红头文件的。莫非红头文件就都不是让咱老百姓看的？村长也说咱看红头文件没那个级别。红头文件不是党的政策吗，党的政策为啥不让老百姓知道，只让干部知道？我家老二是制定红头文件的，我要给他敲敲警钟。前几天说要收钱，就得收钱，村长说有红头文件。红头文件想干啥就干啥，咱老百姓还有没有个说话的地方？红头文件是为了只管咱老百姓，这红头文件不要也罢。为了把咱农民刮干，就拿红头文件来压人，我是没有钱交了。莫非红头文件说大家要多交钱让村长到村头的酒店多吃点鳝片炒莴笋？我家老二就是这么为村长着想的？这不是官官相护吗？"

"说到底还是钱。"我妈说，便拿出两张一百块的钞票递给我大伯说，"要钱你何必绕那么多弯子！"

大伯说："我不是来要钱的，乡亲们派我来看红头文件的，钱你收起，二妹子。"

我妈有点尴尬，说："大哥，把你你还不要，要是我，你把我就不会假客套，收了再说。"

我插嘴说："我妈最贪。"

我妈咯咯咯地就笑起来，她笑的声音中间有间隔，笑得像一只感冒了的病鸡子，我妈说："小德子，不要胡说！"

这时我爸就回来了，汽车的声音一响，我爸就按门铃了。我赶快去开门。我见我爸满面红光，口里夹着一只精美的牙签，我就对大伯说："我爸吃了鳝片炒莴笋的。"

我大伯拄着锹对我爸说："老二，你们是不是号召县改市的干部都要吃鳝片炒莴笋？"

我爸说："没有的事。"

大伯说："既然这样，为何又让他们收钱？收钱了去吃鳝片炒莴笋？"

"喔，"我爸说，"这次收钱嘛，县改市，不能老是这个样子嘛。要多修几条路才像个城市。所以，要修四车道的路，要保证五十年不落后。"

大伯就跟我爸算账，他的三亩多小麦现在还是青苗，还在灌浆，就给估产三千五百斤了，然后按这个交钱。三头猪还在吃奶，却将屠宰税提前收了。大伯说："假若我这猪死了呢？"

这下让我爸吹胡子瞪眼睛了，我爸一口吐掉牙签，说："这些杂种，让他们发展经济，没有好点子，收钱就有这么多好的点子。"

我妈说："下面的村干部是天才。"

大伯说："个个是天才。"

我爸要我大伯回去给村长带个话，要他骨头长紧一些。他说："我派个清查小组去查他的账，我看哪个经得起查。"我大伯说："老二你又不是不晓得，村长怕你？还不是咱们本家的表哥。"我爸说："他难道逼迫你交钱了吗？"大伯说："他从来就不收我的钱，我说没钱他不敢吭半个屁，我这是来替乡亲们讨说法的。"

最后我大伯果真还看到了一些红头文件。我爸给了大伯一箱花生油，一箱什么饮料，两瓶五粮春，两条芙蓉王还加上一袋子粉丝，让司机把大伯送回村里去了。

很久以前的时候，我爸是一个跟我大伯一样很穷的人。我爸据说读过一些书，有头脑，这样就参加了工作。我们在下面一个叫东山的小镇住了二十年。我爸先后做过财管所的职工、镇委会的通信员、秘书。那时候，我们一家挤在东山镇一个据说是老地主的瓦屋里，那瓦屋四壁透风，只有穿架子而没有隔墙，少说有五六十年历史了。一到冬天，我们就冻得像缩头乌龟，我爸经常带着我们上山去挖树蔸，晒得半干半湿了来烤火，屋里烟熏火燎，整个冬天我们都红肿着一双眼睛。而且那老屋子里经常闹鬼，我就看见过几次，一个老太婆在我们房子里走来走去，她进门和出门都是在门槛缝里钻的。我说我看见过鬼，他们都不相信，说我讲傻话。有一天我发烧，是因为那老太婆摸了我的头。我看见老太婆还掐我的脖子，我在半夜大喊大叫，过了两天，我的烧就退了。后来我妈还烧过纸钱，我爸骂我妈迷信，说一个傻瓜的话你也信，简直不像干部家属。我妈说："这样的干部家属不当也罢了，吃没吃的，喝没喝的，你有什么威风！"

因为我爸能吃苦，能忍耐，我爸如果在镇里受了气，还会回来抽自己的耳光。有一回他说错了一句话，在全体干部会议上被领导批评了一整天，让大家帮助他，提高他的认识。就这样，我爸回来后吃也不吃，喝也不喝，就面壁而坐，抽自己腮帮子。我爸对镇上的中心工作那是没说的，一遇上中心工作，比方说搞严打运动，搞卫生运动，搞精神文明运动，搞计划生育运动，抗旱、排涝、抢险、挖渠，他总是十天半月不回来，一回来就胡子拉碴、毛发深长，眼窝深陷，四肢浮肿，然后再睡上两天。

就是这样，在熬过二十年之后，我爸就调到县里来了，我们也就跟着他来到了热闹非凡的县城。但开始我们只住县政府的两间平房，用芦席吊顶的顶棚上老鼠成群，一到晚上，这些在县政府生活的老鼠就开始了疯狂的赛跑，我总是说这是鬼，我爸说这不是鬼，是高客子，按乡下人的说法，这是些贵客。但是我十分恐惧这样的贵客，我爷爷就说，小德子迷信思想很重，应该把他送到学校去。就这样，我十二岁时才进了学校。我已经开始长胡子和喉结了，他们让我加入少先队，戴上红领巾与那些乳臭未干的小孩们一起升国旗和做游戏。我对那些学习丝毫不感兴趣。他们解释太阳，是银河系的恒星，太阳系的中心天体，地球和其他行星绕它旋转，这有什么意思？我说太阳是只骚猫，它用爪子乱抓，你就热得受不了了。他们说月亮是月球，反射太阳的光，无水，也没有树。可是我认为月亮就是东山镇，是我们住的那个东山地主老宅，阴阴森森鬼鬼祟祟的，周围有许多水和树。我们是从月亮上到县城来的。我说我是月亮上的人，他们更加加强了要我学习正常科学知识的力度，给我灌输一些鬼东西。要我背唐诗，背"鹅鹅鹅，曲项向天歌，白毛浮绿水，红掌拨清波"，还说是一千多年的好诗。我看这样的诗全是废话，曲项向天歌不是废话？白毛浮绿水是不是废话？红掌拨清波更是废话！这么废的话还叫好诗，还要我们背诵！后来他们要我写一篇作文，写"我的爸爸"。我写道：臭豆腐总是被蝙蝠管住了，每当东山镇的骚猫出现，蝙蝠就说，臭豆腐你今天该穿什么衣裳啦？牛蛋子总是让臭豆腐担心，牛蛋子总是四处晃荡着，有一天臭豆腐要咬牛蛋子，咬到了煤窝煤。你问我爱不爱臭豆腐，我说，总有一天，臭豆腐和牛蛋子会手铐脚镣走天下。这样的作文肯定要吃鸭蛋啦。我认为我写得不错，但老师认为我应当到培智学校去。我的父母他们坚持要把我和正常孩子放在一起学习，说如果上了那种学校，只会伤害我的自尊心，让我更傻。这样我好歹上到三年级。他们说我对女老师有了侵略意图，学校的全体教职员工集体签名，拒绝我的入学。众怒难犯，我只好回到家来跟爷爷去河边翻螃蟹捕蚱蜢。

就在我最后一天上学回来的时候，我看见一队老鼠从我们家的下水道钻了出来，扶老携幼，衔尾而去。忽然，我看见了一片火光。但是我们政府大院很安静。我的姐姐正从卫生间洗澡出来，长发湿漉漉的，脸腮桃红，两眼妄然。我就说："姐姐，火要烧起来了。"我姐姐说："小德子，要放什么狗屁？"我说："火肯定是要烧起来的，不是今天，就是明天。"这时，我哥哥手拿着一份红头文件应声出来，他那时候还不是什么局长，不过是一个用邮戳把信件踹到各处去的营业员，但他那时就开始学我爸的派头了，经常戴一副让人头晕目眩的老花镜，摆开架势读红头文件。他模仿我爸，并发誓超过我爸，我哥是个权力野心家。他拿着红头文件对我扬扬，说："德瓜儿，听说你被学校开除啦，我们欢迎你凯旋。"我说："小心烧死你。""你是不是巴不得我们市政府烧得精光呀？有种的你就去放学校的火，我给你扇风。"我当时气得不知怎样才好，泪水在眼眶里直转，我只是说了一句："牛蛋子煨开水！"就拿起粘网帮爷爷捕蚂蚱去了。

那天晚上的火是我那讨厌的哥哥抽烟引起的。他坐在床上抽烟，把棉絮烧着了，我们家火光弥漫，一整栋，一个院子，都火光弥漫了。市政府从家属区烧到办公区，烧了整整两天，全市的三个救火车都无能为力。把清朝光绪年间县衙留存的档案和解放前的县政府文档都付之一炬，损失相当惨重。除我们家外，市长、副市长（我爸当时就是副市长之一）、办公室主任、各大办主任家都烧得片瓦无存。我看见失火的那天晚上市长和他的夫人就各穿了一条裤衩跑出来。第二天、第三天，我看到市长还穿着那件仅有的裤衩在烧煳的办公大楼里跑来跑去，指挥大家扑灭余火。我哥呢，我哥的两块屁股全部烧烂了（好在没烧到牛蛋子），整整三个月，我哥都是站着的，连睡觉都是站着的，三个月在家里喊得天昏地暗。

就像一句老话说的，烧发烧发，越烧越发。市政府得以大兴土木，办公楼矗起了九层，全贴了瓷砖，我们也住上了楼上楼下的独家小院啦。烧得仅有一条裤衩的市长没几天就穿起了皮袄。我们家也都穿起了皮袄，我爸，我妈，我哥，我姐，我，还有我爷爷，都穿上有一股化学味儿的皮袄。再接着就像变戏法似的，新电视，新VCD，新沙发，新家具，一件件向我们家飞来了，家里焕然一新，简直像个暴发户。其他人家里也都像暴发户，全是新的，就是人是旧的，似曾相识。我妈有时坐在真牛皮沙发上，剔着牙齿看三十四寸大彩电播放的韩国连续剧时，很有感慨地说："这把火烧得好哇。"屁股已经长好了的我哥就附和说："旧的不去，新的不来。"我爸总结说："不破不立，破字当头，立也就在其中了。"

其实那些变戏法一样飞来的东西我知道是怎么来的。我看见家具厂的老板送来了沙发，看见拖拉机配件厂的厂长送来了皮楼，看见一个商场的经理送来了影碟机和两个大音柱。他们都笑呵呵的，可是我看见了他们想啐我爸一口的企图，他们笑着的时候牙齿磨得咯咯地响。我爸等那个送牛皮沙发的老板走了，便对我妈说："我就是今后退了，还有几个患难朋友的。"我说："鬼的患难朋友，他们早想吐你一口涎水了。事实已经吐了，吐在我们的楼下铁门上。"他们说我瞎说，说这是爸爸的朋友。我说你们不信下去看嘛，看铁门上有几口涎水。于是不信邪的我爸和我哥就真下楼去打开铁门查看，在我们的美心防盗门上，果然有五六泡新鲜的涎水，全是那个沙发厂的老板和司机吐的。当时我爸和我哥脸就拉下来了。但他们一致认为是我吐的。我说我又没下楼，又没出铁门，我如何能吐？他们说："你是不是听到他们吐了？"我说："我没听见。"他们说："这是怎么回事？"我说："我也不知道。"我故意这么鬼里鬼气，其实我听到了他们出门后嘿噗嘿噗地啐痰的声音。而我家里人的耳朵不知做什么去了，可能灌了太多的油水，什么都听不到。后来他们就说我鬼里鬼气，是因为在东山镇那个闹鬼的老宅子里住久了，傻瓜火气低，鬼很容易缠身。于是他们给我脖子里挂了一块很大的玉，说是避邪的。

这个春天真是乏味啊，我有时候呆呆地看着爷爷留下的粘网，不觉泪水涟涟。我真的很想与爷爷一起在河边玩耍的日子，而现在他们不让我一个人出去，说现在坏人太多，绑架的、拐卖的，如今的生活好像到处都潜伏着危险。还有汽车也多，摩托也多，不是遇上车祸就有可能遇上炸石头的把你的脑袋敲个洞，要不修楼房的脚手架上掉块砖头或者哪个围墙塌了，再不他们说像我这号傻瓜会走到缺了窨井盖的窨井中。县城有许多人掉进这类被人偷了井盖的窨井中不是摔死就是淹死，或是摔断了脊骨全身瘫痪，自认倒霉。总之，外面是热气腾腾的，又是危机四伏的，这就是我们的现实。到处是有意或无意的侵犯，如果你的智商和经验稍微出点偏差，你就会大难临头。外面设下骗局的人也很多，我们市委党校的校长，还是个硕士生，就被一个所谓易拉罐得大奖的骗局骗去了两万块钱；我们市城关中学的一个数学老师，也被一个什么稀有药材的骗子骗去了八千多块。

我不能出去，又没学可上，我爸我妈让那个小保姆教我念书，她成了我的家庭教师。可这个又矮又胖的家庭教师简直是个混蛋，她在我哥哥的书柜里找来了一本《智慧的花朵》的书，让我学习，说可以增添智慧。这是一本谚语选，说这本书是中国人民丰富的生活斗争经验的结晶。一翻开那本书，就是这样的话：一花独放不是春，百花齐放春满园。懒牛屎尿多，懒人明天多。比享受，使人意志衰退；比贡献，使人奋发图强等等。我说："这竟然是智慧的花朵？难道你们正常人的智慧就是这等水平？如果是这样，我认为比我傻一百倍。"小保姆说："那你说我们比你傻一百倍，你搞几句聪明的谚语让我们看看？"小保姆就不耐烦地丢给我一支笔，要我自学了。我拿着笔，我在纸上记一些胡言乱语。其中还有几条我自己很得意的谚语，比如：要想贪，黑心肝。两手空空的，不是当官的。我还记了一些"牛蛋子在半夜跳舞""空调学鸡叫"这类的胡话。

有一天，我看见我大伯种的扁豆爬上来了，我就写了这么几句话：一场雨，把扁豆哭出来了。谁蹲在云端的茅厕里屙下金狗屎？向上爬的青藤在耍阴谋。这些胡话我都是秘不示人的，它放在我枕头边的一个大糖盒子里面。我有时候嚼糖就会嚼出这样的一些句子来。

可是有一天，我这些胡言乱语还是被我爸我妈发现了。他们认为我的精神世界已经完全混乱，不可能再把书读进去。这个春天加上县城到处都是翻修大马路，整个县城的天空都弥漫着厚厚的灰尘，我已经咳嗽一个星期了。我听我爸我妈对我哥说："如果让小德子还这么胡思乱想下去，春天肯定会出事，'菜花黄，痴子忙'的老话还是要警醒，干脆让他跟你们一起到广州去玩一趟，散散心，免得关在家里发癫。"

这样，我哥就欣然答应了带我去广州玩。他们是去广州参加一个什么邮政大会的，离大会还有十多天，他们就一致通过坐特快火车去广州。他们说坐飞机坐腻了，坐火车还可以一边看南方的景色一边喝酒。如果坐飞机，爬上去气还没喘匀就到了，怪没意思的。这样，这几个邮政局的人抬着几箱啤酒就上了火车。我爸我妈我姐都把我亲自送上了火车，我姐还给了我一包餐巾纸，让我时常拿出一张把鼻涕擦擦。我说我没有鼻涕，他们坚持说我感冒了，肯定会有鼻涕的。

我是第一次出远门，又是第一次坐火车。真是新鲜得不行，在车上跑来跑去，给这个倒茶给那个续水，忙得不亦乐乎。结果一次给我哥续水时手烫伤了，右手的手背上烫出两个鸡蛋大的水泡。我哥给我抹了红花油就说我太蠢了，说我想充明白人又不是明白人，然后让我再乖乖地偎在床上，闭着眼睛睡觉。那几个随行的对我们家秦局长抬着轿子，说："真是十娘养九子，九子九个样。秦局长看你这么聪明，你老弟又这么傻，的确是天渊之别啊。"我哥喝得醉醺醺的，回答说："我也聪明不了多少。照我们家老弟看来，我还不如他呢。"于是那几个抬轿子的就嘎嘎嘎地像鸭子一样笑了起来，说："真好笑，真好笑。"他们在火车上从早喝到晚，啃着在一些火车站停下来时买的烧鸡和卤猪脚什么的，并且把我当他们历久不衰的话题，当奚落和嘲笑的对象，以证明他们聪明。

在车上，抬轿子的问我家秦局长，是不是在广州做什么事要避开我。我哥也就是邮政局秦局长说："不，不，不，我老弟是个傻瓜，你们避开他干什么？这一次出来跟以往一样，不要避嫌。傻瓜看见了只当没看见一样。"

我跟着他们就住进了很高级的宾馆。他们给我安排了一个单间。我还没有住过如此豪华的宾馆，虽然说我们市的宾馆我是常客，但我们市的宾馆跟在广州住的宾馆比起来，简直一个是皇宫，一个是猪圈。我现在就住在皇宫里，我赤着脚在厚厚的地毯上行走，我在小冰柜里随便拿饮料拿啤酒喝，拿美国的开心果吃。一个抬轿子的看见了就对我哥说："秦局长，你兄弟的胃口还是不错的。"我哥就说："吃在广州嘛，来广州不吃干啥呀。"俨在一张账单上将我吃的一一登记，然后要那些抬轿子的安排去吃最地道的粤菜。

这一次我在广州吃了什么我脑子里真是煮开了糨糊。反正我的口里留有最美妙的海鲜味和最恶心的猫蛇味，这两种味道时常在我的嘴里打架，打得死去活来，有时候猫与蛇赢了，有时候海鲜赢。海鲜也不过就是些鲍鱼啦，鱼翅啦，这个贝那个贝啦。我吃海鲜简直是如饿狼扑食，特别是每只四百多元的八头中东鲍，我可以吃两只，开刀大苏眉，我也能吃一斤。可他们硬要

97

我吃猫与蛇。蛇和猫盘在一个盘子里，他们就要我吃猫尾巴，说是虎尾。我啃着猫尾巴他们又要我喝蛇胆酒，说是龙胆酒。猫就是猫，蛇就是蛇，为何要叫虎与龙呢？而且它们全烹在一个盘子里，没有知觉了，还能斗起来？我那哥哥和几个抬轿的人给我买了一身洋服，还买了一根领带，他们也都把衣裳换啦，对营业员说："请开一张发票好吗？请开两万两千一百三十元好吗，请只开两套。"而我分明看到的是五套。

我们又去买皮鞋，他们给我买了一双很有派的美国什么鱼的皮鞋，我哥哥亲自蹲下身给我试皮鞋，他说："德瓜儿，感觉怎样，夹不夹脚？"我的哥哥仰着头慈祥如父地看着我，我摇摇头说不夹脚，我哥便向售货员说："小姐，就四十一码的吧。四十一码的两双，四十码的两双，四十二码的一双。"几个抬轿子的人穿着与我一样的什么鱼牌的皮鞋，咯吱咯吱地在商场的柜台外走动了两下，回过头对我哥说："我们全是沾你兄弟的光托你兄弟的福啊，局长。"我哥说："哪里哪里。"边说边给卖鞋的小姐抛媚眼。我哥的媚眼那可是有名的了。我想卖鞋的小姐肯定是心慌意乱了。几个抬轿子的人就给小姐说："这是我们市的邮政局长。""好年轻的局长呀，"那个小姐说。"我们局长还是个单身汉呢。"几个抬轿子的人颇有深意地说。这时我哥哥便趁机发动了进攻，说："小姐，晚上我请你吃龙虎斗，给我面子吗？"小姐高兴得跳起来，说："太好了，算我今天有口福。"

我那哥哥一手拿着小姐留给他的手机号码，一手拿着一张写有两双皮鞋和两个什么皮包的发票，欢欢喜喜走出了商场。我对我哥说："这是犯罪要跟上吗？"

我哥说："德瓜儿，你说这是犯罪？"

"那不是是什么？"我高声地说。

我哥就抓住了我，让我停下脚步，指着我脚上的新皮鞋说："德瓜儿，你脚上穿的是什么？"

我说："是鞋啊，皮鞋，美国什么鱼牌的皮鞋。"

"不是皮鞋！"我哥在广州的街上就喊了起来，"不是皮鞋，你这傻瓜，这是皮鞋吗？"

我说："不是皮鞋是什么？"

"是二泉映月！是龙虎斗！"

我不知道二泉映月是什么，但龙虎斗我知道。我看着我哥在广州的街头发脾气，眼睛瞪得像两颗牛蛋子，要把我吃了似的。

"你不傻，你太聪明了！"我哥绝望地对我说，"我告诉你，你跟着我说：是二泉映月，是龙虎斗！"

"是皮鞋！"

我也发了犟气。我看见我哥的脸吓白了，气得浑身发颤，说不出话来。那几个抬轿子的人说："这只能证明他是个大傻蛋，是傻二家的老兄，傻老三。"

我哥说："什么，那我就是傻二啦？"

那几个抬轿子的知道说漏了嘴，忙解释："不是不是，我们说他是个傻老三，真傻，如果我们脚上穿的都是皮鞋的话，那全国人民不都成了傻老三吗，那不是傻子国家了？所以，我们穿的不是皮鞋，是……是……是二泉映月。"他们异口同声地说："是二泉映月，在广州，我们不仅花钱听了二泉映月，还听了彩云追月，所以，我们的精神，受到了熏陶。"一个抬轿子的还手指着左右脚教我："这，小德子，这是一泉，这又是一泉，二泉映月。"

我好像恍然大悟似的对我那哥哥说："我们穿的是——风火轮！"

我的这句话先是让我哥大吃一惊，接着就见他破愁为笑了："好，好。"

一个抬轿子的也说："好，好，风火轮，风风火火闯九州嘛！"他们就一致认为我很聪明，说这才是聪明人说的话，说："秦局长，你兄弟是个天才。"

我哥得意扬扬地说："我老弟傻脑瓜里时常会蹦出一些神来之语。"

晚上，我们又是吃龙虎斗。当然多了个卖皮鞋的小姐啦。我发现他们几个人想方设法要把那个小姐灌醉，可怜的广州小姐，皮肤黑黄、小蒜头鼻子的售鞋员，喝了几杯龙胆酒，就被他们架着去了宾馆，被丢进了我哥哥的单人房里。我因为吃了太多的猫肉与蛇肉，嘴里不是滋味，睡不着，加上又接到了一个小姐的电话。我问她是不是卖皮鞋的，她说她不卖皮鞋，说："先生，你开什么玩笑呀，我给你提供二十四小时的全方位服务啦，我的按摩绝对是意大利指法啦。"我对她说："我是个傻瓜，又没有钱，请不要打扰我了。"她在电话里死乞白赖地说："鬼才相信你的话，你是个傻瓜，你能住一个晚上上千元的房间啦？你是个傻瓜，不住桥洞里去了！"我懒得跟她扯白，生气地挂断了电话，我就起床去我哥的房间里给他说说这个奇怪的电话。

我推开我哥的房间看到我哥和那个卖皮鞋的小姐正精赤条条地从被窝里跳起来。我哥要我背对着他们站着说话。我转过头去，我看见我哥和那个卖皮鞋的小姐都穿好了衣服，我哥正在给她数钱，她正在写一张字条，我哥把钱数好了，那小姐把字条也写好了。然后那小姐收了钱，在我哥脸上亲一下，又过来在我脸上亲了一下，飘然而去。我一眼就瞄到了我哥手上拿的那张字条，上写：皮具一件，币一千元正。我哥将那字条收好，眼没看我，问我道："德瓜儿，你看到了什么？"我说："你问什么？"我哥说："你看到我和刚才那个人在干什么？"我说："嫖娼。"我哥的脸刚才还是红光满面的，又一次突然煞白了。我哥说："德瓜儿，你想把我送进牢房？"我说："我没。"我哥说："你傻瓜的眼睛都全看见了？"我说："我全看见了。"我哥呼天抢地："可你是一个傻瓜的眼睛呀，你能看见什么！老天爷，广州真是个好地方啊，真能锻炼人呀，让一个傻瓜也变得聪明起来了，真是见多识广。这如何得了，我以为你这傻瓜的眼睛是看不到的。"我说："我全看到了。"我哥突然眼露凶光，让我胆战："你说，你过去也全看到了吗，你就是没说？而这次你全说了？""不是的。"我害怕。我哥看到事情有了些转机，就假惺惺地露出了温和的笑脸，手拍着我的肩膀，说："德瓜弟，那我再一次问问你，你说爽妹是一种什么东西呀？"我说："爽妹嘛，爽妹就是痱子粉。""好，好，好！"我哥说，又接着循循善诱，"那么你看到我和那个卖皮鞋的小姐在一起是……"我马上抢着回答："牛蛋子在打马蛋子。你们在龙虎斗。""好，好，好！简直是太好了。不过卖皮鞋的也不是小姐，对吧？"我说："你跟痱子粉龙虎斗。"我哥终于一块石头落地了，说："你真是我的好兄弟。明天咱们到动物园去玩，好吗？你想吃什么，想玩什么，只管给老哥说，长兄当父嘛。"

在广州的这一趟我玩得真是太开心了。我哥和那几个抬轿子的人为了堵住我的嘴，就给我买了许许多多的广州糖，我一路嚼着糖甜蜜蜜地回到了我们县城。

我哥回来以后他们邮政局的日子相当不好过，听说发工资的钱都没有了，有些退休的老邮递员四处上访，而另一些上访的人主要是说市邮政局下面的一些分局与支局拿着汇单兑不到钱，三个月以后还只能兑付一半。我爸那些天一个劲儿骂我哥，说："你当这样的局长是掉我老秦的底子，家里一个傻儿子不够，还要有第二个傻蛋吗？"我爸说："如果不是我，关于你们邮政局的坏新闻不晓得有多少了！"我哥回嘴说："谁叫你不让我搞电信局长，你知道邮政局就是个亏本的买卖。"我爸说："就是不让你去当。""那我只好拖欠顾客的汇款了。"我哥吊儿郎当地说。我看见我哥的脸上露出了很难受的表情，那表情不是因为我爸的话，而是来自他的身体。说得准确一点是来自他的裤裆。我看到我哥从他的房里拿出一些针药来就下楼了，他要到医院去打针。但是我爸看不惯我哥的那副样子，我爸在楼上对着楼下的我哥大吼说："你算什么局长，你是个赖账货！"

过了两天我未来的嫂嫂来到了我们家，一进门就骂我哥并泪水婆娑的，我妈就说："玲子呀，莫非把我们都忘了吗。生谁的气呀？"我未来的嫂嫂说："你儿子把我害了，他妈的简直不是个东西！"她满口的不干净，手还一个劲儿地往裆里抓。这个破坏了我哥家庭，赶走了我原来嫂嫂的女人，是我们市外贸局局长的女儿，我姐姐的同事。过去与我姐姐很好，但自从成了我们未来的嫂嫂之后，我姐姐就在家经常骂她是个骚货，说我的哥哥是鬼迷心窍，说这个叫玲子的女人是看中了我哥的位置和我家的名望及家产。这个女人经常给我们提大闸蟹和基围虾来，都是鲜货。我妈也与我姐姐一起骂过这个女人，但我爸吃过味道不错的大闸蟹以后，说他没有闻出外贸局长巴结他的气味。就这样，我哥哥的家庭解体了，这个女人成了候补嫂嫂。

这个女人一哭诉，我妈就把我哥从房里拎了出来，问他究竟在广州干了些什么。我哥指天发誓说他什么也没干，说他在广州天天参加会议，晚上分组讨论。说，不信，可以问德瓜儿。

"那你为什么得那种脏病呢？"我妈指着我哥鼻子说。

"宾馆的浴缸啦，坐便器啦，坐公交车摸了扶手甚至点钞票都可以得这些鬼病。"我哥说。

我未来的嫂嫂说："你不要扯白撂谎了，你骗不了人。"

我哥说："我全是真话！我是谁传染的还不知道呢！"

　　我未来的嫂嫂就急了，眼睛瞪得像咸鸭蛋，说："啊？那就是我传染你的啰，我在外头胡搞了啰。"

　　这时，我妈就找到我了，说："我来问小德子，小德子是傻瓜，见了什么说什么，是不会说假话的。他哥在外头干了什么，他总应该晓得。这事我看不能放过坏人，也不能冤枉好人。"

　　我妈的话那可是话中有话了，我那未来的嫂嫂品出来了，也就不吭声了。我妈就把我拉出来，但我哥却不让我说话，阻止我妈道："德瓜儿看的跟我们完全不一样，让一个傻瓜来作证那不是笑话吗！"

　　"我就要问他。"我妈说。我妈明显地是在袒护她的大儿子。当然了，我妈要维护她当局长的儿子的形象，这一点是不含糊的。我妈故意扬起眉毛问我："小德子，有人反映你哥在广州干了坏事，干了天大的坏事，已经坏得头顶长疮脚底流脓了，是这样吗？"我没有回答。我妈接着说："你怎么不敢讲呀？你怕哪个呀？是有讲的还是无讲的？你放个屁，你为何不放个屁？"

　　我哥说："妈，你不要问他了，他瞎讲你负得了这个责？"

　　"那你又怕谁呢？"我妈对我哥说，"你是怕我？是怕纪委还是怕哪个妖魔鬼怪？堂堂七尺高的男人，做了坏事又怎样，不做又怎样？我说小德子，你说，往坏处说！你哥在广州是杀人了呢还是放火了，是贪污公款了还是拐卖妇女了，是吸毒了呢还是走私了，是偷越国境了呢还是抢劫银行了。"

　　我妈一串连珠炮，我看见我未来的嫂嫂的脸开始白了，黄了，想哭想叫了。我突然大声地回答说："我哥在广州牛蛋子打马蛋子，跟痱子粉龙虎斗！"

　　我哥的大牙就渐渐地咧开了，说："看，我说的吧，德瓜儿不会说假话的，我在广州就打了些弹子，弹子就是保龄球，广州叫大弹子房。然后呢，就是天天吃龙虎斗啦。龙虎斗也就是咱们这儿的猫和蛇，可广州的好吃。龙虎斗好吃，广州又热，吃多了生痱子，只好擦痱子粉啦。我寻思这痱子粉是别人擦过的，皮肤传染皮肤。"

　　我未来的嫂嫂就打断他的话说："小德子就没有擦痱子粉？"

　　我说："我没有擦痱子粉。痱子粉卖鞋。"

　　我妈说："你说什么，又在扯胡话？"

我哥说："德瓜儿这会儿没扯胡话，我们不是都换了新鞋吗，广州那地方，买新鞋搭售痱子粉。"

我妈说："现在事情都清楚了，玲子，你还有什么可说的吗？"

事后，我哥摸着我的脑袋说："德瓜儿，看来我给你的糖没有白吃，衣服没有白买。兄弟还是兄弟呀！"

我傻乎乎地笑着说："臭豆腐讲的，牛蛋子总是个赖账货。"

接着，我家里就来了许多要求修县城大马路的人。过去我家里来的人也很多，但从来没有像这段时间来人把我们家门槛都踩塌了。我爸爸真是忙得焦头烂额，加之我哥找我爸闹着要换局长位置，我爸爸给他提出了另三个位置：农业局、轻工业总公司、商业局。但我哥不干，非要到电信局去不可。他说只有电信局那才叫局长，其他算什么局长。我爸给我哥出了个馊主意，激将他说："除非你把电信局局长杀了。人家在那儿好好的，又没犯什么错误，凭什么要把人家拉下来把你派去？"

我妈说："老秦，你不同意就不同意，干吗指使儿子去杀人呀！"

我爸说："那你说我怎么办？我一个人说话不算数。咱们都是有组织的人，不能乱来嘛。"

我妈说："我知道你原则性很强，可儿子在邮政局也不是事呀。人当然往高处走嘛。"

"那让他来接我的班吗？"

正说着，又有人按响了门铃。我爸说："从办公室追到宾馆，从宾馆追到家里，跟他们讲，就说我不在。"

我妈去开了门，可进来的两个人根本不是来找我爸要项目并翻出一沓资信证明文书的这经理那老总。进来的是两个穿着统一马夹的某牌空调的安装人员，并从一辆轻卡上抬下来一台空调。他们好像没等我妈反应过来就抬上了楼。接着又神速地接上电，在我家楼上靠东的窗户下用电钻钻孔了。我爸说："哎哎，两位师傅是怎么搞的，吃错了药吧？"因为电钻的声音太大，我爸的声音就很高，像吵架一样的。那两个师傅就停下了电钻，说："哪个吃错了药，您家里人说要装在这块的嘛！""我家里人？谁？""谁，我们哪认得，您家里的人，刚才在外头指给我们看的，难道不对？"师傅说。我妈说："我们……谁买了空调呀？"眼睛朝我爸看，朝我看，又去叩我哥的房门，我哥正在生气，说："我没有买，别找我。"我妈一屁股坐在椅子上，说："又是抬轿子的人搞的。"我看我爸叹了一口气，和颜悦色地对两个师傅说："不关你们的事，不要钻我的墙了，请你们把空调搬走，不是我们的。"两个师傅你看我，我看你。其中一个坚定了一下眼色，就又执着地开动了电钻。另一个说："你们莫跟我们开玩笑了。"说着拿出一些工单拍拍道："我们一个下午要安装五台，我们是喝茶上厕所的时间都没有。"我妈便要小保姆给两个师傅拿了两听饮料。两个师傅坚决回绝，说："我们有规定的，不准喝客户的一口茶。"他们在屋里钻，又爬到窗外用保险绳系了钻，安装铁架子，再拆包装。师傅说："这个空调卖得蛮好，返修率在各种空调中最低。你莫看××、××牌子的，广告做得天花乱坠，返修率都高得吓人，你们还是有眼光的。"我看我爸和我妈有苦难言，只以"是，是，是"搪塞。

两个师傅把空调装好了，就试机，一插，机器就开了，就有一股冷气向我们吹来。师傅说："怎么样？一点噪音都没有。"我爸说："关了吧，关了吧，现在哪是吹空调的季节！"那两个师傅走了，也不要我爸我妈签字。我爸说："字也不要签吗？"师傅说："签了呀。"我爸要师傅拿出工单来看。一看，是我爸的名字，我爸说："好，好，谢谢你们了，你们辛苦了。"

等师傅们走了，我爸我妈看着一堆包装的泡沫、纸箱、钻孔钻出的砖灰和一台漂亮气派的柜式空调。我爸说："世上没有白吃的午餐。"并走下楼到了院子里，朝铁门外喊："是人是鬼你出来吧！"这时就听见有个鬼应声说："哎哎，秦市长，开门，开门。"

进来的那个鬼就是其中一个踏矮了我们门槛的经理，又瘦又高，一副鬼相。这个经理凸眉凹眼、不南不北的样子让人见了难受。我爸说："你想做哪一段吗？"

那人说："我想做二中到食品公司的那一段。"

"你的胃口也太大了！"我爸一拍桌子道。那个经理吃了一惊，也不一定吃了一惊，这种情况他见得多了，人只要死皮赖脸的，什么惊都不吃。我爸继续说："南望山那一段给你就不错了。你是什么队伍？胡传魁的杂牌队伍。人家是省路建二公司的。"

那个经理说："那只有挖山不止了？"

我爸说："有山挖就不错了。"

那经理说："挖断了电信局的电缆该哪个负责？"

我爸说："那该我负责啰。"

那经理说："哪里哪里。"

我爸说："为何你要挖断电信局的电缆？你难道与电信局有仇？电信局多收了你的电话费手机费？你家电话盗打了？"

那经理说："没有没有。反正在南望山，肯定要挖断电信局的电缆。"

他这么说着，我就看到我哥鬼鬼祟祟地从门缝里伸出脑袋来听什么。我哥一听到"电信局"这几个字就像蚂蟥听到了水响。后来我爸他们是怎么都说出笑脸来的我就不知道了，我正在看一个电视剧，里面有很多砸东西的镜头。那个经理被我爸我妈送下楼时，他拍打了我的脑袋一下，说："令公子可以到我的工程公司搞个副总经理，反正他在家没啥事吧，一个月我给他五千块钱。"

我爸挥着手连声拒绝，说："算了吧，算了吧，我是马路改造工程指挥长，我公子是某个施工单位的副经理，那不是把头伸出来让人家剁？"

那经理说："怕什么，秦市长，你这是老观念，现在是举贤不避亲嘛。"

我爸就笑起来了，说："我这公子是一个傻瓜，他算什么贤哪，你说！×经理，莫讲笑话了。"

那瘦高的经理说："秦市长太谦虚了，令公子怎么会是傻瓜呢？"最后握手的时候他对我爸说："秦市长，反正你有我有，我有你有。"

我爸说："你这话听起来总不是滋味。"

那经理就说："好，好，不说了，不说了。"

那经理走后，我们在清理空调安装的现场时我故意问："爸，那人要我去当什么呀？"

我爸："他什么也没说。"

"他说的公子不是指我，是指我哥吗？我哥也是傻瓜？"

我爸说："你哥是个大傻瓜。"

"那我们秦家不都傻吗？我爷爷说你也很傻。"

"秦家是个傻瓜之家。"我爸打着呵欠说。

"但是，"我说，"他们怎么会跟一个傻瓜送空调呢，那他们不是比我们更傻？"

我爸的眼睛突然从困顿中亮了起来，怪异地看着我："你从广州回来真的变聪明了，小德子！"

"我还是个傻瓜。"我说。

"你说空调在打呵欠，你过去说过这句胡话吗？"我爸问我。

我说："我不是说空调打呵欠，是说他打饱嗝。"

"哦哦，"我爸说，"它打饱嗝就证明它的胃已经坏了，有了胃溃疡，所以打饱嗝，因此，空调就要换了，明白吗？"

我眨眨眼睛，摇摇头。我爸不轻不重地扯着我的耳朵，对我说："孩子，你看的跟我们看的不一样，就是这样。你不要胡言乱语了，你已经不小了。"

我委屈地说："我只想知道谁比我更傻。"

我爸说："孩子，这世上没有比你更傻的人了，他们一个比一个聪明。"

"哦，"我说，"那我就是世界上最傻的人了。"我伤心，我不可理解，我伤心地流下了眼泪。难道我是这个世界上最傻的人吗？这么大一个世界，我竟然最傻？

我妈也安慰我，我妈说，是她前世作了孽。而我爸归咎于在东山镇医疗条件太差，那个接生的女医生原来是蔬菜队的一个菜农，后来成了赤脚医生。我爸说："如果不是她耽误，我们的孩子不是现在这个样子，现在有钱什么大学不能读呀，我们市委书记的女儿十六岁就到加拿大留学去了。小德子假若读了大学，他会这么傻？"我妈总结说："他一个空心罗汉他没有忧愁，我认为比我们强，我们还一天到晚提心吊胆呢。傻瓜最幸福。"

我真的没有忧愁，最幸福吗？晚上，我在纸上写下了如下的胡言乱语：大伯的扁豆在空调里哭着，没有忧愁。经理挖山，埋下了饱嗝。牛蛋子穿雨衣，心怀鬼胎。我看见了你们，躲在骚猫的背后，把我甩了。

我问过我姐姐，有时候只有她才能安慰我，我问她："姐，他们说我看到的跟他们看到的是两码事，是这样吗？"我在外贸局搞大闸蟹贸易的姐姐说："别听他们的，他们在糊弄你，你看到的跟他们看到的一样。""他们说傻瓜的眼睛跟别人的不同。""一样，一样，一样！完全一样！"我姐说。我喜欢我的姐姐，她长得多么漂亮，她像个观音。我说我是空心罗汉你就是观音。我姐就笑了，说："那咱们成仙啦？我可不想当神仙。"

姐姐因为太忙，来不及跟我多说话，但吃大闸蟹的时候总是把蟹黄给我吃。她心疼我。我最不喜欢的是我哥和我未来的嫂嫂。当我未来的嫂嫂来我们家时，我姐就会借故离开家。有一天，我姐看见了我写在纸上的胡话，问我："为什么牛蛋子穿雨衣？"我说："他不想打伞。""为什么他不打伞？"这时我的脸无缘无故地红起来了，我不知道我姐问的是什么意思。我姐就说："小德子，是不是去广州一趟学坏了？"我说："我没有学坏，姐，我根本就没有学坏！"

我十分委屈，我的姐姐也不信任我了吗？仅仅因为我写了牛蛋子穿雨衣？可我为什么要这么写，当然我是有原因的。他们没有发现，我看到有一天我哥穿着雨衣回来了，使我想起电视中那些在雨夜里神出鬼没的人，搞暗杀的人。我想把它讲出来，可我又不能讲。我讲这些干什么呢？谁会听我的？谁会相信我？他们只会说我鬼话连篇，并且说我学坏了。

我已经有三天不理我的姐姐了。她喊我，我总是不吭声。她说："小德子的脾气真大呀。"我横竖不说话，我看电视，看窗外，一个人把自己关在屋里整理爷爷留下的粘网。有一天，我把我自己罩在了网里，就那么睡着了。我被人推醒之后就看见了一个陌生的女孩子，那女孩子说："你为何要把自己罩在网里？"我说："你是谁？"她说："我是王文英。"

王文英是我姐姐带回来的，王文英长得漂亮极了，嘴巴甜甜的。王文英是个打工妹，没有找到工作，我姐姐同情她，就把她带回来了。刚好那些天我家小保姆因她家里遭受了冰雹与龙卷风袭击，回家处理事情去了，我姐就让王文英到我家来先顶替小保姆几天，然后求我爸和我哥给她找份工作。

说起王文英的家事，王文英甜蜜蜜的笑脸就要哭了。王文英说她家有八口人，爷爷奶奶，父亲母亲，三个弟妹。父亲挖煤砸伤瘫痪，母亲有病，三个弟妹等着她打工挣钱读书。

"行了吧，现在骗子太多了！"我的爸爸恶狠狠地对我姐姐说。

我估计那个叫王文英的女孩听见了。但是我姐姐的声音也不小，虽然我妈让他们小点声音。我姐姐说："你算什么市长，没有一点同情心。难道你真的对你手下的百姓见死不救？"

"你把这些人带到我们家里来，让她出去瞎说吗？我早就说过，不允许陌生人到我们家来。你是不是想把所有的秘密都端出去，让你的老子遭枪毙？"

"莫非你做了那么多坏事？"

我姐的话刚说完，我爸的巴掌就扇过去了。我听见了"叭"的一声，像扇一个大牛蝇，就这样，我姐"哇"的一声哭了起来。我姐还不服气呢，她说："你若是老百姓的官，你怕老百姓干什么？"

我是第一次看见我爸甩我们家里的人，且是我姐姐。我姐姐迟早要被我爸甩耳光的，因为他们争吵过许多次了。

"你们是为我吗？你们是为我，那我就走了。"王文英突然从黑角落里钻出来在灯光下说。

我姐抹了一把眼泪，像革命者一样挺胸说："你不走，看他们怎样！"

后来是那个凸眉凹眼的经理来才将王文英的事给解决了，让她去南望山工地做保管员，但条件是得在我家待到那个小保姆回来为止。

美丽的王文英和我美丽的姐姐在家里取得了胜利，她们总是在一起快乐地哈哈大笑着，旁若无人。她们吃瓜子，画眉毛，讨论电视剧中的坏人和好人。每当这时，我见我妈和我爸就恨得咬牙切齿，而我哥总是悄悄地拿着雨衣出门了。

大雨不停地下。我看见我大伯种下的扁豆已经顺利地爬上了墙，站在墙头用淡紫色的花笑着，看着雨雾中的我。我不喜欢听王文英的笑声，在别人都上班后，我就一个人在雨雾中跑来跑去，王文英就喊我，就说："你也不怕淋病吗？"

后来我爸回来了，我爸对王文英说："他是个傻瓜，他想怎么样，你是管不住的。你这个女伢子还是少管闲事的好。"

我爸的脸跟这个雨季一样冰冷。我爸给我一张斗笠让我戴上，说："你不想去街上看挖土吗？"

我凭什么要看挖土？街道已经挖得不成样子了，我才不会出去。我想去河边，但没有了爷爷。我背着网就在院子里网我们家喂的几只鸡。

这种游戏总会厌倦的，我已经明白这是无聊的游戏，我只是不想看王文英笑才走出来的。后来我走进了屋子，我没有看见我爸和王文英。所有的门都是开的，只有王文英住的那间小保姆的房间是关的。我听见了王文英的笑声和我爸的喘气声。我看不到什么，我只好伤心地回到了我自己的房间。我想在纸上乱画，我的心里很不是滋味，我想我姐姐应该回来了。

不知什么时候饭做好了，我姐姐也回来了。我们吃饭，我姐姐和王文英一如既往地笑，说电视剧，我爸一如既往地板着面孔。等王文英在厨房收拾碗筷去之后，我爸对我姐说："你应当把王文英的身份证拿在手上。"我姐说："你为什么不相信她？"我爸说："你懂什么，这样的女人也带进来，不是引狼入室吗？"我姐不想跟我爸再争辩，关上自己的房门不出声了。

我爸喷着鼻子到厨房给自己的茶杯续水。我一伸过头，就远远地看到了我爸和王文英躲在角落里亲嘴呢。这是怎么啦？我看见了什么？我问我。我已经不下一百次这么问自己了。我究竟看见了什么。我心里蹦出这样的字眼：臭豆腐正在油炸满面红光的打工妹。油乎乎的手在掏你的蛋子。我想哭，又想笑，后来就哈哈大笑起来。我虽然换了干爽的衣服，头发还是湿淋淋的，我在那儿一个人大笑，我妈刚好回来了，我妈就冲进我的房间，观察了我一下，说："小德子是不是患了流感？发烧，说胡话？"我说："我还没有开始说呢。我说臭豆腐正在油炸满面红光的打工妹，油乎乎的手在掏你的蛋子。"我妈摸摸我的额角，又用嘴唇试试我的额角，说："你淋了雨啦？"我说："我淋雨了。"我妈就喊王文英，说："你跟那个小保姆比你简直是夯干饭的。一个傻瓜你都管不住你管什么？我们家小德子要是生了病，你可跑不了。"

这时候，王文英的嘴突然硬了，王文英说："我又不是做奴隶的，我是你家奴隶吗？你们想赶我走的话我就走呗。"说着就背上她的包便走。我妈看着她走也不拉她。我姐还没冲出来我爸就冲出来了，说："你走！你走！你走得越远越好！"我爸口里是这么说，却以他年近六旬的身体一个劲步就蹿下了楼梯，把守在大门口，说："今天谁都不许走，谁走我打断谁的腿。"

王文英就把脚重新登上了楼梯，在空中甩着她的包，一脸傲气地坐在了沙发上，并揿亮了电视机，开始选她喜欢的节目了。

我妈气得瞪着眼睛，我妈指着王文英又指着我爸的鼻子说："你是不是被什么狐狸精迷住了？"

我爸说："莫非要我来烧饭洗衣伺候你们不成？"

我姐也说："留下她你们还吃亏吗？不刚好留下一个剥削对象？"

我妈制止我姐说："你少插嘴，我是问秦市长大人，是怎么突然要挽留别人的！"

我爸说："在家里你狠，这不完了吗！"

我妈用她可怜的声相开始讽刺起我爸来："好一个怕老婆的市长，好一个枕头风县太爷！好一个妻管严！全是虚伪的！比骗子还虚伪！"

我妈浑身颤抖，我妈在那儿难受，她一定很难受。这时，王文英站起来了，她把双手绞在胸前，她满面红光地一副小大人模样，说："我说清楚，我可不是第三者，我可不想破坏你们家庭。我只是一个乡下人，给你们做春笋炒腊肉的临时保姆。"

她的这些话让我爸爆发了惊天动地的笑声，我姐也笑了起来，后来我妈也笑了起来。我呢，我也笑了起来。

"哈哈……第三者，你是第三者？你是谁的第三者？"我爸笑得泪水四溅，捧着他的将军肚弯下腰去。

"哈哈……亏你想得出，小调皮鬼！"我姐也指着她跺脚笑。

我妈也笑得眼泪出来了。她那是真流泪。我看见了她的心在流泪，正从心上一滴滴落下来很咸的水珠子，落到我的心上。

为了庆贺王文英能留下来，庆贺我们一家的和好，晚餐我们全家（除我哥外）喝了许多干红。我几乎喝了一瓶，我们都喝得烂醉如泥。王文英真是不错，很会说话，很会劝酒。我从没看见我爸那么一杯又一杯往口里倒酒的，我妈也没有，我姐也没有。王文英做的毛家红烧肉是如此地道，油而不腻，连从不吃肥肉的我姐也大啖了十几块。一大锅红烧肉，我妈还说给我那局长哥留一些的，结果吃得一块不剩，连最后的几块蒜子也拈干净了。我爸还抱着那钢精锅舔干了老底的残汤。然后，我们一家就倒在客厅的地毯上睡着了。

我们醒来是在半夜时分，是我那局长哥把我们唤醒的。我哥穿着一件雨衣，湿漉漉地站在我们面前，大喊道："怎么啦，你们这是怎么啦？"

我先醒来，我妈醒来了，我姐醒来了，我爸最后醒来。但是我们都没有发现王文英，也没有发现三十四寸的彩电和 VCD 和功放到哪儿去了。我们以为王文英搬到小保姆的卧室去看了，这只是我的认为，我这个傻瓜的认为。其实不然，我早知道王文英远走高飞了。首先是我妈喊："我的项链呢？"我没等我姐喊，就对她说："姐，你的包肯定不见了。"我姐就到她房间去看，接着就听见了尖叫。不仅姐的包不见了，她几套很不错的衣服也不见了，她的一件在春节穿了没几天的皮袄，灰飞烟灭。而我爸的皮袄呢？我爸的西服呢？我爸的手机呢？我爸……总之，我爸是最后一个宣布爆炸新闻的。他七歪八倒地进了他的卧室，出来后沮丧地说："八万块的现款席卷一空。"

我妈就说："她竟然能打开保险柜？谁教会她的？"

我爸的脸红一阵，白一阵，说谁也不会这么傻。

"莫非只有我这么傻吗？"我问他们。

"可是，"我爸说，"你根本不会开保险柜。"我爸说："这事就不要声张了，到此为止。"

我妈不甘心，说："难道不可以顺藤摸瓜，追根溯源，看看是谁的责任？"

我姐说："不要矛盾对准群众。"

我妈说："她是骗子。"

"然而她的脸上没有写'骗子'两个字。"我爸说。我爸现在站在我姐一边了。

我哥阴阳怪气地说话了，我哥说："还是看看骗子留下了什么吧！"

于是，我们到小保姆的房间里去查看，果然看到桌子上有入木三分的几个字，写在市政府的公文纸上："一吻千金。"

"这是不是一首歌的名字呢？"我哥故意阴腔阳调地说。他仍然穿着那件雨衣，像个特务分子。

我妈说："这是发生在我们秦家的事情。"

我爸说："谁吻了她？谁吻了那个骗子？真是岂有此理！"

我哥说："肯定有人说过，我用八万块钱的人民币和港币加上一台

111

三十四寸的彩电换你一吻。"

"你不要贼喊捉贼了!"

我爸拿上茶几上的烟灰缸,就要砸我哥,被我姐姐拦住了。我姐姐说:"算了,算了,算我同性恋还不好吗!"

我妈说:"肯定有谁看见了。"

我爸说:"那就是指咱们小德子啰。你让小德子说嘛。"然后他们问我:"小德子,你看见了什么吗?你在家待得多,你肯定看见了什么。"

我不说。我不作声。因为我看见了我爸在别人不注意时射向我的凶狠阴鸷的目光,让我胆寒。我没说话,我爸就说了:"小德子一定还没有醒过酒来。他就是说,也肯定是酒话。酒话加上傻话,能说出个什么!"

我姐说:"小德子说过牛蛋子穿雨衣。"

我哥说:"这不是事实吗?"

我妈说:"小德子还说过臭豆腐油炸……油炸满面红光的打工妹。多恶心,我都说不出口了。"

"这是什么意思呢?"我爸说,"油炸就是接吻?就是亲嘴?在小德子眼里油炸就是亲嘴吗?"

我妈说:"比亲嘴更可怕。"

我爸说:"是我油炸了她还是她油炸了我?"

我哥说:"两个人互相油炸嘛。"

我爸头发凌乱、张牙舞爪地说:"你们逼我,啊?在外头我大小是一个市长,在家里就成了你们的阶级敌人!我哪里还有威信啊!"我爸伤心起来,一伤心泪就掉下来了,泪掉在他衰老的眼泡上。他说:"你们斗争我,可我今天才从工地上剪彩和讲话回来,你们不给我一点温暖吗?让我又没看到今天的新闻。"

我妈说:"电视都没了,看谁呀。"

我姐就搬出了她房间的一台旧彩电。于是,深夜的整点新闻里就看到了我爸真是在南望山道路工地的开工典礼上剪彩和讲话。

我爸总是电视上的中心人物,占有了我们市新闻的头条二条。在这个开工典礼上,我看到了那个凸眉凹眼的给我们送空调并要我去那儿做副总经理的人。

我们全家人在深夜看着我爸在电视上的光辉形象，停止了争吵，也似乎忘了家里遭洗劫的悲剧。再接着的新闻是：我市主要电信电缆被犯罪分子盗割，致使部分地区通信中断达四个小时，直接经济损失两百万元，抢修人员已赶往现场进行抢修。电视的画面是在风狂雨猛的夜晚，在南望山的一侧。我看到许多人都穿着我哥还穿着的雨衣。这时，我突然听见我那局长哥从心底爆发了令人毛骨悚然的狂笑："哈哈哈，这下，电信局局长不撤也得撤了！"

我爸说："这不稀奇，这已经是第五次被盗割了，犯罪分子正在和我们捉迷藏。"

我哥被公安局的警察抓去也是在一个风狂雨猛的夜晚，在又一次盗割电信局的电缆时。我哥被抓去我家人都瞒着我，可我有一天在电视上看见了我哥，还看见了两三个他的同伙儿。那几个同伙儿就是那几个抬轿子的人，我认识他们。我在电视里看见后我就拍手笑着说："哈，是他们，牛蛋子打马蛋子！"

我爸和我妈沉浸在深深的悲痛当中，我妈擦着泪说："建国（我哥）怎么会干这样的傻事呢？"

我爸说："一屋的傻蛋。"

我妈说："他们都是你的儿子。"

后来，我的未来的嫂嫂来了，说是来分割财产的。我爸说："你们又没有结婚，分割什么财产？"未来的嫂嫂说："你儿子总得要赔我一些青春损失费呀，我光治性病就花了一万多。""谁知道你是怎么得的！"我妈说。"还不是你儿子从广州带回来的！"我那未来的嫂嫂手上敲打着两个小本本。我看清了是她与我哥的病历。这是她的证据。我爸就说："关于治性病的问题，你们怎么不去大医院，偏要到小诊所治呢？"我未来的嫂嫂说："去大医院，哪个不怕把名声毁了？""就是了，"我爸说，"小诊所就是利用了你们的害怕心理，那还不狂宰你们一刀！其实这种病在大医院百多块钱就搞定了。"我未来的嫂嫂说："秦伯伯，你怎么这么有经验呀？"我爸说："这算什么稀奇，只要不是傻瓜都晓得。"我妈对我爸说："算了吧，我不想揭

113

你老底。"我爸自我解嘲说:"好,好,在家里我没有说话的权利。"

关于给我未来的嫂嫂付损失费的事,我妈一毛不拔。我妈从来就是一毛不拔的人。我妈恐吓她说:"如果传染了性病需要赔偿的话,我们愿意由法院判决。"我未来的嫂嫂说:"你知道我不想身败名裂,我还要嫁人的。""那就对了嘛,"我妈说,"你还找咱们秦家要钱?我没找你要人就不错了。我儿子如今手铐脚镣不是你把他送进去的吗?你要我们家老头子调他去电信局,说如果他不做电信局局长你就不同他结婚。现在好了,邮政局长都做不成了,他坐了监狱,你拍屁股跑了,你这个女人,你还有脸来要钱!"

我妈把我未来的嫂嫂轰出去了。

这个暴雨成灾的夏天给我们家带来的完全是一股深深的阴气。我爸得回来的消息是,我哥至少要判五年。我妈坚持认为是我爸没有满足我哥哥的要求而让他铤而走险的。我妈说:"你安排了那么多局长就不想给儿子一个。"我爸说:"算了吧,建国的品质不好怪到我头上?他不是局长吗?不是又是什么?心高想心高。这孩子从小就小偷小摸惯了。我是不想跟你说,他刚开始当局长的那会儿,还偷人家副局长的皮夹子。小时候偷针,长大了偷天,得亏没当上什么大官,要是在我这位置上,不把全市的局长摸光了送人才怪呢。"

然后他们总结我哥的种种劣行,说到他盗割电缆的艰辛。拿着钢锯,开着车,冒着大风大雨挖进下水道去割那么粗的电缆,几个抬轿子的也成了他的帮凶。其中有办公室主任、工会主席、纪委书记。我哥许诺他们若当上了电信局局长,他们统统做副局长,管人管物管钱全是他们的。他们准备日后分大赃,而现在分小赃。他们把盗割的电缆卖给了一个收荒货的农民,每人各分得赃款八百二十多元,我哥稍微多一点,九百余元。我爸唉声叹气地说:"他们这几个蛋子也不差这点小钱啦。这哪儿是局长干的事呀,完全是无业游民干的事。匪夷所思!匪夷所思!我的天啊!我们秦家作了什么孽,竟出这等逆子!连小德子也不会这么傻。"

我爸夸我,我就说了一句:"聪明反被聪明误。"我爸听了这话,对我说:"还是你爷爷说得对,小德子,这一屋的人,就你聪明。"我妈说:"小德子老早就说过,臭豆腐和牛蛋子手铐脚镣走天涯。小德子,你的话怎么这么灵哪？你是不是有鬼气？"我爸说："臭豆腐牛蛋子指谁？"我说："指你和哥哥。""叭"的一声，谁挨了一巴掌？我。我后来发现巴掌是打在我脸上的，我东张西望了好大一会儿，才发现巴掌落到我脸上了。

"你为什么打我？"我说。

"我打你这张臭嘴。"我爸说。

我跑下楼，拉开了铁门，跑到大街上，跑到了河边。我喊我爷爷的名字，我哭，对着大雨中的河水痛哭。我说："爷爷，我爸打了我，我犯了什么错误？为什么要打我？我什么坏事也没做！"

雨就在我的哭喊声中停了。我坐在河边，看到晚霞照耀着河面。我一出来这天就晴啦，好久，天都没有开，我一来，天就开了，河上照着那些干爽的晚霞，金黄加上铁红，美丽极了。我在河边捉了几只蚱蜢。有蚱蜢我就把在家的委屈忘了。我这天很晚才回家。

如果是平时，他们肯定会说我的，可这一天他们谁也没说我，甚至把我忘了，他们在流泪，叹气。屋里死气沉沉。因为小保姆未来，他们全啃着干面包，那些面包撒得到处都是，拉开灯会发现许许多多蟑螂，正在搬运着面包的屑末。

第二天、第三天我又去了河边，我随身带来了纸和笔，我想记下河上看水看云的字句，记下我爷爷。当然，这只能是一个傻瓜的昏话。我记的是以下这些片断："蚱蜢把爷爷忘在了河边……粘网被牛蛋子撞破了……红云烧着性病……打工妹背走了剪彩的电视……道路盗割着电缆……空心罗汉封闭了嘴巴……我不说不是我没看见。"

我在这一个傍晚写着这些心中的愤懑时，看见有个影子正压在我头上。我歪着头就看到了一个圆圆的肚子，一种男人的骚味儿，骚乌龟的气味。一个，两个，三个。他们说："写得好呀，这傻瓜还是诗人呢。"他们就要我跟他们走。我不认识他们，我说："我凭什么跟你们走？""你只有跟我们走。"他们说，骚乌龟说。

我准备跑，但我没有跑出他们的掌心，他们拽住了我，他们三个骚乌龟都很有一把力气，我实在分不清他们三个谁是谁，他们交叉叫着对方的名字，他们把我丢进一辆汽车，按住我，我挣扎，大叫，我骂他们骚乌龟，我说："你们这几个龟孙子！"他们就笑，就说："侄儿，你虽然傻，却有很大的劲儿。"我使用了牙齿，我咬了他们，我啐他们，调动和培养我喉咙的痰往他们脸上身上吐，我用脚踢他们的蛋子。我说："牛蛋子打马蛋子！牛蛋子打马蛋子！"我踢到了，我听见一个骚乌龟说："你敢踢你的表叔啊，小子！""你不是我的表叔，你不是，你们是流氓，骚乌龟。""可骚乌龟是我们孝敬你爸的，都被你这个傻瓜吃了。"他们说。

这个晚上他们对我还算客气，给我炒了一个田螺，并放了二两白酒。我抓起田螺朝他们砸去，他们并不发火，他们说："田螺是给你吃的，侄儿。你喝点酒嘛。"

"我不喝酒！"我说。

"那么就给你找个小姐来陪你。"他们说。

"我不要痱子粉！"我说。

"痱子粉？"他们说，"痱子粉就是女人吗？哈哈，咱大哥可最喜欢痱子粉。"他们说。

"你们的大哥是谁呀？"我说。

"是你爸爸。"他们说。

第二天，我爸就来了。我爸看了我一眼，眼神很平静阴暗，就对那三个人说："开门见山，你们要多少钱？"那些人说："大哥，我们哪敢找你要钱！"我爸说："你们不是为了钱绑架我儿子干什么？"那些人说："我们可是没动侄儿一根汗毛。今天把你找来是让你接受我们的心意。"

那些人说着就从一个包里拿出一沓沓百元的纸币来，堆到我爸面前的桌子上。又拿出一尊金佛，金光闪亮的。其中一个人说："一共是十万，请大哥笑纳，今天是不收不行了。"

"谁说的？"我爸说，"谁说今天不收不行？"

"肯定不收不行，就是为这，才让侄儿来帮个忙。现在，大哥，咱们是不是该背着侄儿呀？"他们用嘴努努我。

"这些事不要背着他，背不背一回事，他是个傻瓜。"我爸不耐烦地说。

"是个傻瓜我们就放心了，"他们说，"大哥，你还拒绝什么呢，你难道害怕你的傻儿子去告发你吗？"

"不是我的傻儿子，而是你们。"我爸说。

"大哥，你把那广场和地下停车场的活儿给我们做了，我们会坏你的事？我们不就成了绑在一条绳上的蚂蚱了吗？"

另一个家伙说："大哥，为何宁愿把事给别人做，也不给兄弟们做？"

我爸说："我今年五十八了，马上要滚尿了，你们这些名声狼藉的家伙，你们做成了，我就完蛋了。"

那些人说："大哥是想保晚节啊。大哥，直说了吧，是不是给别人做好处多些？这样，再加一倍，成不成？"他们又搬来一个袋子，又拿出一扎扎的钱来，还有一些港币和美元，又堆到桌子上："大哥，你就收下吧，除去咱们的傻侄子，天知，地知，你知，我知，你怕什么？"

我爸在犯踯躅。我爸用手刮着干巴巴的颌骨。我爸用舌头舔着他的烟牙。我突然大吼起来，我突然想吼，我在一旁大吼道："骚乌龟的脚要戴铐子了！"

我这怒吼简直像一颗炸弹，我听了我声音的回声，在这间空旷的陌生房子里嗡嗡作响。我看见我爸的眼睛瞪绿了，看见那三个骚乌龟的眉毛直了，牙齿翻在胡子外面，嘴巴像一台碾米机。我听我爸说："小德子，你说什么？"那三个也说："这傻瓜在说什么？"

那三个人猴着腰，恐惧地望着我，又互望，凑近那桌子，手像触烫山芋地触到那些码着的钱和金佛，怯怯地问我："傻瓜，说这是什么。"

"哈哈哈！"我笑了起来。

"小德子，他们问你，这是什么。"我爸也像他们一样那么问我。

"钱。"我说。

"什么钱？"我爸问。

"就是钱，黑钱。"

"不是钱，不是黑钱。"那三个人绝望地喊。

我爸一屁股跌坐到地上，对天对地对他们也似乎对自己喃喃地说："小德子开天辟地认识钱啦。"

那三个嘀咕了一会儿，眼露凶光地对手足无措、瘫坐在地上的我爸说："我们是不是把这傻瓜杀了？"他们指着我。

"你们敢！"我爸站了起来，他是多么衰老，可他此刻突然有了一股力量，他用他的身子挡住我，他说："你们谁敢动他一根指头，我要你们一个个脑袋搬家。我就两个儿子，大的进了监狱，就剩下这个傻儿子了，他就是我的命根子，你们要杀他，不如先杀我吧。"

我爸向他们求情了，这个可怜的市长，在这些人面前怎么一点威气都没有了呢！但是那几个骚乌龟说："反正是个傻瓜，大哥，还想为你传宗接代？你还想依靠他度晚年？这样的傻瓜活着不等于没活吗？"

"算了吧，算了吧，"我爸说，"你们都见了，钱我是不敢拿一分了，广场给你们去做吧，白给你们，放我这个傻儿子走就行了。"

就这样，我和我爸回到了我们家。

离开了一天，就像离开了几年似的，家还是温暖，有家的感觉真好。这是一个广告这么说的。

过了几天，我就在电视上看到我爸参加了我市最大城市广场的开工典礼，那三个骚乌龟簇拥着我爸，走上典礼的高台，然后又是剪彩，又是讲话。我满面春风的爸爸跟过去无数次在电视上亮相一样，头发吹了，染了，整个脸上的肌肉和皱纹里都是微笑，打着漂亮的领带，手拿着讲稿，站在麦克风前。

我每天望着我大伯种下的扁豆，已经越来越呆傻了。有一天，我们市群艺馆的一个文学辅导干部来我们家，为她丈夫升馆长的事找我爸。这个女辅导干部穿着得体，头发丝毫不乱，一看就是很有知识的女人。她跟我妈很熟，她叫我妈大姐，叫我爸市长哥。她看我嘴里不停地嚼着糖望着扁豆，就对我爸我妈说："孩子应当上学。"我爸我妈说："他如何能学得进去！不过他还在自学呢，我们这儿子有时鬼画桃符还挺有趣的，只是太傻过度了。"这辅导干部无意间拿起我那本写在纸上的东西，念着念着，一拍大腿道："这不是诗吗！？"

"你们儿子的诗绝对是好诗。一些傻瓜总会有一些异秉的，也就是奇怪的天赋。"

我爸插话道："天赋？一个傻瓜还有天赋？"

"怎么会没有呢？比如有的傻瓜会作曲，有的会画画。有的虽然没上过学，但能一口就说出一个世纪和下个世纪的某一天是星期几。这怎么解释？这无法解释。这只能说是上天给他们的。因为他们傻，他们的心灵没有任何一丁点污染，所以他们对某一方面会有极强的领悟力，甚至可以不学自会，或者一经点拨，大放异彩。"

这位女辅导干部指着我的那些胡话说："这是多么好的诗啊！"

我妈说："我的天，我的傻儿子会写诗吗？他能成诗人？"

"能，一定会成为出色的、独一无二的诗人。"那个女的兴奋地说："这是先锋派诗，你们不懂，先锋派，最现代的诗。"

我妈喜极而泣。那个女人边翻边念边开始点评起来了："蚱蜢把爷爷遗忘在河边，这就是通感，蚱蜢遗忘了爷爷，蚱蜢象征着什么？太多了，它象征许多，不可言说，又能感觉到。它应该是指一种纯情？一种少年的乡愁？一种季节的温馨回忆？一种道德的怀念？……红云烧着性病……可以想见，一个有性病的人脸上是会出现一种奇怪的红斑，可小德子是怎么知道这些的？他整天只会呆呆地看扁豆的生长，他如何能把性病和傍晚的景色联系起来？而红云是大自然，性病是社会现象，红云还象征什么呢？疯狂的幻觉一样的社会生活？人的欲望？堕落的时代？……看，臭豆腐想吃骚猫，结果咬到了蜂窝煤，还有牛蛋子在石头上跳舞，这是想象力奇特的诗句，非常好的诗句，它还有黑色幽默，这让人难以置信，太难以置信了……"

就这样，我爸爸的车每天把我送到群艺馆，跟着这位女辅导干部学作诗。我第一次在我们市的市报副刊上发表的第一首诗就是《景色》，是根据我那句"红云烧着性病"扩大的，我的这位女老师给我润色。这位女老师为了使我能全面增加诗的知识，掌握诗的技巧，从诗的起源给我讲起，讲诗之兴也，谅不于上皇之世；讲诗言志，歌永言，声依永，律和声。讲诗歌的十三辙，讲《诗经》《楚辞》，讲唐诗、宋词、元人小令。讲表现与再现的关系，讲最早的儿歌："脚儿斑斑，斑上梁山。梁山大斗，一石二斗。每人屈脚，一只大脚。"并且给我讲"倾倒"，要我回家做一首诗。她说："'倾倒'是一个动词，也可以作为形容词，也可以作为动词，这就是你的本事啦。甚至可以借助于一些副词、助词的变动，使这个词生动起来，现代诗就是这样，怎么用怎么新鲜怎么好。"

"'……倾倒在大街上搔首弄姿。'这'倾倒'是名词。'你使我倾倒，我被你倾倒，你倾倒了我。'这里的'倾倒'都是动词，放哪儿也改变不了它的词性。而'一棵树像倾倒一样在河边'，这就是形容词了。'倾倒'的本义是什么呢？就是一个女人倾倒了一个男人，被爱上了。"

她说用我这种傻瓜写诗的风格，很能把"倾倒"写成好诗。我说："是不是一条狗追另一条狗，前面的狗倾倒了后面的狗？母狗倾倒了公狗？"

女老师说："可以这么说，又不可以这么说。你说的是一种动物性、兽性，谈不上倾倒。倾倒是一种疯狂的爱，是对美的折服和投降。"

但是我说："有性病算不算倾倒？"

女老师说："那不算倾倒，那是病倒。"

我晕乎乎地坐车回家，想着怎么把"倾倒"写成一首诗。在路上，我就看到电信局的那栋新修的大厦快倾倒了。

但是我没有写出诗来，第二天我就把这个想法告诉了女老师。

"难道大厦快倾倒了吗？"

"这算不算倾倒？"

"这当然叫倾倒。不过你这句诗还没写完，你应该写，'电信大厦倾倒了所有的市民'。为什么倾倒了所有的市民？大家都想拥有一部手机嘛。但是大厦好好的，怎么会倒呢？简直莫名其妙。"

"老师，我看见那大厦的确快倾倒了。"我坚定地说。"它只会倾倒它自己，不会倾倒所有市民。"我说。

电信局大厦的倒塌只是数天以后的事。"轰"的一声，说倒就倒。电信局大厦的倒塌是在半夜，一共只砸死了十二个人，其中九个是电信局的人，另三个是广场工地的，砸死了三个经理，那三个经理那天晚上在工棚里"斗地主"。斗地主只要三个人。为什么电信大厦砸到了广场工地？因为广场工地就在电信大厦的前面。那三个经理我在电视上看到了他们惨不忍睹的遗像，就是那绑架我的三个骚乌龟。

我爸去出事的现场指挥救人后凌晨回来，兴奋地对我妈和我说："报应啊，报应啊！"我爸那么疲倦竟然在洗澡间里唱起了歌来，他高声地唱着，整整一个晚上。

　　我在慢慢地、痛苦地成为一个诗人，这都是他们逼的。他们希望我成为一个有用的人，一个有名的傻瓜。如今我记下了这一切，可是我仍然不懂得我所生活的世界，我也不可能左右它们，我只是感到沉重和茫然。我从此将不再是一个快乐的傻瓜，我咬着笔头，要用我的胡思乱想，写出让这个世界倾倒的诗句来。

　　——这就是那个女老师对我的期望。

　　　　　　　　　　　　（原载于《福建文学》2004 年第 2 期）

一船四人

遗憾的是，这条船叫"泥驳"。

它并不装泥，也非泥捏的，它不过是"水泥驳"的简称。

这条船是在提倡土法上马、自力更生的年代，由几个泥瓦匠打造的。泥瓦匠造船，船竟能浮起来，实在是奇迹。

这条船自重达两百吨——你们见过如此笨重的船吗？诸位！你们只听说过"小船儿轻轻飘"，而此船却全是混凝土浇筑的，也就是这个字：砼。后来，我在字典上查到了它，我一点儿也不掩饰我的羞愧。我认为，驾这种笨重的船，是命定于此。

驾长小名儿叫咬脐。一听就知道是他娘自己为自己接生。驾船的人，走到哪儿生到哪儿，没多少讲究，咬了脐带就落地。

另外两个水手是鼻涕和尚和鸭咪咪。

鼻涕和尚睡下铺，我睡上铺。鼻涕和尚说，是他把鸭咪咪从自己头顶赶跑的，因为鸭咪咪半夜老是哼哼。鼻涕和尚说，他要我睡他头上是瞧得起我。

鸭咪咪睡在我对面的上铺，我问他晚上是否做噩梦，比如梦见蟑螂、蛇、鬼什么的，他先是不理我，后来竟然骂起来，说哪个婊子养的做了噩梦。这么赌咒我也不好意思了。但是他晚上呻吟确是真的。

鸭咪咪是孤儿，他的父母死在洞庭湖上的呼救石旁。呼救石是一块礁石，据说一到打雷下雨，礁石上就传来恐怖的呼喊，是一男一女的声音。有人说这就是鸭咪咪的父母。有人又说不是，是很久很久以前的一对打渔夫妇。有科学头脑的人解释这是一种自然现象。说在一次暴风雨的时候，有一男一女在此遇难，他们喊救命，恰好这块石头有一种磁性，把声音录了下来，一旦打雷下雨，礁石就放出这些声音，世世代代，无休无止。不管怎样，鸭咪咪的父母的确是在那一带死亡的。那时，鸭咪咪一个人在岸上读小学二年级。船业社的领导把一叠衣服交给鸭咪咪，说是在他父母船上捞起来晒干的。鸭咪咪捧着衣裳闻闻，没有了母亲用米汤浆过的那种熟悉香味，是一股让他感到恶心的水藻腥气。他捧着衣裳，把嘴唇咬破了，呆呆地看着长江。在场的咬脐驾长见他傻了，就大喊着说："伢呀，你哭，你哭！哭出声来就好了。"但是鸭咪咪就是不哭。鸭咪咪看着长江和周围的人，露出一脸什么都不懂的惶然。

那时候，鸭咪咪才八岁。

在这条"泥驳"上，咬脐驾长和鼻涕和尚是"三朝元老"，我与鸭咪咪属新生力量。鸭咪咪之所以也到这里来，是咬脐驾长收留了他。咬脐驾长无儿无女，一个孤老，一个孤儿，同病相怜，很容易贴一块儿。鸭咪咪勤快，像只蓝蚂蚁，有事没事去拖甲板，往木桶缸里吊水。鸭咪咪把江水吊起来之后，就用装明矾的竹筒在里面反反复复搅。明矾把水中的泥沙沉淀，这需要有很长的时间，鸭咪咪喜欢看江水澄清的过程，发呆。他把明矾筒别在腰里，看起来像一种奇怪的兵器。每当发呆时，鼻涕和尚就大声嚷嚷说："鸭咪咪，雷打痴了！还不做饭！"

鸭咪咪是船上的炊事员，属兼职，多拿二十元工资。

船停在辛家码头。吃饭的时候，鸭咪咪叮嘱鼻涕和尚说："上岸给我搞张电影票。"

鼻涕和尚甩了一大把鼻涕，说："哪回少了你的！"

别看炊事员这活儿单纯，只烧四个人的饭，但逢在码头等待卸货装货，船上的人都上街去闲逛，炊事员却拴住不能走，坚守岗位备一日三餐。只有晚上收拾完毕才能爬上岸去一个人看场电影。

咬脐驾长挖了锚之后，又用前后缆结结实实拴好了船，才慢悠悠地朝镇上走去。鼻涕和尚不慌不忙，精心编结着脖子上的那根恶劣的领带，没有与咬脐驾长同行的打算。

我说："驾长都走了呢。"

鼻涕和尚说："鱼有鱼路，虾有虾路，跟他走，打鬼！"

我不解地问："这是什么意思？"

鼻涕和尚说："人家是有主的人了，他到邹寡妇家去。"

我说："邹寡妇是谁？"

他说："邹寡妇就是邹寡妇。"

我说："这当然。"

他怕我不明白，又反问我："你看驾长吃什么穿什么了？"

我说："他没吃什么没穿什么。"

鼻涕和尚说："这就对了。"

我说："原来是这么回事。"

鼻涕和尚说："是怎么回事？"

我说："我也不知道。"

他说："他把钱全部给邹寡妇啦。邹寡妇有个儿子。"

我说："他干脆跟邹寡妇过算啦。"

鼻涕和尚发火了："这事你来安排！咬脐驾长是打一梭子弹就回船上来。人家说，他那一梭子金贵呢，像原子弹，尖端武器。他自己情愿喝神仙酒，花给邹寡妇却大方。不过听说邹寡妇蛮心疼他，舍不得用，都存银行了，为他养老送终的。"

我的鼻子忽然有一点发酸。

边走边说，一直走到熙熙攘攘的街上。鼻涕和尚问我："你猜咬脐驾长多大年纪了？"

我说："七十九岁。"

他说："还九十七啰！才五十挂边。河风吹老少年人，到时，你我不一样！"

我说："我不会，我皮肤好。"

鼻涕和尚说："好个鸡巴。"

他见有女孩子前面走来，赶紧隐藏好一挂鼻涕，眼睛发亮地说："人家这才叫好，嫩蕤了的，像软蛋壳，一捏就破。"

走到电影院门口，他说："我去买票，你在门口等我。"我不让，说还是我去买。他说："你人不大，倒啰唆。"

他去了，我左等右等不来。我看穿进穿出的人，站在那儿像个苫。我到卖票的窗口去寻找他，没见个影儿。我寻到厕所，每一个坑都检查了，没有。我去卖甘蔗瓜子的那儿，都没有见到蓄光头的鼻涕和尚。

鼻涕和尚丢下我，一个人溜之大吉。我只好买了一张票，一个人看电影。满电影院的一片嗑瓜子声。是一部哭笑不得的喜剧片，男演员嗲声嗲气，女演员粗声粗气，我像鬼怪一样地笑了两声，就强忍幽默，悲痛地逃出了电影院，深一脚浅一脚地摸回了码头边的"泥驳"。

鸭咪咪一个人守在艄楼里，见我回来，问道：

"鼻涕和尚呢？我要他打票的。"

我说："他跟你打票？！他把我甩啦。"

鸭咪咪笼着手，很是沮丧，半边脸在黑暗中说：

"这狗日的又是嫖去了，真是狗日的。"

我也说："真是狗日的。"

夜深之后，咬脐驾长回来了，夹着新浆洗的被子衣服，一走三晃，一副很满足的样子。

"你们还不睡？"他问。

我们说："等你和鼻涕和尚呢。"

咬脐驾长不好意思起来，过了一会儿，问："鼻涕和尚干什么去了？"

鸭咪咪老着脸说："误了我一场电影。鬼知道他掉到哪个逼眼里去了。"

鸭咪咪不会说话，把咬脐驾长弄了个难堪。我忙说：

"他可能在看第二场电影。"

鼻涕和尚几乎是到第二天早晨才鬼鬼祟祟地摸回来的。我们起床的时候，他正进入梦乡。衣服散堆在甲板上，皮鞋污脏，一条领带比先前更细。

中午，鼻涕和尚起来，一个人到碗柜找饭吃。见了我也不向我解释他究竟跑到哪儿去了，见了鸭咪咪也没向他道个歉。吃了饭之后，他就坐到船头的缆柱上晒太阳，对我们说，他学会了跳迪斯科。于是，马上在甲板上进行示范表演。他扭得十分恐怖，鸭咪咪看后直吐涎水。

鼻涕和尚气喘吁吁地说："不是我吹，船业社还没哪个能跳。"

这是五月，河水刚刚泛黄。两岸青草萌萌，杨柳依依。肥了地气的雨水带着一些残渣往下游流去，是些去冬的菱角壳、死根的水藻。辛家码头是我们常年的停靠站。这里冬季卸砂，春季运谷种，进入初夏后又运新上市的五月桃和巫山李等。

鼻涕和尚瞧不起我们，又不帮助我们。鼻涕和尚是"泥驳"的"开国元勋"，在工作上自视清高是有道理的。他抹船洗船，往往洗得像刮毛的猪；他钻进密封舱去舀渗水，憋里头就两个小时；他把航行灯擦得贼亮；他把缆绳、靠球、锚链放得井井有条。咬脐驾长非常欣赏他的才华而默认了他在岸上的胡作非为。鼻涕和尚看起来像个智力障碍患者，但对于驾船，却十分老到。不过他也有致命的弱点，能把船收拾得清清爽爽，却无法整顿他的一挂鼻涕，老是在人中穴荡秋千。因为他的优越感，所以尽找鸭咪咪的碴儿：

"喂，扎洗把去！""喂，饭里头怎么尽是沙子！"

鸭咪咪并不听他的调遣。鸭咪咪不搭理他，一个人趴在上铺，总是在纸上写呀写的。鼻涕和尚告诉我，他在写信，一张纸要写两三天，一丝不苟，写得很艰苦，时不时去翻一本卷了角的字典。好几次我想去帮帮他，但看他保守机密的样子，就打消了这个念头。

鼻涕和尚一张嘴搁在了鸭咪咪身上，无外乎就是看鸭咪咪老实。有时候，没碴儿打碴儿，完全成了习惯。鼻涕和尚祖籍是湖南人，老说鸭咪咪的菜淡了。

"鸭咪咪，贪污盐。买菜不买点辣椒，咽得进嘴！"

鸭咪咪说："那你来做看看。"鸭咪咪有时候也当面对抗。

鼻涕和尚见鸭咪咪还嘴，更起劲儿说："吓老子？哪个不能做！没辣椒就散伙，我的观点非常鲜明。"

咬脐驾长喝着酒，抬起头来，一拍杯子，说："扯屎淡，哪个说散伙？"

我便说："吃辣椒鼻涕更多。"

鼻涕和尚用筷子指了我的鼻子，说："小陈，你个婊子说话有水平！"

我说："我写诗呢，我想当诗人，诗人没有水平哪个有水平！"

事实上，我的确在学写诗，写不好，瞎写。鼻涕和尚外强中干，我才不怕他。我就是想惹火他，逗逗乐。逗鼻涕和尚，是一桩享受。不过，我想寻机报复他一下。谁让他撇下我，一个人去嫖婊子！谁让他老是欺负鸭咪咪！跑长水的时候，他让我一个人代班打坐船头，喝风淋雨，而他却坐在艄楼里听录音机。他的录音机转速特慢，哥呀妹呀小雨呀。而咬脐驾长还亲自撑篙扳舵，下河挖锚呢。

鼻涕和尚对我有点怀恨在心。这很令我高兴。疑心生暗鬼。他认为我上床的时候从他的枕头边爬是故意挑衅，他认为他的一盒饭少了这是我怂恿鸭咪咪干的。有一次吃红烧肉，鼻涕和尚又上岸去夜袭了，我们便轻松地把他的一份瓜分完毕。但是那天晚上鼻涕和尚扑了个空，中途踅回，见肉没了，非要吃肉并且非要红烧不可。

我说："吃肉不长肉。"

鼻涕和尚犟，反问道："那你为什么要吃呢？还是诗人，什么臭屎诗人，分别人肉吃。"

我说："我吃了你的肉？"

他说："你没吃我的肉？没吃，我的肉呢？"

我说："肉不在你身上长着吗？"

鸭咪咪终于在一旁笑起来，鸭咪咪很少笑。咬脐驾长也笑。咬脐驾长说："好了，好了，你明天多吃一份不就得啦！"

鼻涕和尚不干，把空碗摔了，把锅里的热水全舀干洗澡，我们只好喝凉水。鼻涕和尚上床对鸭咪咪说："你今天晚上再哼哼叽叽老子可不客气了。你吃了一份半红烧肉，还哼，不满还是怎么着？"

鸭咪咪正在写信，鼻涕和尚一搅和，没有了灵感，挂着眼泪把纸和笔全扔到河里。我没作声。后来我掏出我的口琴，吹《边疆的泉水清又纯》，我吹了一遍又一遍，吹得自己都烦了，鼻涕和尚说：

"你吹嘛，你吹，我录，录了到中央人民广播电台去放，看你的气有好长。"

我说："演出到此结束。"

第二天清除舵叶上的水草，这事鼻涕和尚最在行。清了水草，鼻涕和尚精湿地爬上来，突然问我：

"你跟郭幺姐睡过觉吗？"

我说没有。

他又问："你还没割包皮吧？"

我说还没有。

他说："你一没割包皮，二没跟郭幺姐睡觉，上我们船做什么事！"

我一拳把他打下水去。他从舵边浮出头来，鼻子喷着水，抓住废橡胶靠把，垂头丧气地爬上船，说："好，你狠，算你个婊子养的狠。"

我说："吃了水上的饭，不狠就完蛋。"

咬脐驾长含着烟斗，说："小陈还有一把劲儿。"

七月，汛水下来了，辛家码头要至少一个月再见。我们把靠球、桅灯和密封舱进行了认认真真的整理。咬脐驾长说："七、八、九，刀尖上走。"

鸭咪咪拿着终于写好的信上岸去发了。没有谁知道他还有亲戚朋友。他只有一个外婆，在乡下。大字不识的外婆，他给她写信干什么呢？

鼻涕和尚用钢筋锤了个打狗的长钩，说是要走了，给辛家码头的哥儿们请酒。火爆爆的夏天，狗肉能吃吗？但是鼻涕和尚坚持要杀狗。他求我和鸭咪咪帮帮他的忙。他连连给我们敬烟，说了一大堆江湖上的话和报纸上的话。

我们只好去。

鼻涕和尚提着钩，说："哪还有钱请酒，钱都打地道战了，那些狗崽子敲我，只有吃狗。"他还说辛家码头餐馆的野狗比顾客多，一匹匹都肥。

走到餐馆一看，果然野狗如云。

鼻涕和尚要我堵大门，鸭咪咪堵后门。安排完毕，他瞄准一匹黄毛狗，手疾眼快，一钩勾去，触到了狗的痛处。狗急跳墙，四处冲撞，在桌子底下钻来钻去。所有的狗都惊了，开始大逃亡。

"还不扔砖头！快打，快打，快！"

鼻涕和尚命令我们。我们拿起早已准备好的红砖，朝狗砸去。一个服务员见有人挥钩杀狗，跳上餐桌喊道：

"哪路叫花？在此胡闹！"

鼻涕和尚说："革命打狗队，消灭狂犬病！"

有碗和筷子在空中飞起来，一只碗飞到我胸前，我一躲，几匹狗乘机从我胯下溜之大吉也。

"打！打！"

鼻涕和尚把那条勾出伤的黄毛公狗盯住，公狗左躲右钻，钻到后面的厨房里去了。鼻涕和尚一个箭步也跃了进去。一钩子没下准，钩到了一个大师傅的裙兜。大师傅反应过来，顺手给鼻涕和尚的光头一刀背，不疼不痒。公狗此时钻到水缸缝里去，顾头不顾腚。鼻涕和尚僵住了，不敢动钩，怕打破了水缸。而大师傅却上来驱赶鼻涕和尚，红眼操刀，杀气腾腾地喊道：

"住手！打狗还看主人哪！我们还营业不营业？"

黄毛公狗也的确疯了，一眨眼工夫，蹿了出来，朝鼻涕和尚的腿肚咬一口，跳窗而去。

鼻涕和尚被咬得嗷嗷直叫，瘸了一条腿，更是忍无可忍，也跳窗而出，直往大街上追去。狗在前面逃，鼻涕和尚在后面挥钩穷追不舍。满街之上都看着一个拖鼻涕的好汉追杀一匹野狗，场面相当壮观。

我拉着鸭咪咪悄悄地穿小巷回到了船上。没过多久，鼻涕和尚胜利归来了。那匹黄毛公狗成了他手下败将。他拖着两条狗，浑身汗水，将狗扔在沙滩上，自己也一屁股坐了下去。

他上船来大骂我们是两个废物。他到厨房拿来刀，自个儿去剐狗皮了。他的技术十分娴熟，两匹狗唰唰地就剐了皮，然后砍下狗头，开膛破肚，引来了一群苍蝇。他把狗肉拿到河里洗濯干净，背上船，丢到厨房里，对我们说：

"今天不给老子面子，就算前世结了仇。"

我们还有什么话可说呢，这样的英雄我们只能为之倾倒。鸭咪咪生火煮狗肉，我剥生姜择红辣椒。咬脐驾长到邹寡妇家道别去了，我们现在听鼻涕和尚指挥。

锅里散发出香气，船上也来了三三两两的男女。男的跳上跳板便喊：

"鼻涕和尚，吃狗肉，吃狗肉。"

鼻涕和尚应声出来迎客，边撒烟边说："婊子养的，老子追了半条街。"

一个女的尖着嗓子说："和尚，开斋了？"

鼻涕和尚说："郭幺姐开了斋，哪个敢不开斋！"

我看那个女人，可能就是大名鼎鼎的郭幺姐了。脸倒好看，就是嘴有点翻。

鼻涕和尚搬出他的录音机，男女们便扭着腰参观我们的艄楼，一致发表意见说：

"像狗窝。怪不得有狗肉吃。"

其中一个对郭幺姐说："只配下酒！"

郭幺姐大大咧咧地躺到鼻涕和尚床上，问我说："你们船跑长沙？"

我说经常跑。

郭幺姐挖挖指甲，说："带我去玩玩。"

我说："和尚带你。"

郭幺姐说："他？莫掉了娘家的底子！"

我说："没得钱玩。"

郭幺姐说："白把你打洞？"

郭幺姐翻了我一眼，就去捋裙子，露出大腿来，又咯咯地笑了，说："我十五岁受人骗。"

我赶紧到厨房煮狗肉去了。一大锅狗肉抬到船头，用砖将锅垫稳，七八双筷子就伸了进去。

不分男女，一律海碗。鸭咪咪不让人倒酒，那些人便说："瞧不起我们！"

这些人把筷子在船沿上当鼓槌敲，敲出点子来，鼻涕和尚说："吃呀，吃呀！"有两个家伙就移过筷头到鼻涕和尚的光头上。郭幺姐也去敲。渐渐地，鼻涕和尚的光头被敲得油光水滑。他无所谓，说："老敲个吗事，莫让汤冷了，老子追了半条街呢，老子腿上还有狗齿印，这是用鲜血换来的胜利果实。"

后来，他们就跳迪斯科，男人跟女人撞，撞耻骨。后来，他们就走了。

鼻涕和尚醉得像摊泥，躺在甲板上睡着了。鸭咪咪一个人收拾残局。鼻涕和尚醒了之后，脸色发白，第一次表扬我和鸭咪咪说：

"够朋友，够朋友。"

傍晚拖轮来了，把我们的"泥驳"拖走了。

满满一河水，混浊不堪，漩涡此起彼伏。鼻涕和尚斜靠在绞车上，递给我一棵烟，神秘而憧憬地对我说：

"郭幺姐还不错吧，你看她两个奶。"

我说："就嘴有点翻。"

他说："那叫性感，翻嘴又不影响上床。"

我说："那也是。"

他拍拍我的肩说："再回来，我给你介绍一个，你他妈白白净净，又有文化，又是什么臭鸡巴诗人，女人不抢你！包晚上整得你死去活来。"

我说："我没钱。"

他说："学我打狗。"

我说："我要郭幺姐。"

他跳起来："放屁！郭幺姐准备跟我结婚。"

我说："她跟你结婚？郭幺姐是大家的。"

我这么一说，鼻涕和尚的眼睛有些黯淡了，缩缩鼻子，一副可怜相。

一夜醒来，到了长沙。

鼻涕和尚是长沙通，带领我们去逛黄兴路、五一广场和火车站。鼻涕和尚精神不振，可能他心中的幻想被我一句话说破了。在火车站，我请他们吃臭干子，喝啤酒。鼻涕和尚见酒就活，大讲火车站楼顶那个火炬为什么直向天空。

鼻涕和尚操一口怪腔怪调的湖南腔神吹，引来了一些打扮妖冶的女人围着我们转来转去，问我们住不住宿，招待周到。鼻涕和尚说：

"有性病冒得啰？冒，就跟你们困！"

鼻涕和尚的喉咙粗，像播广告，结果把那些女人吓跑了。"这些婊子！"鼻涕和尚在她们背后骂道。

第二天，他说带我们去逛湘江大桥。走到桥边，有许多长沙妹子在游泳，鼻涕和尚不走了，盯着看。

鸭咪咪说太阳晒人，不如回船去。鼻涕和尚不依，说到桥底下歇荫，说不定能破获一起炸桥特务案，那我们就都成为英雄了。坐到桥底，他掏出一副扑克，要我们玩。鼻涕和尚左眼看牌，右眼看妹子们伸胳膊露腿。玩了一盘，一个大盖帽就出现在我们背后，说：

"到咯里搞吗子？"

鼻涕和尚正在出牌，答道："咯里凉快。"

大盖帽说："你们是哪里的？"

鼻涕和尚说："我们是香港客，到湘江大桥上玩玩，我们是冒（慕）名而来呀。"

鼻涕和尚把文诌错了。

"冒名而来？"

"对呀，冒名而来，咯桥有名咧，橘子洲头，万山红遍，层林尽染，漫江碧透……"

"那好，跟我们走一趟啰，华侨同志们。"

鸭咪咪胆小，忙上前承认说："我们是湖北船上的，在长沙卸货。"

大盖帽说："那证件有没有？看下子啰。"

我们赶快掏出"工会会员证"，毕恭毕敬呈到大盖帽手上。大盖帽看了看我们的证件，放在手里拍拍，说："一人两块。"

我们只好乖乖地掏钱。大盖帽撕给我们发票，又说："咯里不准来，晓得啵？冒看到那边的牌子？"

我忙说："冒，冒，我们是文盲。"

悻悻地回到船上，都怪鼻涕和尚看女人误事。鼻涕和尚大声骂道：

"看在眼里，记在心里。你们他妈的也没白花两块钱，到动物园看只光屁股猴子也这个价呢！"

过了一会儿，他又赔了笑脸："妈妈鳖，呷了饭哒放牛去！今晚，我买票，带你们去听音乐茶座。"

候船室旁边的湘江之夏茶座，别具一格，睡竹躺椅，喝烫茶。水泥地把白天搜集的热量一个劲儿往我们裆里送，听歌的人都汗如雨下。唱歌的女歌手脸上鬼画桃符，又唱不准，高一声低一声的，就像鼻涕和尚那架转速有问题的录音机。鼻涕和尚听这种唱法惯了，兴致很高，一个人蹲在竹躺椅上大喊：

"再来一个！"

叭地一下，鼻涕和尚的光头挨了一西瓜皮。鼻涕和尚的喊叫戛然而止，用眼瞅瞅四周，假装添茶，赶快溜走了。

我与鸭咪咪见状，互相使了个眼色，也悄悄地依次撤退。出了茶座，鼻涕和尚在一个暗处喊我们，人齐了，拔腿就跑。他在前头如离弦的箭，对我们吼着："莫夹了卵散步，小心他们跟上我们！"

汨罗江上，挖砂船林立。我们到那儿去装砂。那些挖砂船全是个体户。给我们装砂的船上有个丰满的妹子，鼻涕和尚便很热情地帮她摇挖斗。我想到屈原祠看看，去打点诗料，鼻涕和尚说：

"不就是个湖北佬吗！湖北佬死在这儿的多哪，鸭咪咪的父母……"

结果他看到了一双狠毒的眼睛，那眼睛就是鸭咪咪的。鼻涕和尚还不识趣，对旁边的湖南妹子说："湖南人好水，湖南妹子一身都是水荡荡的，湖南水也好淹死人。"

讲得湖南妹子哈哈地笑。这时，鸭咪咪在甲板上骂了起来："和尚，我操你妈。"

鼻涕和尚被骂懵了，疑惑地说："鸭咪咪，没礼貌。我讲了什么？不就讲死人吗，死人的事是经常发生的，或重于泰山，或轻于鸿毛。"

这时咬脐驾长在挖砂船那头，抓起一把粗砂就往鼻涕和尚脸上扔。鼻涕和尚吃了满嘴的砂，一见是驾长，没词了。驾长护鸭咪咪，这是我们都知道的，不过驾长像这样表露的时候不是太多。

晚上洗澡的时候，我对鼻涕和尚说："砂好吃吗？"

他说："吃多了得盲肠炎。"

我说："嘴上要安个笼套，免得瞎讲，见了妹子就话多，你干脆在这儿做女婿得了。"

他说："乡下妹子，味短。"

早晨，天没亮，我们就开船了。我们的船吊在后面。不到中午，进入洞庭湖之后，我们这条吃水太深的"泥驳"就搁浅了。

拖轮冒着黑烟拉，拉不动。

"还站着干什么，掀呀，掀砂！"咬脐驾长挥起锹，我们也跟着去干。砂掀了上百吨，半载船，还是一动不动。

看来，只有等汛水上涨了。就这样，拖轮把我们丢在了茫茫洞庭湖中，鸣笛远去。

咬脐驾长在船头挂起了黑球。我们都坐在半舱黄沙上，看渐渐西斜的太阳和太阳深处的芦苇林。没有谁去做晚饭。大家的食欲全没了。舵边拍打着浪涛声，马灯照着我们四个疲惫不堪的人。鼻涕和尚出去撒尿，回来说：

"我闻到了一股水腥味。"

鸭咪咪听到这话，眼睛顿时直了。咬脐驾长抽着烟，一动不动，声音平静地对鼻涕和尚说：

"你先值班去。"

在这种时候，咬脐驾长总是给鼻涕和尚委以重任。鼻涕和尚是个好水手。领了"旨"，鼻涕和尚往船头去，坐在艄柱边，被渐渐升起的月亮剪出黑乎乎的影子。

湖面上突然传来了一阵孤单的蛙鸣。咬脐驾长说："明天是个好天气，把前后底锚打好就是了。"他掏出酒瓶来，向我举了举，"喝不喝几口？"

我说："没菜喝什么？"

他仰脖咕了一口，回过气来说："要什么菜，神仙酒嘛，你看戏台上那些皇帝臣相大将军，哪个喝酒要了菜的？"

他喝得有滋有味，口里哼着戏儿：

> 韩信求食遇漂母，
> 子胥吹箫也受贫，
> 迟早都是各人的命，
> 朱老爷未必是久困人？
> 轰轰烈烈把官做，
> 凤冠霞帔遮你的身，
> ……

咬脐驾长似醉非醉地歪坐在米柜旁边，舵柄轻轻地弹动。在月光下，一些金虬划着小小的亮迹飞越在湖面和甲板。波光陆离，咬脐驾长沙哑的声音向月光深处飘去，意境妩媚而清寒。

我打了一个盹，走出艄楼。鼻涕和尚一支接一支在船头抽烟。他有时动一下缆绳，有时动一下绞车杠。我走到他身边，递给他一支烟。他抽动鼻子说："妈的，就蚊子多。"

我给他点来了一盘蚊香。

他说："水泥船，真要命哪，一触底，就成死尸一条。"

我说："快涨水了吧。"

他说："我闻到腥气了，可能要真涨。"

我说："想郭幺姐？"

他顿了顿，说："跟女人睡觉是桩快活的事。"

这一夜，鸭咪咪呻吟得更厉害，好像陷入了无休无止的噩梦中。我没有睡着，起来去换鼻涕和尚的班。

我唐突地问：

"和尚，呼救石在哪里？"

鼻涕和尚默不作声。"哪个告诉我了！"他赌气似的走了。

我一个人坐在船头。我实在太乏，后来披着露水迷迷糊糊睡着了。醒来，发现我们的船在湖上摇摇晃晃。

"走锚啦！"

我大喊起来，浑身打战，赶紧去找撑篙。咬脐驾长闻声出来，朝船头飞跑。鼻涕和尚和鸭咪咪也跳了出来。鼻涕和尚见咬脐驾长在船头松绞车，自己向船尾跑去。

"放锚链！放！放！"

绞车像一个飞盘，在咬脐驾长一脚蹬开下转了起来。绞车杠横扫着，咬脐驾长趴在甲板上，头不敢抬。鼻涕和尚也解开缆桩上的链子，放下水去。

"泥驳"终于停了下来。我们四支篙，奋力向南撑。南方是一片芦荡。

"喂，那里好像泊着渔船，是不是渔船？！"咬脐驾长喊。

太阳明亮起来，鼓荡起潮涌，我们依然紧抵着撑篙。芦荡在迎接我们。我们看见了，那里面是一只被丢弃了的小船，半沉进水里。

"撑开些，撑到那边去。"

咬脐驾长不愿看到这条神秘的荒船，我们只好再易营地。

实在撑不动了，苇根横七竖八地缠住了船头和舵叶。鼻涕和尚溜下水去，水淹过腰。我和咬脐驾长也跳下水去。鸭咪咪最后穿上了救生衣，也抖抖颤颤地下水了。我们把"泥驳"往外扛，冰凉的水泥船帮长满了滑苔。

总算把船移到了一个能让远处的船队发现，又不易再搁浅的苇荡边缘，用竹篙挑起篾制的信号球。

开始做第一顿饭，鸭咪咪守在灶膛边。炊烟升起来了，几只湖鸥围着它飞舞。鼻涕和尚扎进苇荡子中去，蹚着深水。不一会儿，捡了一兜鸟蛋，蛋壳上有麻麻点点。我们一人分了十多个鸟蛋，喝了咬脐驾长的半瓶酒。

到晚上，鸭咪咪向我们宣布，没菜吃了。

鼻涕和尚看着苇荡里穿飞的苇鸟，说："没有枪，有枪打下几只。"

我们还是推举鼻涕和尚下水去寻鸟蛋。这一次，他身上划了好多伤，却没寻到一只。我们只好垂钓。四个人钓了半天，共钓上两条鲫鱼，煮了一锅汤，对付了一顿。

黄昏的云层嵌着金边，远处的水天之间露出一截晚泊的桅杆。我们四人或坐或站，在船头眺望着岳阳的方向，等待拖轮快来拖走我们。

鼻涕和尚的录音机不再响了，他从航标站偷来的两块大电池没电了。后来，船头竟响起了我的口琴声。我到床上一看，口琴的确不翼而飞，原来是鼻涕和尚拿了我的。他吹了一会儿，没吹出什么内容来，回到艄楼里，丢给我说："鸡巴味。"

我说："你他妈嘴臭呢！"

他说："我没嫌你嘴臭。"

鸭咪咪坐在顶铺上写信。他枕头旁有个没上漆的小木盒，用一把结实的锁锁着，那里面有他的秘密：钱、粮票、布票，更多的可能是纸、笔和信封，以及写好的信。现在，他心绪不宁，把锁打开又锁上，锁上又打开，一个人背着灯光不知清理着什么。

鼻涕和尚笑他说："鸭咪咪，写了这么多情书看你到哪里去发！"

鸭咪咪说："你管得宽，又没给你妹妹写信。"

鼻涕和尚吐了口涎水，说："个婊子！"

鸭咪咪锁好了小木盒，躺下去望着舱顶出神。过了一会儿，那床上又传来了呻吟声。

我喊鼻涕和尚说："鸭咪咪是不是有病？"

鼻涕和尚半睡了，含含混混地说："他爹娘在折磨他。"

我说："谁能把他弄醒？"

我使劲儿敲着床沿，但毫无效果。我们都唤不醒他，只好听他在噩梦中辗转。

第三天的下午，拖轮才慢慢吞吞来了，他们在这一带水域寻了我们整整一天，以为我们失踪了。见到我们，纷纷跳过来，给我们猪肉、白菜、香烟和酒。

跑了两趟长水，天就凉了。

船停辛家码头，我看见咬脐驾长自己动手拆洗被子床单。我好生奇怪。他跟邹寡妇闹翻啦？我没敢问，似乎鼻涕和尚和鸭咪咪都见怪不怪，无动于衷。

鼻涕和尚上岸了。咬脐驾长搓洗着被子对我说：

"不去上岸看场电影？"

我说我想写一首诗，开了七八十个头，都没有第二句话，心烦。他又问鸭咪咪，鸭咪咪正写着信，也说不想看。

"鸭咪咪，伢子呀，去乡下看看外婆。"咬脐驾长说。

鸭咪咪跳下床来，惊喜地说："那船上烧饭呢？"

咬脐驾长说："没你我们就不吃了？！还有三双手呢！"

鸭咪咪倒犹豫了。咬脐驾长说："去吧，去吧，伢！"

鸭咪咪嚼着一泡泪上街去买东西。鸭咪咪买了整整一个下午。买好东西回来，又洗了个澡，梳了个分头。不过脸黑，分了头，也是副憨相。鼻涕和尚摇摇晃晃回船来。见鸭咪咪大包小包，就去翻，翻出包里花花绿绿的东西，说：

"这是给你外婆买的？哄鬼！这，红纱巾，还有两个笔记本，伙计，走桃花运啦！"

鸭咪咪见翻出了他的秘密，一把夺过这些东西重装进包里，脸都紫了，说："和尚，你莫让我老脸！"

他把包塞到被子底下，到甲板上去洗衣。我为鸭咪咪感到高兴。我对鼻涕和尚说：

"怪不得他天天写信。"

鼻涕和尚说："你看他寄了？"

我说："怎么没？"

他说："鬼！我几次看他到邮局去，最后还是把信带回来了。"

他爬到鸭咪咪床上，拿起那个小木盒，说：

"喏，都在里头睡大觉哪。"

鸭咪咪到乡下去了。咬脐驾长亲自下厨，跟我们同吃同住。趁咬脐驾长不在，我问鼻涕和尚："驾长没路了？"

鼻涕和尚说："他老革命遇到了新问题。"

我说："核武器都不灵吗？"

他神秘地说："裁军啦。"这家伙肯定知道内情。

五天以后，鸭咪咪带回一个姑娘。

姑娘说是到辛家码头街上走亲戚的，我们后来知道那姑娘是鸭咪咪乡下外祖母那儿的一个小学教师。姑娘长得矮小，不受看，手脚倒大，像没处搁的，见到我们像看见了日本鬼子。

鸭咪咪拉着她，不好意思地向我们介绍。

"这是陈哥。"鸭咪咪说。

姑娘就喊："陈哥。"

"这是和尚哥。"

"和尚哥。"

"这就是咬脐伯。"鸭咪咪来到咬脐驾长面前。

"咬……咬脐伯。"姑娘好容易喊顺畅。

咬脐驾长对鸭咪咪说："别难为她了，我们这些没文化的人，都是些苔名。"又对小学老师说："姑娘别怕，我们虽然名字憨些，人都是蛮好的。"

后来咬脐驾长要小学老师坐。小学老师谢了坐，才把半个屁股落到我们的床上。

姑娘在我们三尺宽的艄楼里，如坐针毡，咬脐驾长就帮她找事做，要她拆洗我们的被子。姑娘见有事做了，就像获得了解放，果真把我们的被子衣物收了满满一脚盆，到甲板上死搓。

鸭咪咪上街去买了肉、鱼，买了一瓶好酒，请我们的客。鼻涕和尚也很高兴，当鸭咪咪的下手，剁肉剖鱼。

在甲板上摆了桌子，小学老师坐在鸭咪咪身边，端着碗不搛菜，一个劲儿扒光饭，不抬头。本来应该快活的，但大家都没有话。咬脐驾长这时站起来，给小学老师奉菜，奉了一堆到她的碗里，说："姑娘，吃菜呀，到咱们船上别太生，鸭咪咪请我们，也是你请，你不吃菜，我们也不敢吃了。"

这一说，姑娘才笑起来。鼻涕和尚也活络了，举起酒杯说话："来，鸭咪咪，我借花献佛，这杯酒，祝你们幸福！"

说完一饮而尽。鸭咪咪不会喝酒，但还是咬咬牙，把酒倒进了肚里。有酒入肚，气氛鲜活了，咬脐驾长问姑娘：

"当老师辛苦吧？"

姑娘说："有的还要你帮着擦屁股呢。但跟小伢们在一起久了，就有了感情。你生病，小伢们都跑来看你，有的女伢还在你床前哭。"

鼻涕和尚说："那好玩！我们他妈的死了都没谁哭。"

晚上，小学老师给我们缝被子。缝完之后快十点钟，她说她上岸到亲戚家去住。咬脐驾长留她，说："都半夜了，去哪儿！船上又不是没地方！"

"真是麻烦你们了。"小学老师说。

鼻涕和尚摸着光头，说："莫那么多礼性，我们的被子半年没喝水了，谁麻烦谁呀。"

咬脐驾长扯了扯鸭咪咪，说："还站着干什么，到尖舱铺床去！"

鸭咪咪带领小学老师到尖舱去了。过了一会儿，鸭咪咪却跑到后头艄楼来。咬脐驾长说："去跟她多说说话，这里没你的事。"

鸭咪咪说："话说完了。"

鼻涕和尚说："哪有说得完的？去去，睡尖舱去，再过来小心老子揍你！"

鸭咪咪终于满脸通红地出去了。我们都在床上吞云吐雾地瞎吹，又见鸭咪咪不声不响地回来了，往自己铺上爬去。鼻涕和尚欠起身说：

"喂，没得用吧，兵器不行？"

鸭咪咪没说话。鼻涕和尚还执意问："见红了吗？这是关键！"

鸭咪咪在铺上说："莫瞎讲。一个乡下老师，你们这是笑话我！"

这一夜，鸭咪咪没有呻吟。小学老师第二天就走了，在船上玩不住。临走的时候对我们说："鸭咪咪从小没爹娘，希望兄长伯伯们多带过他。"

鸭咪咪有些不耐烦，对她说："光讲废话，快去搭车。"

送了小学老师回来，咬脐驾长问他：

"你们扯了结婚证吧？"

鸭咪咪不说话。

"怎么，嫌人家是农村户口？嫌人家没人样？伢呀，知足常乐。这事，唉，你满意就成，不满意就拉倒，谁都有年轻的时候，只是别害了人家姑娘。"

鸭咪咪走开了。

一天，倒是咬脐驾长拿出一包包喜糖来请我们吃。我们就吃，但觉得蹊跷。

鼻涕和尚私下对我说："邹寡妇的儿子结婚了。"

我说："这关驾长屁事？"

"本来驾长会时来运转的，这下，又泡汤了。"

原来，邹寡妇跟儿子谈妥了，等儿子结婚后就跟他们分开，搬到"泥驳"上跟咬脐驾长同住。咬脐驾长为了让邹寡妇儿子同意这件事，给了他们三千多块钱买彩电冰箱。钱花了，又反悔，说放心不下让他娘上船。最后商议说，只有等咬脐驾长退休后，回到岸上再说。咬脐驾长退休还要十年。

"婊子养的，骗我们驾船的血汗钱。我说驾长憨，把三千块钱拿回来，到乡下找不到一个黄花闺女！"鼻涕和尚骂着，把一口喜糖吐到江里了。

那些天，鼻涕和尚也越来越焦躁不安。每每上岸后，不多时就垂头丧气地归来。他更懒更脏了，不洗脚，不换袜子，也不再系那条恶劣的领带。这天晚上，我在马灯下提笔找诗，刚找到一句诗的影子，鼻涕和尚闯了进来，从枕头下拿出水果刀塞到裤腰里，对我们说：

"我明天不回来，你们就帮个忙到对河砖瓦厂去收尸，收不到算屎。拜托了！"

他反手带上门。我们赶出去，见他在河边的一条小划子上安桨。当时风很大，浪花飞卷，他的衣裳被风吹得翻鼓起来。我喊道："和尚，干什么去！"

他不答。我们眼睁睁看他摇起桨往对河划去。

"要出事了。"鸭咪咪嘴唇打战。

我无力地摇头说:"外面风大,我们进去吧。"

我想喊咬脐驾长,但他喝了神仙酒,鼾声正浓。我们束手无策。

"有船吗?"鸭咪咪问我。

我说:"有船又怎样!"

我们透过舷窗望去,河上除了三两盏航标灯一闪一闪外,灰暗一片。我低头看鼻涕和尚的床上,油黑的枕头,肮脏的被子,空烟盒,一本花姑娘拿着枪的通俗刊物,都好像在回忆一个英雄的往昔。

我无法睡着。到半夜的时候,鸭咪咪的呻吟声和另一种奇怪的声响同时响起。那奇怪的声响是从门外发出的,像一匹狗啃着门。我一紧张,听觉就格外灵敏。那声音使我浑身发寒,我喊鸭咪咪,半天他才醒来,问我什么事。

"外面有什么东西!"我压低声音说。

他把头伸出床沿,侧着耳,眼珠子瞪得外凸。他也听见了,神情怪异。我捻大马灯,示意鸭咪咪下床。鸭咪咪下床就找铁器,找了一柄洋锹,站在我后头,高高扬起。

我一把拉开了门。

门外躺着一个人,是鼻涕和尚。

我弯下腰去拿灯照,他的头上全是血。我把他抱进艄楼,放到床上。他有气无力地睁开血糊汤流的眼睛:"给我……水喝……"

鸭咪咪惊喜地喊:"没有死!"马上去厨房端水。

此刻,咬脐驾长也醒了,吐了一口痰,走过来看了看,吩咐说:"打热水来。"

我打来热水,咬脐驾长用毛巾蘸了水给他擦血污。他的头裂开了,皮翻在外面,里头嵌着啤酒瓶的碎片。

"要送医院缝合!"咬脐驾长说。

鼻涕和尚听到这话,马上伸出手来抓住床柱,说:"不能去……不……能去。"

鸭咪咪给他打了碗蛋汤。他包扎好后,喝了几口蛋汤,才完全睁开眼睛,看着我们。他凶狠地说:"我要杀人。"

我说："杀哪个？"

他说："都杀，都杀！"

我说："总要分个主次吧。"

他说了一句"郭幺姐……"就躺着睡着了。

第二天早晨，我们在外面看到，甲板、跳板上到处都是血。事后我们才知道：他是单身划船闯虎穴。他没杀到郭幺姐，也没杀到郭幺姐的新欢旧欢，找郭幺姐要他给买的呢大衣和皮靴，也没要到，反被他们杀得半死。要不是他好水性，带着伤划到这边，早就见阎王了。

我们给他搞来了消炎膏、云南白药和消毒纱带，他躺在床上整整七天。

七天后，他又能在"泥驳"上转悠了。

我们的船再也不装辛家码头的货了，这是咬脐驾长争取来的权力。

舀密封舱里的水，这活儿现在轮到我干了。我从舱中爬起来，看两岸青山，枯败的芦苇在风中挺立，沙岛从水中时隐时现，白鸥栖落在滩头。

我们装一船芦苇顺水而行。狭窄的航道和装了过量饱载的船，使我们不得不把芦苇顶上装个小滑轮，绳子牵到下面的舵柄上。为了防止滑轮与绳的死板，艄楼里还要一个人值班。在滑轮与舵之间，需要个传令兵，这任务落在鼻涕和尚头上。

艄楼是鸭咪咪。我与咬脐驾长在顶上管滑轮。咬脐驾长带着我，要我多学学技术。他说我脑瓜子活，有文化，还会胡诌几句诗，今后接他的班。

"莫七想八想，伢哪，到什么山上唱什么歌，知足常乐。当个驾长，一个月两百块工资，不得比局长书记差。水上这碗饭吃出味儿来了，真给我个县长我也不换。神不管，庙不收，人就图个自在。"

我点点头，说："事业诚可贵，爱情价更高，若为自由故，两者皆可抛。"

驾长点点头。

巨尸般的船队顺流直下，甚至没考虑到下游不远的那座铁桥。深夜，桥孔的过船标应该说是亮着的，在那一刹那间我们的眼睛怎么全瞎了！

拖轮鸣笛，减速通过。

"过桥！过桥！"

前面的铁驳、木驳，一溜向后传话。

掌舵轮的是咬脐驾长。也许他的舵位扳得准，问题出在鼻涕和尚或者鸭咪咪那儿，谁知道呢！完全是一瞬间的事情，我们的"泥驳"撞在了前面驳船的尾部，马上横了，扫在桥墩上，我们的船像发生地震一般，舀进河中去，没有任何挣扎一下的意思，就无影无踪了。

我只觉得进入一片深深的黑暗，呛了几口水，被一种无形的力拽向河底。但我是清醒的，我紧闭着气，求生的本能使我抓东西，往上浮。终于又呼吸到人间的空气了，我在黑夜的河面看清方向，朝岸上游来。

我看见了咬脐驾长，看见了鼻涕和尚，我跟着探照灯的光柱四下看。拖轮的汽笛响个不停。我们散落在河滩上，探照灯扫着这些死里逃生的船工。

"鸭咪咪呢，鸭咪咪——"咬脐驾长哭喊着。我们这才记起来，鸭咪咪是在艄楼里。

早晨霞光灿烂，风动凉意。我们抱着膝，湿淋淋地坐在河滩上。

太阳升起来了，风在石头上呜呜地响，像吹箫。

拖轮和其他驳子都停在远处，许多人扎进河里，寻找我们失去的家——"泥驳"。

"好冷啊。"鼻涕和尚踩着泥上来，打着哆嗦。他跑到一块石头后面。阳光虽然直射，但心是寒的。

"找着了吗？"我问。

"给我一支烟。"

"船流走了，被流沙埋了？鸭咪咪呢，他爬上来了吗？"

"完啦……"鼻涕和尚垂下了头。

咬脐驾长仍坐在他爬起来的地方，喃喃地、固执地向河面张望。他抱着酒瓶。

又一辆火车压着桥梁沉重地开过去了。在远处的山沟里一片红土。山上有一座土窑，旁边堆着一排排红砖。土窑上青烟袅袅，露出生机，对河上的灾难全然不知。

鸭咪咪再也没有回来。他和"泥驳"永沉水底了，还有他那个神秘的木盒子。他没能爬出艄楼。这口水上棺材埋葬了他。

最娴熟的生命在船上行走

背对水流，一如我

独树一帜的灵感

水上的石头，水底的石头

交给女人，被眺望成夕阳

什么都不是

是一个手拿茳芏草的水妖

古老的欲望无声东去

泛滥成灾

　　我写了这样一些诗，我不必像鸭咪咪用锁锁着，我写了，就把它拿去擦屁股。后来，我发表了一些写江南美景的诗，就被调到文化馆去了。

　　临走的时候，我们在餐馆里喝得烂醉如泥。咬脐驾长说："走，走了好。"

　　我在桌子的另一方给鸭咪咪放了一个酒杯，我说："鸭咪咪，喝吧，喝两口，水底下寒。"

　　哪一年哪一月，我们的"泥驳"能打捞上来呢？

　　也许，这不可能了。

　　　　　　　　　　　　　　　（原载于《长江文艺》1990 年第 10 期）

渔人结

神峡河水发黑的那一年，水手老秦的眼睛瞎了。

他喝着喝着酒，眼睛就瞎了。"噢。"他说。那时夕烟初上，湾子里的人都在用木棒敲打苞谷，有人语、狗吠这些天天让他心领神会的场景，可是他看不见了。他放下筷子，揉揉眼睛，眼睛已经坍陷。紧接着，神峡河上到处降下了鸽子花树的树叶。唰唰唰唰的，像秋雨一样密集而惶惑。

老秦眨着他空洞的眼睛，这双眼睛鹰一样跟随他在神峡河出没，扳橹、悠号、荡纤。现在，它的仇敌们——礁石、浅滩在浊黑的水流里狞笑，一个水手的时代终于结束了。汩汩的臭水在一路的呜咽声中，跌跌撞撞地向远方流去，流向长江。河上，一片帆影也看不见了。

老秦的那杯酒在喉咙里打着旋子，他心里笑着说："水臭了，还要这双眼睛干什么！"老秦已经很老了，岩石一样的面孔毫无表情，后脑的皱皮拉扯着耳朵，一直垂耷到颈椎。但他脚板有力，踏着船板时一点也不摇晃，一丈篙随时可以抵住矶头，转弯调头的速度比他的养子秦水猛差不了多少。当眼睛一黑的时候，这些都不复存在。他坐在暮色四合的船头，杜鹃鸟的叫声横空划过，那忧伤而高旷的尾音似乎在向世人宣布老秦的下场。

他把养子秦水猛叫到跟前，他说："我喝了神峡河的水，我的大限就要到了。神峡河不会臭得这么快的，它怎么会臭呢，它那清甜的青苔水气是我们活下去的理由，然而它臭了，说臭就臭。唉，山里人都疯了，他们把竹子稻草沤了造纸，臭水给自己留下，纸运到山外，让城里人在那上面写些金光闪闪的谎言。把咱们的船卖了，到山外找你的生父去吧，告诉他，这里没有驾船人的活路了。"

"老秦，你不要说这种丧气的话。"他的养子秦水猛说。老秦对着峡口升起的星光摇头，他枯萎的眼窝里淌出了几滴泪水。

"水猛子，"他说，"我已帮你娶妻生子，对你的生父我有个交代了。玉秀是神峡河最好的女人，是我用一口猪和半船苞谷酒换来的，她就牙齿差一点。我想我对得起你的生父了，他把你五岁给我，他说你跟着我什么都能学会的，他说神峡河的水养人，他走出去的时候，神峡河的水像糖一样地甜。他当年的五句子山歌唱得最好，他嘲笑过我呢。他唱'隔壁哥哥出天花，生怕姐儿不爱他，多情自有多情爱，脸上有麻心不麻，情人眼里麻是花'。我当年是个麻子，我用神峡河的水洗脸，硬是把麻子洗平了，你说，我能走吗？现在，水臭了，水撵人呢，走吧走吧，你我各自要上路了。"

"你不会死的，"秦水猛说，"总有水能洗亮你的眼睛。"他的声音战栗着，在河上的晚风里，他几乎喊了起来。

老秦径自沉浸在他的思绪中，身子像一尊石头一动不动。秦水猛发现养父老秦的手摸索到了身边的油麻缆绳，他的手攥着那根缆绳，也许攥了很久，在他说话的时候那根油麻绳已打了许许多多的结。秦水猛看到那些结全绑在一根勾篙上，在渐黑的薄雾中他能分辨得出哪些结是反手结、套圈结、缩帆结、咬索结、双索结、双跨结。

这些结是船工对付各种情况时拴船的结，他每天都要用它们，靠它们战胜急流和风雨，拴住女人和梦境，让生命微笑着浮在水上，平安漂过艰辛的岁月。

老秦还在那儿悄悄地结着，那是最后一种结：渔人结，又叫船工结。老秦喜欢结这种结，在没人的时候，老秦一边含着烟锅，一边打着渔人结，结了又把它散开。就像一种智慧和经验，它简单而又实用，似结非结，在神峡河拴船，也能用一只小指轻轻勾开。谁都知道，这个结是老秦发明的。

"水猛子，常言说卖马不卖缰，这缆绳，留着，用得着的，没船拴了，晾衣服也好。你爸在长江上，以后有大船驾，这绳也行，浸了四十九遍的桐油，咱爷俩的船几十年才没有漂散……"

老秦的手好像无力了，最后的结还没有打完，缆绳就从他手心委落下来。峡口刮起了一阵凌厉的夜风，鸽子花树的树叶更急地下坠，纷纷扬扬落满了船篷和甲板，馥郁的香气掩盖了神峡河水泛出的一股股刺鼻的怪味。

老秦死了。秦水猛将那条舵笼子船廉价地卖掉了。油光闪射的舵蓬下曾是他们的清风明月、悠悠醉乡。这一切都离秦水猛远去。他形容枯槁，心力交瘁地带着女人玉秀和他们的两个儿子。踏上了去山外的路，那根油麻缆绑缚着他们所有的行李。四个木轮的简易车架一路辗过漫漫黄尘。

他们顺流而下，沿着长江去中游一个叫郎浦的码头寻找秦水猛的亲生父母并投靠他们。

神峡河优秀的桨手，现在他两手空空，想象当年生父背着篾纤赤裸着发黑的背脊走出神峡河口的样子，那时河水翠碧，秀柔多情，汇入奔腾的长江时是另一番景色。而今天他看到浊流滚滚，陌生的长江也浑黄无涯，腥臭的河水拖曳出长长一线的白沫，在咆哮如雷的江面上慢慢洇散，又从江底翻出，最后，在很远的地方被江水淹没了、稀释了。秦水猛却闻到了那久久不散的碱卤水一样的臭味儿，紧紧跟随着他。

含满泥沙的长江水硌着牙齿，秦水猛曾幻想长江能洗亮老秦的眼睛，但是那咯吱咯吱的沙泥使他失望了。

几天以后，他们来到了郎浦。郎浦码头是个热闹又混乱的码头，到处是人，汽车疯狂地行驶在大街上。岸边泊着一些轮船，也有从各地聚集而来的小帆船。

秦水猛问到了叫航运公司的地方，当他出现在生父赵忠面前时，他的生父惊讶得大张着嘴巴。

"老秦死了，他喝神峡河的臭水死了。"他说。女人玉秀跟在他的后面，两个儿子一人抱他的一只腿，眼神像受惊的獐子。

他告诉生父，那儿的水的确不能驾船了，老秦叮嘱他来的，老秦在闭眼的那一刹那，手就指着郎浦的方向。

"就像一根树根，被大水冲来了，"生父赵忠悲伤地说，"我是把你当树根放在那儿的,我是想退休后我回神峡河去,依靠着你,你会长出一棵大树,遮天盖地,可你连根拔除了,那你就住下来吧。"

他的父亲看起来比他还年轻得多,虽然还讲着一口神峡河的土话。他的父亲脸上光滑,像狗舔过一样,头发梳得丝毫不乱,早已看不出他曾是一个拉篷纤的人。

"怎么可能呢,长江的水还是甜的呢。"赵忠说。他不相信他的家乡神峡河发生变故。他已经是城里人了。

秦水猛考虑的是他怎么在这个陌生的地方住下来。这个屋子里有一大堆他不认识的人:他的亲生母亲,他的弟弟和妹妹。这些人是城市人,没有一个驾船的。

"我要驾船。"他说。这是他唯一的要求。

"嘿嘿。"他的生父赵忠笑他。其他的人也笑他,"驾船?"他们说,"啥事都可以干,就是不驾船。"

他们给他说,赵忠领导的航运公司起起落落到如今,没啥船了,都把船分了,虽然叫航运公司,可开汽车的比驾船的多,水手都干上了摆摊设点倒腾服装香烟的买卖。

"我要驾船。"他非常固执地说。

那些人,他的生疏的亲人们看着他,看着他紧巴巴的脸骨,结实但不粗壮的腿,一双黑手,看着他眼里净是神峡河的滩渚、漩流和凛冽强劲的北风。"这是个拉纤摆橹的人。"赵忠想。但是谁都摇头。

这些人已经适应了岸上的生活,他们早就不习惯抬头注视云影和一动不动盘旋的老鹰翅膀了;他们穿着华丽,吃着烟,画着眉毛,不懂得在卵石滩上择路而行,不懂得用手拽住一枝树根,把船从漩涡里拖出来——用歌声,用纤歌,用长长的尾腔去回应凶险的河谷。老秦唱的是花腔,又叫悠号。老秦说:"你的生父赵忠唱得最好,他唱'脸上有麻心不麻',我们大家都崇拜他。"可秦水猛认为老秦唱得最好,老秦唱"肩背褡包手拉纤哪,赤脚两片走河边啰,走了一步又一步,一步更比一步难啰。走了一程又一节啰,程程节节不简单啰,逆水行舟实在难啰,拉纤好比上刀山哟"。老秦是天下最好的悠号手,而眼前的这位赵忠,他肯定不会唱这种东西。他不相信他的生父。

　　秦水猛一家四口住下来了。

　　他们住在航运公司修船厂的一间简易平房里。那里在汛水季节离江很近，江水直扑他们的窗户。而枯水季节，他要走很远的一段河滩，才能见到冰凉的江水。

　　晚上，除非在起风的夜晚，只有听见江潮拍打沙岸的声音他才能好好地入睡，水声可以使他忘记一切，也可以使他想起一切。更多的时候，他听见的是工厂的锅炉排放蒸汽的声音，像一种巨兽的喘息，还有混凝土搅拌机磨砺着心脏的声音。而更远的地方，楼房一样的大轮船夜航的汽笛是那么沉重，它拖着一座不夜的城市，上面到处是不寐的旅人，去上海，或者去重庆的。城市在长江上行走，秦水猛对它们没有动心的感觉。深夜在出外排泄的间隙，他看见暗暗的长江里突然出现一座童话般的浮动城市，上面灯火辉煌，他就想起老秦说的一些山中神怪的故事。他想起山中。只有当江上出现一条破旧的渔船，或是川江来的舵笼子，他才会贪婪地追向江边，久久地望着它们。

　　修船厂荒凉一片，从江滩到厂棚，蹲着几条破船，几个修船木匠老是在一条燕子尾船上生火做饭喝酒，他们喝酒，打扑克，却很少挥动斧头修船。

　　在燕子尾船的不远处，淤沙中深陷着一条舢板，有桨桩，有桨，都被风雨洗得发白了，在傍晚的夕光中，白得像一种回忆。

　　"我不能没有桨。"他说。他喃喃地对自己说，有时就坐到那条舢板上。有人把它遗弃了，从船头的淤泥里，钻出几枝芦苇，瘦瘦的芦苇撑着它们的绿色，偷偷地将船的意义改变了。

　　他想，木匠们能把那条燕子尾船修好，不再当厨房和餐厅，他就可以向生父要求驾这条船了。

　　"你看他们能修好吗？"生父赵忠说，"这条船是被大客船撞坏了的，捞起来修了准备卖给防汛指挥部，哪儿溃口了装土垡沉下去抢险。每年防汛指挥部都要收购我们的破船。我看你还是开个副食商店吧。"

　　他的生父要把他培养成商人。他三十多岁了，他的生父要他重新走一条谋生的路。

　　"但是我跟老秦什么都学会了。"他说。

149

"那没有用，"赵忠说，"学会的东西现在没用了。"

"一条燕子尾养活四口人足够了，老秦说，你这儿有大船的。"他说。

"没有，"他的生父说，"水猛子，你要明白在江上挣钱不是件容易的事。"

"长江的水也臭了吗？"他看着脸上光溜溜的生父。

"那倒不是，长江的水怎么会臭呢？我说养家糊口还是经商好，你的弟弟妹妹们已经商量好了。"

那就开商店吧。他早就闻到了长江水的臭味，他要安慰自己，说服自己。在他平房不远的上游，城市废水巨大的排注管道正哗哗啦啦地向江中倾吐。他闻到了神峡河卤水的气味。他甚至看到了神峡河一直跟踪着他，只要他凝视江面，一条乌黑的神峡河就泛出来，在江心时起时伏，翻滚着它激越阴险的身姿，像一条恶龙。

"躲开它们！"他听见老秦在耳边对他说。老秦在河面上挣扎，神峡河拉扯着老秦，从地狱里伸出手来，它们抠去了老秦那双鹰一样的眼睛，胁迫他一起闯入长江，像下山的歹徒。有好几次，秦水猛都看到老秦闭着双目在远远的波浪里喊着，提醒他远离这些伤心的水。

"躲开它们——"从梦里醒来，老秦的声音还在枕边悠悠地震颤，把平房的瓦也震得一跳一跳。

秦水猛把那条油麻缆绳当避邪的神物放在头下，他有时候结一种止结，这是驱鬼的，在荒滩野埠夜泊，止结让任何秽物都不能近身。据传特别是在端午时节，水鬼们爱在船边泼水嬉闹，抢粽子，抢新麦包子，老秦总是在整个五月里天天以止结系船。不过，秦水猛并没有看到过向人撩水的水鬼，特别是妖冶的女鬼。现在他只要将油麻绳拿在手上，就会出现一个一个的渔人结。他想到过去睡在舵笼子里的老秦，星光如水，桅灯高挑在帆桁上，那时候他不知道什么叫噩梦和恐惧。

"老秦同意我们开店了。"他给女人玉秀说。

玉秀在绣鞋垫，绣山菊、鸽子花和太阳鸟。两个儿子——大山芋和小山芋睡了。

"老秦？"玉秀拿着细小的绣花针在头发上擦擦，问他。

"老秦，"他说，"老秦的眼睛依然是瞎的，我看见他了。"秦水猛点燃一支毛把烟,这是他从神河峡带来的烟叶,他把烟放在烟锅里。

"我们把老秦已经埋了,山芋们坐了他的棺,给他撒了米。"玉秀说。

"我亲眼看见他到长江来了。"他坚持说。

"别吓我们。"女人玉秀紧张地说。

"他总会说话的。我们就不驾船了,人闻到的长江是臭的,分明是臭的,别瞎了我们的眼睛,那就开店吧。"

"那就开吧,"女人玉秀说,"我听你的。"

店子在江堤街上,那是一个靠近轮船码头的地方,江堤的土灰一直朝街口灌,有许多乘船的人,有许多驾船的人,有许多用机动或非机动三轮车宰客的,有乞丐,也有妓女,候船室排泄物成堆,精神病人时常在那里当市容监管员罚款。

小店还没有开业的一天晚上,秦水猛回到小平房就告诉他的女人玉秀,生父和他的弟妹认为玉秀的那口牙齿对卖东西不利,有碍顾客上门,得敲掉她的牙齿。

"他们让你换一副牙齿,一口玻璃钢的牙齿。"他说。

"我凭什么要换牙齿?"女人玉秀哭了起来,"你不要我了,我一个人回神峡河去,我带儿子回去,我不换玻璃钢牙齿!"

她真哭起来了。她的牙齿发黄,横长着的,堆砌着的,牙齿与牙齿间有缝。

"不是我不要你,是他们说的。"秦水猛说。

"牙齿好好的,不疼不痒,换什么牙呢,我又没得罪哪个,让我去医院挨那几锤子!好,要敲我现在自己敲,免得他们费钱。"玉秀从床底下找出一把旧太平斧,她张大着嘴巴,双手操起斧头朝嘴里就砸。

秦水猛拽住玉秀的手,那把斧头落在他的脚趾上,女人的手被捏紫了,捏软了。他被砸笑了,脸色苍白还是笑。

"有钱也不能敲人家的牙齿,"他说,"牙齿算什么呢,石头都啃得烂,靠它你还给我生了两个山芋儿子,让他们说去,卖货是卖香烟糖果,又不卖牙齿。当年,我又没嫌你的牙齿。老秦说,人总有缺点。我给你唱你那首五句子。你唱的啥啦?你被老秦带来,在我们的舵笼子里,你唱给我听的是……你还给我一双鞋垫,绣的是两个苞谷,金黄色的缨穗儿,绿绿的叶子。你唱的是苞谷！"他想起来了。

女人玉秀就唱苞谷，噙着泪唱苞谷，唱第一次与水手秦水猛相识时倾情的苞谷："一个苞谷一个窝，一个妹子一个哥，苞谷长在窝窝里，鹰子啄来也不脱，铁链拉来不挪脚。"

后来他们都哭着唱了起来，唱："挨姐坐来把姐逗，问姐几时把郎丢，除非海干龙现爪，铁树开花水倒流，望魂台上把郎丢。"

就这样，副食商店开业了。他们卖香烟，卖酱油和一次性打火机。

副食商店背靠江滩，已到了街尾，这儿生意清淡，江滩的树林下有个临时码头，泊着些杂帮船，秦水猛的生意就是给那些上岸的船工的。

那些南来北往的船工跟他们合得来，他绝不卖假货给船工。没事的时候，他就把店子交给女人玉秀，自己踏着江滩到船上去。

"我到你们的船头坐坐好吗？"他对船工说。

他非常灵便地跳到船头，就坐在将军柱旁边，跟谁也不说话，望着长江上游——他从那儿漂来的地方。上游只有船，有时什么都没有，一片烟水，波光粼粼。

神峡河的碱卤水味直冲他的鼻子。他便爬上别人的艄楼顶，在桅杆上坐着，看着楼顶上的一两盆仙人掌以及桅绳。这样，他就闻到了鸽子花树的芳香，闻到了飞瀑漱下悬崖时裹带的陈年苍苔味，闻到了柴烟熏烤的腊肉味，闻到了白鹭滑过水面的清风，并且听见了他的女人玉秀用洗衣的棒槌捶出的山歌："太阳落山满坡黄，妹在河下洗衣裳，手洗衣裳眼望郎，棒头落在指头上，只怪棒头不怪郎。"

有时候他带一杯酒到船上去，这都是在晚上，在干干净净的夏夜的凉风里，汛水已经涨到副食商店的后门石阶下了，船还泊得很远，泊在深水里，跳板用空油桶搁着，足有五六十米长。走过长长的栈桥，就是船。船连结着船。他揣上酒，像个酒鬼。船工们都知道他是副食商店的老板，但他不拿折扇，肌肉黑得像炭，赤着一双平脚板，喝多了酒就爱在船舷边撒尿。

细心的人会看到他总是把酒洒在江里，他抿一口，杯里的酒就漂漂洒洒倾倒进舷边。

"老秦，我给你卖酒来了。"他说。他还带一些猪耳朵丝来，将它们丢进江里。那些船工笑他："喂鱼哪？"他也就笑笑默认，然后教他们打一种系缆的结。

"这是渔人结。"他对他们说。

那些人觉得非常新鲜，他们看他喝着酒把船头湿漉漉的缆绳朝将军柱上拴。

"这个结还真管用。"他们说。"你也驾过船吧？"他们问他。

他摇摇头。但是他向他们打听上游的事，打听一个叫神峡河的地方。那些人说，神峡河他们没去过，是一条旅游的河吗，搞漂流的？许多人穿民族服装唱歌跳舞，喝咂酒的？他说不是，他说是一条变臭的河，不知现在变清没有。"变臭的河怎么能变清呢！"那些人笑着说。他们对这个小店老板教的缆结很感兴趣。他们说："这是驾船的高手想出来的，是王彦章的高徒。"那些人说的王彦章，是驾船佬的祖师爷。

在灰尘扑扑的大街上，秦水猛和他的女人玉秀拼命学着卖东西，学着进货和算成本。他的弟妹告诉他们千万不要赊账，要警惕假钞，要时刻牢记三十种香烟品牌的批发价和零售价。

他的女人玉秀还卖一种自绣的鞋垫，这种以红布作底色，以金丝银线绣出的鞋垫，与商店的所有商品都不一样，而且价钱也便宜，不敌一盒万宝路香烟的价。有些人就买了，都是江堤街上的人，也有一些船工。他们知道这是店里的老板娘绣的，这个女人长得山清水秀，但是牙齿乱石穿空，他们把这个女人叫"狗牙"。

"狗牙的手多巧，这个女人，多丰满！"

"可她有两个儿子，她怎么能有两个儿子呢？政府不允许。"

狗牙微笑着迎客，秦水猛也这样，虽然他笑得非常艰难，像个地道的乡巴佬、蠢货，但他的心里装着自己的山水。他不是个好商人，那些花花绿绿的商品就像城里的垃圾堆，没给他带来好感，拿着鸡毛掸子的他和他的女人狗牙玉秀整天在这些商品上掸灰。他碰见过一些事情，碰见过假钞，碰见过假烟换真烟，碰见过推销变质的水果罐头和假五粮液酒。又一次，他碰见了一件古怪的事。

153

他碰见两个吊儿郎当的年轻人在那个傍晚要将他柜台里的所有扑克都买去。

"你有多少，我们全买了。"他们说。

秦水猛想，他们要那么多扑克干什么呢？他看见这两个鬼鬼祟祟的年轻人像两只水獭的样子，他还是顶着一头的灰尘到柜台里找出了一共十几副扑克，留下两副盒子有点擦伤的次品，其余全给了他们。次品他不卖给顾客。

那两个人爽快地付了钱，接着追问道："真的没有了吗？"

当秦水猛回答真的没有了之后，他们就从自己的一个牛皮包里抓出一些他们的扑克给秦水猛，对他说："有人买，就卖我们的，卖的钱该你得，但不许说是我们放这儿的，别多说话。"

他们又拿出二十元钱塞给秦水猛。

这是怎么回事呢？他看着这两个街上的水獭，他和他的女人都不明白这送上门来的财富有什么讲究。是一种凶多吉少的讲究，人总不能白白给你好处。秦水猛通过开这个小商店明白了一些道理。那是浩大的浑浊的长江冲出的道理，道理就从商店的后门擦过，哗哗作响，令人头晕。

那两个游手好闲的水獭从栈桥踏上了泊着的船，栈桥两边被水淹没的杨树露出它们披散的枝条，像一群丧魂失魄的溺水者。

秦水猛的女人玉秀说："他们上船做什么？"

秦水猛没说话，他想到可能和赌博有关。不一会儿，栈桥上就走来了几个船工，他们趿着塑料拖鞋，到了秦水猛的副食店就要买扑克。

"给我们拿五副。"他们指着两个水獭放这儿的扑克说。

秦水猛给了他们五副。

接着，天色就黑下来了，长江的水流得更远更响，好像那里藏着一群狂奔的鬼魅，它们追逐着，发着呓语，拉人下水，散布森凉的消息。那个晚上没有月亮，约莫三个小时之后，几个船工又来了，他们出现在秦水猛和他的女人玉秀面前时，一个个脸上灰黑，满身烟气。从他们的抱怨中秦水猛证实了他们与船上去的水獭用扑克聚赌，而且这几个船工输得一塌糊涂。"总是他们赢。"他们说。

他们是又来买扑克的，他们在赌一种翻三撒子的博。秦水猛于是将自己的两副包装盒有损的扑克卖给了他们，而把水獭交给他的扑克藏匿了。那些扑克肯定是水獭做了手脚的。

"把这副扑克拿去，"秦水猛笑着说，"好好玩。"

结果肯定是不言而喻，那两个水獭一样的阴险歹徒怒气冲冲地从船上下来了。他们是来教训秦水猛的，他们以地痞的狂妄模样敲着秦水猛夫妇的木头柜台说：

"喂，哪儿长得不舒服吧，你坏老子们的事！"

其中一个的拳头就伸过来了。他们打秦水猛的脸，用拳头擂他的脑袋，有一拳打在他的牙巴骨上，打得他满口喷血。他们动手的时候秦水猛的女人玉秀已经不顾一切地冲上来了，这个女人挺身而出，用手抓他们，并且推挡他们，以免自己的丈夫遭更多打击。她是为了转移视线。她用神峡河的土话骂人，脸色惨白，稀疏的牙齿咬得咯咯冒烟。

"你们凭什么打人？"

"我们不凭什么。"他们说。

他们找秦水猛要钱，秦水猛只好给钱。给了一张五十，又给一张五十，再给一张五十，最后又拿出一张五十。他们说仅仅是补路费，然后他们又轻轻松松从柜子里取下了两瓶白云边酒。

秦水猛拽住了他的女人玉秀，他不让她去拼命。他吐着血水，说："其实我能打赢他们。"但是他非常伤心。他护着豁出去的女人，他望着陌生的街道、干枯的路面，灰尘紧追着车轮。他望了望上涨的江水，他说："我铁定打得赢他们。"

女人的头发散了，眼泡肿了，泪水挂在颧骨上，污浊的灰把它们印成蚯蚓一样的印渍。他看着自己的女人的模样笑了，他笑着说：

"看你。"

女人在立柜的玻璃上看到自己的脸，也笑了起来，然后就哭，抱头痛哭。

"驾船的不能输，你看你哭什么。"他说。"咱也是驾船的，不是卖烟酒，咱还学不到这个心眼。"他骄傲地说。

第二天早上，船上的人下来了，打着呵欠来感谢他，说："不是你那两副牌，咱们的裤子都输了。"

他们观察到这一对夫妇伤痕累累的惨状，他们问明了情况。秦水猛说："我不能昧了良心。龙王爷口里扒饭吃的人，驾船的不能输。"

几个船工于是买去了秦水猛的三条烟、十瓶酒和一些乱七八糟的榨菜，还买去了秦水猛女人玉秀的鞋垫。他们差不多把秦水猛的柜台买空了。他们说：

"他们再打，你们敲脸盆，我们带刀来，我们还在这儿停几天的。"

秦水猛说："别结孽了，打了我又不能跑。我是坐贾，又不是行商，一大家人呢。"

船工说："唉，还是驾船的好，桨一划就跑了。"

"是啊。"他说。他心里说，他坐在那条深陷于泥沙的舢板上，抓着腐烂的桨，他口里嚼着一根芦芽。

"是啊，男人不能没有桨。"

他用手抠着脸上的痂瘢。他想："我得躲开他们，那两个凶神恶煞的水獭，他们临走时竟说过'你有两个儿子'，这些郎浦街上的家伙，他们什么事都做得出来。我没有桨我能保护什么呢？妻？儿？还有自己？"

他望着夕阳里金色的水路，一路碱卤味儿的神峡河又从心里泛了出来。"浊水滚滚，我能躲开什么呢？"

秦水猛在腐烂的桨上打了一个船工结，用一根芦叶。

"难道就没有一条我可以驾的船吗？"他找他的生父赵忠。

"这儿你不要管外面的事，"他的生父赵忠愤怒地说，"擦些红汞。人家还要再打的。就是驾船，你也不能管岸上的事，看你的航标。"

他的生父的脸真像狮毛狗舔了的一样，而且还透着红，简直像秦水猛的兄弟。

他不是个拉纤出来的人，他已经上岸了，像条腐烂的舢板，像根腐烂的桨，划不出清清的水声。如果是老秦呢，老秦会拖条桨来，老秦会说，儿子，干得好，打他个王八羔子。可是老秦死了，没有神峡河的臭水，老秦如今还一样心明眼亮，唱着船歌，在河滩上带着秦水猛将船拉进云雾深处，拉进砧声里，月光中。

"进你的货去。"他的生父说。

骑会了三轮车的秦水猛就从批发商的仓库里拉回来那些坛坛罐罐的吃喝、一次性短裤和随时都可能发生爆炸的啤酒、气体打火机。

他的女人玉秀在商店里放了四把刀子，东、南、西、北四个角落各放一把。玉秀的目光里透出针锋相对的刚强，可她过去是一个只拿绣花针低眉绣花的女人。她在月光下磨刀子。她醮着长江的水。

长江的水磨出的刀子并不锃亮，秦水猛说："你不要磨这样的水了，这样的水报不了你的仇，它臭着呢，磨出的刀子没有铁腥的甜味儿。"

有一次，秦水猛做梦看见了过去的神峡河，少年的神峡河，与女人玉秀对歌的河流。"快拿磨刀石来浸水！"他对女人喊。后来他醒了，他明白过去清水煮月亮的日子一去不返，于是对女人说：

"把刀子收起来吧，有一百把刀子咱现在也不会用了。一个漩涡在水里吞得下船，在岸上就是摊稀水。"

七月的暴雨下得天昏地暗。汛期来临了，平房门前的燕子尾船修好了。

几个木匠从舱里搬下来，还有他们熏得乌黑的锅、蚊帐和酒杯。

这条烂船胡乱地修了一下，赵忠就要拱手送给防汛指挥部了。每年，他都要半卖半送地将一些淘汰报废的船送给他们，让这些船去承担堵溃口的任务；让它们牺牲，将舱里装满土当沉船。他是个败家子。

"把这条船给我，我能驾。"秦水猛向他的生父赵忠提出来。

"你这个人，你犟了，"他的生父非常严厉地拍着他的肩膀，"你跟老秦学犟了。这船不是驾的，是抢险的。"

"兴许我能驾，我看能驾。"秦水猛说。

"那是一堆烂木头。"

"老秦说，是船就能驾，何必让它沉底呢！"

"哥，大家都在经商，你凭什么非要在水上卖劳力！"他的弟妹们也附和说。

"一条风都吹得散的船，人家让你装货？只配运石头。"他的生父赵忠说。

"那就运石头。"他说。

那么多鼓起的眼睛都瞪着他，破船加上运石头，都是不要命的事情，运石头不是被石头砸伤，就是在抢险工地翻船。这个紧咬腮帮的人，他像别人家的船客，他跟你想的不是一码事，他的心就像搁在山上一样，孤零零地让人惧怕。

"就让他去吧。"他的女人玉秀向大家求情说。

没有办法，生父赵忠只好将这条燕子尾给了他。

他们看见他背着一根桐油浸过的油麻缆走上江滩的燕子尾，看着他告别他的女人和两个儿子——大山芋、小山芋。

在郎浦码头上，有一溜系缆绳的铁环，女人玉秀给他找到了一个，刷过锈，挂上一把大弹子锁。然后他拴船，解缆，来来去去，运笨重的石头，将船压得气喘吁吁，嘎嘎作响。

燕子尾第一天平安漂过了水面，第二天平安漂过了水面。

生父赵忠只答应他让试试，他们想，船舱里会进水，石头总要把舷侧的纵骨撞断，那时候，他会湿淋淋地爬上岸来还是向路人推销他的蒙着灰尘的商品，好生生地坐在店子里揣摸着人家的胃口和钱包。这有什么不好呢？能爬上岸来就不错了，他有家有口，莫非运石头的钱就是钱，卖色素酱油和含沙槟榔的钱就不是钱？他们相信秦水猛会回头。

秦水猛从黑而发亮的铁环上解下自己的燕子尾，他扛着桨，将锋利无比的锚丢到船头。他觉得这是一条好船，虽然比过去老秦的舵笼子差一些，但它有船头，有喝酒和扳舵的地方，能听见水声，这就行了。他给赵忠说：

"只要是船，就能浮起来。"

这个怪人看来真有些本事，神峡河的水比长江湍急吗？神峡河是一条峡谷中的河流，它有时候秀美，有时候像疯子一样。赵忠明白这一点，驾过神峡河的水，哪儿的水都能驾了。

秦水猛坐在船头，他给老秦斟酒。

"老秦，你喝，"他说，"这是玉秀晒的香干子，他知道你喜欢吃五香干子。"

棱角分明的大黄石堆在船上，船头几乎快舀进江里去了，可秦水猛坐在船头，给老秦斟酒。

"只要有水，总有一条活路的，"他说，"我在电视上看见有人在臭气熏天的苏州河里驾船，那么多人在上海驾船，水臭了，比神峡河臭一百倍，还能运彩电，运广告上说的舒蕾洗发膏。"

秦水猛说服着老秦，也说服着自己。神峡河这条乌黑的恶龙被长江的汛水扯散了，它们一团团如时隐时现的江豚。老秦的影子忽散忽合，在惊心动魄的浪涛声中，老秦说了些什么，秦水猛没有听清，只有浆汤似的江水包裹着他。

许许多多的石头被秦水猛运来了。

燕子尾像一只黑色的燕子，穿行在夏季的暴雨里。

他的女人玉秀一边守着那个店子，一边在码头上等待他回来。他站在那一溜的铁环旁，牵着他们的两个儿子——大山芋、小山芋。

"如果我能证明这条船能养活你们，就将商店关门大吉吧。"他说。

一块一块的石头填进了崩坍的碛岸，长江张开大口啮啮着大堤，当石头撬下船舷，人也坍塌了。秦水猛就是这样疲惫地跟着那两个赌博的水獭走进了一家小餐馆。

那两个说："伙计，我们只想请你喝一杯酒。你是个舵主，你有条船，我们非常佩服。"然后他们说："给我们装一船货半夜运走。"

他们又像过去给他塞扑克塞钱一样，肯定是不怀好意的，他们说："你的两个儿子像两坨糍粑。"

秦水猛想将酒杯摔到他们脸上，他没敢摔，他听到他们提到他的妻儿，心就怵了，这触到了他的命根，他无话可说了，苦苦地喝净了他们斟的二两假酒。

"我是一条运石头的船，它要沉下去的，我说装石头比沉下去强。这么大的水，你敢驾吗，谁都不敢驾。我是说，我是个没船的人，让石头漂起来就不错，我不想其他，什么都不想。"

他拒绝他们给的一沓钞票。

"我得卸石头去。"他说。不过他也很想弄点钱将这条船修修。

"那我们就去找你的狗牙女人，让她劝劝你。"他们说。

那是一个从暴雨中挣出来的干净夜晚，月亮亮得像一张女人的脸，到处都流淌着呵气般的微风。燕子尾停泊在一个小码头上，一伙儿人搬上来一些纸箱，纸箱有一股淡淡的药味。

那些人的泥脚在油麻缆上放肆地踩着，他们黑黝黝的影子就像幽魂的影子，他们的声音是盗贼的声音。

秦水猛怀揣着五百元钱，在清晨的薄雾里回到码头的那一溜铁环旁，他已经精疲力竭了。当他把油麻缆套上铁环，站在石岸上等待他的却是两名警察。

长江的水在晨雾里湍急地流着，在燕子尾的两舷上敲打出哐当哐当的动荡声。警察的帽檐从雾里挺出来，面对着船工秦水猛。他不知道警察为什么会站在船工和他们的女人翘首盼望的位置；那儿，他蹲下，用小指轻轻勾开他的船工结，于是，那把铁环上的弹子锁就微微晃动起来，在早晨或者傍晚，它们晃动的样子是令人沉醉的。启碇或者归来，天和水都属于那些叼着烟、头发蓬乱的男人，他们远离人群，亲近波浪，像一只鸥鸟在水里寻觅他们可口的美餐，像一只怪异的江豚出没于人烟罕至的大水深处。但是，他现在单独地面对警察不知道该怎么办。他想："我得把船拴好。"他拴的是一个避邪的止结，紧紧地拴在码头的铁环上。

但是无法避开警察。

他就这样给逮进去了。

他的罪名是销赃和窝赃。

他为了那五百元的赃款，判刑两年。

他是水獭盗窃团伙的成员。那两个水獭就是这么供的，他们说那五百块钱是赃款，而秦水猛却说是运费，是深夜行船用性命换来的养妻儿的钱。但是，事实就是这样。水獭还说，他们在酒店进行了密谋，喝了交杯酒。他们去制药厂偷药，秦水猛负责运输。

两个无耻的水獭说是秦水猛让他们干的，说秦水猛拍了胸，保证只要他们偷得出，他就送得走。于是，他从抢险工地将船开出，参与了这次盗窃活动。

"跟风浪搏斗你是一把好手，跟人搏斗你还差点。"他的生父奚落他说。

他的生父和弟妹们来看他，看这个面色黧黑的船工，非得驾一条当土垒沉底的破船，一头栽进了铁窗里。

他的女人泪水涟涟地牵着两个儿子——大山芋、小山芋，说："我们等你。"她说："码头的钥匙挂在门后的钉子上，跟油麻缆在一起。"

秦水猛见到他的这几个从神峡河而来的亲人，他看到他们哭泣的样子倒放心了，看到大山芋流鼻涕，小山芋衔着指甲，看到他们又长高了一些，头发因为冒汗而揸开，像鸡毛，这使他很高兴。他说：

"我没啥后悔的。"

他又说："那两个狗崽子比神峡河的礁石还恶毒。"

他记得那两副在法庭上陷害他时脸都不红的歹相，他们合伙算计他，让他作了他们的垫背。他们一副服罪的样子，可是他们滴溜溜乱转的贼眼，让任何善良的人都心寒。秦水猛没有辩解，也没有呼号。他只回答法庭的问话，他想就只有两年，两次的汛水涨落，两次的水清水浊。

秦水猛在劳改农场的刑事仓里望着天上的太阳，太阳一会儿就滑过去了，像一只蜻蜓。在他无法忍耐的时候，他就低声对两个水獭中的任何一个说：

"老子出去了杀死你！"

水獭们就赶快报告管农场的人："报告干部，秦水猛想杀我。"

"秦水猛，你还想杀人吗？"干部问。

秦水猛不回答，他那张鳌黑的面孔像一块岩石，坐在那儿，抱着膝头，看自己腿上越来越厚的脓疮。

仓里的毒气太大，一个劲儿熏秦水猛。那些人，打砸抢的、强奸的、贪污受贿、贩毒的、患有尖锐湿疣的嫖客，他们像一窝毒虫，像蝎子，像蜈蚣，像五步蛇，像花蜘蛛，像把老秦眼睛溇瞎的神峡河臭水。

"我的眼睛只怕也要害了吧？"他时常这么问自己。

他在农场里注射了无数针青霉素，一点都不管用。

而在郎浦的码头上，他的女人玉秀却守着铁环上的那把锁，她说："给水猛留个号。"

燕子尾终于被恼怒至极的赵忠献给了防汛指挥部，在长江堤岸一次抢险中，装了满满一船黄礓土，凿沉于江底。

161

只有锁还挂在码头，后来就锈了。风风雨雨，那样的锁只锁着自己，寂然无声地挂着。流水有时候汹涌，有时候温顺，江面上时常走去一些船影，那都不属于玉秀的期待。她有时把那条长长的油麻缆拿出来晒晒。在燕子尾被强行拖走的那天，她对她的公公赵忠说：

"老秦讲卖马不卖缰。"

"更好的白棕缆你要多少？"赵忠对他的儿媳说。

他还说："你把水猛拴紧些，拴船有啥用，总不能再拴个死刑吧。"赵忠不喜欢这个牙齿错乱的儿媳。

可玉秀晒着油麻缆，用针绣她的鞋垫，还帮人精工编织划破的料子衣裤，在灰尘扑扑的副食店里，等她的男人归来。

秦水猛一年以后就回来了。

他在农场里干的活儿最多，他不停地干活儿，干部说他改造得很好，有重新做人的愿望。加上他满身的脓疮不能痊愈，臭了一个劳改农场，只好将他放了出来。

他下地，他脱砖坯，他学习，他拉屎，他洗澡，他睡觉，他上操，他被人打断了肋骨也学会了半夜掐别人的脖子。

秦水猛出来的时候眼目深眍，光溜溜的头皮散发着劳改过后的寒光。他的生父赵忠和弟妹们开着一辆造型粗糙的万山牌面包车去接他。这些亲人们一个个捂着鼻子看着这个非人非鬼的男人。

"哥哥，"他的弟妹们说，"好好地卖你的烟酒，遵纪守法。"他们又说："话又说回来，有几个赚钱的是遵纪守法的人！"

他们的威严的父亲赵忠就打断了他们的话，说："屁话！你不沾鬼鬼沾你！"他的父亲现场教育他们说："不听话我让你坐牢只怕是出差。"他指着水猛的疮说："一河的江水也洗不净了。"他的话一语双关。

"屁话，"他的弟妹们反驳他们的父亲说，"我们不卖死人衣服，逢年过节你有椰岛鹿龟酒喝！"

秦水猛出现在那个江边平房的门口时，他的两个儿子——大山芋、小山芋都认不出他来了。他们不让他抱，躲在他们的妈身后，吓得闭上眼睛"哇"地大哭起来。

"这是老山芋，"他的女人玉秀指着他对孩子说，"喊爹呀。"

"看我变成什么样了！"秦水猛痛苦地喊。

他的女人每天用干枯的艾蒿煮水给他烫身子，但是没有任何作用。

他烫完了身子就去江边，袖着手，像一个陈年的疟疾患者，傻呆呆地望着江上。船没了，阳气也没了。

"江臭了，我的眼睛也要瞎了。"他喃喃地说。

"长江不会臭，你是想老秦想窄了。"他的女人玉秀提醒他。

他的女人想起老秦喝酒的样子，于是她想让秦水猛醉上一回。"你醉了吧，你把什么都忘记了。"她求她的男人。

她给他塞了一瓶酒，她把他赶到一条四川的舵笼子船上。那条舵笼子比过去老秦的舵笼子强多了，使用的是塑料瓦篷，甲板也刷得光洁可鉴。

秦水猛是糊糊涂涂踏上那条船的，他怀揣老秦爱吃的猪耳朵丝，在那个汛水暴涨的江畔，月如流银，周围星星碰着星星。

"你凭什么让我喝酒呢？船没了，人也没了。"他四处找着老秦，船头的两根将军柱黑魆魆地蹲在那儿，像两个人可怕地站在那里，它们无声，表情伤感。

秦水猛端着碗，碗里装着酒，一忽儿，他闻到了他碗里的一股碱卤水的臭味儿。

"老秦，你让我喝神峡河的水吧，你让我也瞎了眼吧！"

老秦在江心微笑着，影子越来越大，似乎手扳着碗，要将那些腥臭的液体灌进秦水猛的口里。

秦水猛仰脖喝着喝着，身上的脓疮突然一起溃破了，身上流出一股股碱卤水的臭味儿，每一根骨头都疼痛难忍。

秦水猛在甲板上翻滚着，舵笼子上面的几个四川船工以为他犯了羊角风，他们听见他痛苦的叫喊，却不敢近他的身。他的喊叫异常凄伤，有时候像猴子的喉叫，有时候又像豹子的咆哮。

这一天，郎浦码头到处漂着一股腥臭味儿，像化工厂一些不知名的气体发生了泄漏，月亮都被熏得变了形，江中也似乎传来一阵又一阵的沉船事故

163

的呼救声，但相当微弱。听江堤街上老人说，他们好像看到有许多秽物从江中爬起来，怪模怪样的，在半夜的街上爬行，跳跃，又纷纷扎进江中。

这一天，秦水猛身上的毒气全提出来了。

骨头疼了三天三夜，疮口就愈合了。最后，他喊了一声"我的妈也"，吐出一口长长的郁气，就推上三轮车去批发街打货了。

"我还是想运我的石头。"他说。

有一天早上，他在长江的大雾里看见了运输石头的他，他自己，在一条舵笼子船上。他看见了自己正将船泊在江滩的一片荒苇中，有许多白色的鸟正从芦苇中飞起，风扑打着芦苇和江水，岸上有些抢险的人在很远的地方掀着草包和石块儿。他看见了他的女人玉秀，手拿绣花针坐在舵笼里，岸边的一块土墩上，他的儿子——大山芋、小山芋在奔跑。

这一天晚上，他将江边的一条舵笼子拉了很远。他一个人拉，他用的是油麻缆，他将船从下游一直拉到江堤街他的小商店后面，然后，他将船拴在一棵树上。他使用的是渔人结。

船上的人早晨起来，发现船走了锚。他们惊慌了一阵就笑了起来，船拴得好好的，而且是用一种少见的结拴的，拴得牢牢实实，十二级大风也吹不走，但是用手指轻轻一勾，缆又开了。后来他们研究了半天，他们看着那根麻油缆，柔中有刚，鲜亮得像金子。正在诧异的当儿，秦水猛就笑着来了，他告诉他们这是他的一根缆绳。

"这么好的缆绳，"他们说，"哪儿寻的宝物？"他们没说他偷。

他收拾好油麻缆就离开了那些人。那些人对他晚上干的蠢事、他怪异的行为、他大得出奇的膂力都百思不得其解。一个人拉一条船，那可是件劳力活儿。

"你想锻炼身体吧。"他们看着这个神经病一样的男人，一个小商店老板，看着他走在江滩软泥地上的姿势、样子非常落寞。他并没有伤害船和船工的意思，这使舵笼子上面的人放心了。

新买的一条豌豆壳船没有花多少钱。他在生父赵忠和弟妹们不知晓的情况下，将商店也卖出了。于是，他带着他的女人和孩子上了豌豆壳船。这条船能装一些石头，但载量有限。

在码头上，在那些系缆的铁环里，秦水猛找到了自己当年的锁，一打，就打开了。系船的铁环还留着，锁芯滋润润的，那是他的女人经常上油的结果。

秦水猛加入了常年为长江大堤崩滩抢险的队伍。等他的生父得知这一切，他已经和他的家人从采石山场运送了几趟石头。他的生父赵忠踏上那条豌豆壳船，看到自己的儿媳正在舱里择菜，生炉子，自己的儿子正在整理缆具，赤脚上一尘不染，船板擦得像床板。他的两个孙子却在艄楼顶上呼呼大睡，被他们的父亲用绳子拴着腰。两只水鸟就歇在那两个山芋的身旁，梳理着翅膀，并拉下一摊白晃晃的鸟屎。

赵忠被这情景弄得有些伤感，又有些羡慕。他本来想大骂一通他的儿子的，但后来什么也没说就走了。

"需要什么说一声，捎个信儿去。"赵忠最后说。

还需要什么呢？都有了，船、野滩、择菜并且绣鞋垫的女人，酣睡成两颗山芋的儿子，撬石头、抬石头、拉缆、抛锚，将船挂在拖轮后头，远远地随波逐流。他在牢里被犯人打断了肋骨，他后来也打人；他叫劳改犯。虽然这名称在城里不算蚀人，有时还是骄傲的象征，是一把护身的刀子。"可我为什么成了劳改犯呢？当我想自食其力的时候，当我不愿以假货伤害别人算计别人兜售自己良心的时候，我触犯了什么呢？"

可是，他坚信一个男人不能没有桨。

有一条金色的水路，在夕阳西下的时候，就能踏着它去神峡河边，看老秦唱歌喝酒："姐儿住在河那边，隔山隔水隔条线。银线金梭穿河沿，连人连心连姻缘，今日与姐就团圆。"

还需要什么呢？一个船头，一个夜晚，满滩星星，请老秦喝酒。

"喝吧，老秦。卖酒的都掺了水，这是没掺水的酒。我不卖酒了，我驾船。没有大船，但有桨。"

这么说着，他忽然想，老秦该不是喝了用工业酒精兑的酒吧。他知道，有些黑心的商家用工业酒精兑酒，有的兑得淡些，有的兑得浓些。但是不管怎么说，有些人就爱下毒，甚至往河里下毒，江里下毒。

秦水猛用明矾澄清江水，呆呆地想这些问题。发大水的时候，江水才有一股土腥气，从遥远的上游带来的土味儿。它浑浊，像山里的生活，你只有驾一条船在它的上面行走，才能看到更高处的天空，才能身轻如燕，看一晃而过的岸上的景色，听到鸟的叫声或者风掠过芦苇的声音，而且没有什么噩梦了。

发大水了，抢险又开始如抢火一般。不过船小，他，还有他的女人，他们要适应在这条古怪的长江里生活。凶悍的、无情的长江，你不要奢望多少。他们运送着石头，一样的晚泊、生炉子、在暴雨中含着烟锅看芦荡。江边的芦荡一望无涯，有女人儿子在身边，心就闲了。不过抛石头的时候，还得一身泥一身汗。

那天晚上，暴雨越下越大，岸崩得更远更快。半夜，突然刮起了大风。没有可以扎风的地方，唯一的办法是逃往浅水中的芦苇荡。

秦水猛惊醒了，他听崩岸的声音沉闷而恶毒。他的船还很机灵。他从舵笼里冲出去时，真庆幸自己的石头没有抛完，石头成了压舱石。它稳稳的，比起另一些船它可以说稳稳的。他的女人扳着舵，而他的两个儿子还在梦乡中，儿子们对哪儿的水都适应。

他的船从崩岸惊起的狂浪中掉头出来。

他只用一只不顶用的左手小指就勾开了拴着的船缆。

他打的是渔人结。老秦的结。

可是纠缠的缆绳把旁边一只荆帮划子拴死了。宽头的荆帮划子，底舱空空的，只装着些人。那些惊恐万端的人，他寻找着斧头，要砍断一团乱麻似的缆绳。船工们把砍缆绳和桅杆的斧头叫太平斧。他们祈望太平。

更大的崩岸出现了，卷起了巨大的漩涡。等那条荆帮划子砍断了缆绳，他们的船刚好要投入漩涡的怀抱。崩岸的沙石就是要将这些运石头的船埋入江底。崩岸是自然的力量，它们要啮城咬堤。

荆帮划子的锚是抛了，可他们抛进崩岸的沙土里。秦水猛的锚此刻扎在一堆石缝中。

"喂，你们看着绳子！"他朝他们喊，油麻缆就甩过去了。

油麻缆也结实，那是老秦用桐油细细浸晒过的。

"哈哈，他们不行了。"他朝他的女人玉秀喊。神峡河捣衣的女人，拿着舵杆，两只眼睛在黑暗中风雨中熠熠闪光，所以给了秦水猛嘲笑那些人的勇气，"还是长江的水佬儿呢！"

那些人完全没有听见，他们的影子在甲板上像一些摇晃的树枝，但是他们抓住了秦水猛甩过去的缆绳。他们七手八脚地把它拴在他们的船尾了。

"你们拉呀，你们这些混蛋！"秦水猛告诉他们。

秦水猛一个人拉着条船。可是今天他没有这么大的力量。那些人都吓傻了，崩岸的声音把他们打蒙了，他们站立不稳，有的竟然趴在甲板上。

"你们拉呀！"他喊，手上的缆绳却滑得很快。

他的女人这时候就出现在船头。他的女人玉秀说：

"你把它交给我。"

秦水猛没把缆绳交给女人，但女人已经将缆绳一口咬住了。

女人脚蹬着将军柱，口咬着缆绳，荆帮划子就停在了原处。女人的牙齿多么厉害。这个叫玉秀的女人，她用她的那一口横牙，横长着的牙齿，死死咬着了缆绳，像一把老虎钳子，像一口钢铁，像一个码头，像拴缆的铁环，像整个岿然不动的岸。

这些秦水猛都没有看见，他只是凭自己的感觉，另一双眼睛，在黑暗中看清了这一切。

"你在做啥呢？"他说。他明知故问。

"我咬，我像狼一样咬。"女人玉秀含混不清地说。她的口里是一根粗粗的缆绳。

然后，他的女人开始在将军柱上绾结了，他的女人绾好了船工结。他看得真真切切，他真的用眼睛看到了，因为他的女人身上闪着一层光，暗绿中带着金黄，非常耀眼好看。"这个女人！你看我的眼睛多好。"他嘀咕说。

荆帮划子还在遭受蹂躏，小过它不会当沉船堵溃口了，它只是左右颠簸。有一个站起来的人想去扶缆绳，一下子就掉进了江中。风浪太大，周围的漩涡此起彼伏。

在荆帮划子上那盏昏暗桅灯的照射下，秦水猛清楚地看到那船上一个人像一块石头被掷进了江里，但不是石头，是人，还有悠悠的呼喊声。

"哈哈，他要抢险，他要当石头堵溃口吧！"

秦水猛大声地在风雨中说着话，他一头就扎进了水里。他想把那个人拉起来，阻止他往崩岸的地方去，那儿水泡和漩涡把一条船也能嚼烂。

"你想死吗！"他喷着水喊。他就看到了那个人抓挠扑腾的地方。

沙，沙子硌着他冰凉的牙齿，沙卡着喉咙，江里到处都是那些沙子，它们要堵他的嘴，像填沙包一样。

"给你桨！"

他的女人向他丢下一样东西，那就是桨。

他先抓住了那个落水者，浮出头又抓住了桨。

"噢，桨。"他说。那一刻他遽然感到无比虚弱，劳改仓里他的身体衰败了。那个人像一块巨石，他拖着他，从水势混乱的江底拖出水面，拖向自己的豌豆壳船。

桨给了他一些浮力。这时，荆帮划子上也有人跳下来了，来救他们，并有人朝秦水猛甩过来一件救生圈。他把救生圈抱着了，再把桨抱着。然后他的女人玉秀又远远地伸过来一把桨。

这样，他就像抓住了女人的手，抓住了女人唱山歌的尾腔，抓住了一盅酒和无数行船拉纤的日子。

他喘着气躺在甲板上，那个落水者躺在甲板上却无声无息。

"他真的要死了！"他的女人哭着喊叫起来。

秦水猛就这么又恢复了他驾船的力气，去掐那人的人中。他使尽了所有的劲儿，指甲酸酸地抠进那人的唇肉。

"有针吗？快拿针来。"秦水猛四肢发冷地说。每说一句话，体内的热气就疯狂地往外蹿。

他的女人玉秀就在身上取出了针，那一定是别在袖口上的，是一根小针，很细的针，绣花针，绣鞋垫的，绣鸽子花和山中的苞谷缨子，细细的花线还穿在针鼻子上。

秦水猛朝那人的人中刺去，就听见"呀"的一声惊叫，那人口中就吐出一丈多高的砂浆水，他的口像一根排污的管子，像一场泥石流。他喷了一会儿，看着看着气鼓鼓的肚腹就消下去了。

"把针给你，喂！"秦水猛给女人说，他坐在他的两片桨上，"你的牙齿没有咬掉吧？"他问他的女人。

"没有。"她说。

"掉了才好呢，掉了我就给你换玻璃钢牙齿。"他有气无力地说。

成为英雄的豌豆壳船主秦水猛得到了政府发给的一笔奖金。可是他对人家说，救了一船人命的不是他，是另一些东西，一根缆绳和他女人玉秀的一口牙齿。

就是那些东西，一根有了些年头没有丢的油麻缆，一口让人容不下的横长着的牙齿，神峡河的牙齿。

"还有桨，救了自己，也救了别人。男人不能没有桨，"他说，"对，还有针呢。"他又说。

"针嘛，唔，针，女人不能没有针。"他的女人玉秀轻描淡写地说。

然后，他们解开了缆绳，解开了那个缆结，驶往采石的山场。他们的小船已经被石头碰撞得毛毛糙糙了。

（原载于《长江文艺》1997 年第 10 期）

归去来兮

一

大哥是一个乡村发明家。后来，他在监狱里发明了写诗。在江北农场的监狱里，他在大墙上写着：

狗日的仓霸／我不会屈服／我的两个弟弟决不会饶恕你

他对我们说："我什么都咽下了，就是咽不下仓霸的那泡屎，那泡屎恶臭。"大哥面目惊恐，内心恶躁，这表明他还没有改造好。监狱要把他们的心磨得像常人一样平静，不再想入非非、心怀歹意。大哥他们是社会的渣滓，他们惯于做阴暗之事，暴虐、变态，最后危及他人的生活和社会的法则；在高墙里，大哥成了诗人，他在一首试图总结他一生的诗中写道：

郎浦的水天和云彩／成全了我的幻想／天空搁着一堆齿轮／我
把我自己喂了进去

大哥写着伤感的诗歌，这首诗的确是他命运的写照。他让他自己砍制的齿轮给吞噬了。大哥是一个异想天开的人，一个乡村知识分子。他在他的那个镇农具厂里，发明过双桅机耕船。我再也没有见过如此美丽的机耕船了，我到过许多地方，到过一年三熟的稻乡海南，任何地方的机耕船都不如大哥的发明。在犁耙水响的春天，大哥驾驶着他的双桅机耕船，那是一种什么样的帆影啊，一双红色的帆片，是他特地选制的；双桅红帆，在机声中行走在水平如镜的乱泥田里，周围是荡漾的秧苗和一畦畦开得肥茂的油菜花，那两片红帆啊，在郎浦的水田里就像梦境一样，开到哪儿增添哪儿的景色。以后郎浦那些模仿他的机耕船，已经没有情致可言了，三桅、四桅，但那些拙劣的模仿者们的帆片，不再兜着春风和诗意，那帆片上写着"含氮量95%""日本株式会社"等乱七八糟的字眼，那些帆是用化肥袋子缝缀的，就像扯着东洋鬼子进村的旗帜。

在郎浦扑鼻的荷花香里，大哥是靠摆弄齿轮起家的。朗浦陆离的夕阳和夕阳中白鹭金色的翅影刺激着大哥的幻想。他首先是个幻想家，然后才是个乡村发明家。大哥最大的幻想就是想发明永动机，这是他悲惨结局的根源。

那一年，大哥在乡镇企业的农具厂里决定发明永动机。事情的起因在于户口，上面规定乡镇企业每增加一千万元产值解决两个城镇户口，推销员推销三十万元的机械可解决户口。对于三百多号人的农具厂，产值吭哧吭哧地才弄到两千万，驴年马月也排不到大哥的名下，虽然大哥是厂里举足轻重的技术员。在他女朋友的催促下，大哥只好改行去当推销员，以便弄到城镇户口后与女友结婚，但是一年下来，大哥仅推销了十部犁铧，计八百二十五元。看起来，他的户口和女友都遥遥无期了。他每天在他女友上班的那个供销社门口转来转去，看他女友的那副小耳朵和金鱼眼。他深深地爱着那个吃商品粮的金鱼眼，他甚至有一次在镇郊的一个荒凉的涵闸管道上写下了二十个这个金鱼眼的名字，但是这并不能使金鱼眼女人心动。于是大哥终于下了决心，发明永动机。

在野蒲摇动的郎浦岸边，大哥心仪于永动机已经有些年头了。大哥是有一次在小学校长的家里翻看《辞海》时，被《辞海》里那种冷冰冰的、过于武断的口气激怒了，他说："《辞海》，你算个什么东西，你算个傩！"《辞海》（1999年缩印本）在"永动机"的条目里，以教训的口吻对大哥说：

　　　　不可能实现的空想发动机。曾有人企图制造一种不消耗任何

171

能量就能永远作功的机器，它违反了热力学第一定律的，故名"第一类永动机"；还有人企图制造一种能在没有温度差的情况下，从某一巨大物质系统（如海水、空气）不断吸取热量而将它转换为机械能的发动机，它违反了热力学第二定律的，故名"第二类永动机"。

在小学校长阴暗的茅屋里，《辞海》板着发黄的脸，以一种僵硬的傲睥之气企图吓倒大哥，那时候大哥打着红薯嗝，穿着松紧鞋。他是个乡下人，可他那时已经对齿轮、连杆等了如之掌，他盘弄过各种各样的机械传动系统，有一段时间，他曾入迷地说，郎浦的天空上飘满了齿轮，它们互相啮咬着、交错着、密合着。大哥从小学校长的茅屋里出来，怀着对《辞海》的极不信任感和仇恨，心里说："《辞海》，咱们走着瞧！"

但在以后的日子里，大哥和农具厂为求得生存，被裹挟进一种脱扬机的研制与改进中，整整三年。大哥把脱粒和扬场的功能放进一部机械中去，他在提高导向板的排草速度、提高滚筒转速、减少出草口茎秆与谷物的混合等问题上弄得焦头烂额，眼窝深陷。等他们的新式脱扬机获得成功后，他也未能得到吃商品粮的机会，只是每人奖给了六百元现金。这六百元他马上悉数交给了供销社站柜台的金鱼眼女人，但是金鱼眼用大哥心血换来的钱把自己全副武装，打扮得妖冶异常后，还是不让大哥进她家的大门。大哥曾对我和二哥——他的两个弟弟说："我知道所有机器的内部结构，可我不知道女人的心是啥东西长的。"

他在那个月戴上了庆功的大红花从台上走下来之后，就身无分文了，他依然吃着青菜，偶尔吃一个炒菱角。在郎浦，大哥的口碑是很好的，当然，他比不过我的以孝顺闻名的二哥。但大哥的聪明是公认的，他十四岁就发明了一种坐着踏水的龙骨水车，他的发明惊动了县里的科委，遗憾的是，大哥那时已经下学，不然的话，他很可能会保送读大学的。当他以一个脱扬机发明者、一个有功之臣的身份要求当推销员时，已经解决了户口成为国家干部的厂长无言以对，大哥的执意使他达到了目的，穿着松紧鞋的大哥，满脸苍白学生相地踏上了去推销农具的征途。一年以后宣布失败。他对父母和两个弟弟说，他要发明永动机。

大哥和我们俩弟，三兄弟一起抬着一根根虫蛀的杨木，那是他吃咸菜、双足步行省下的旅差费从堤防段买来的木料，用来砍制齿轮的。我的二哥那时候在县城的一所小学里谋到了一份清洁工的差事，他能拾到许多的饮料罐，健力宝、雪碧什么的，每个月他都会把这些罐子如数送回郎浦，送到大哥的手上，让他去剪一些齿轮凹处的垫片。二哥暗暗地对我说："大哥中邪了。"

二

大哥剪裁着那些罐子，砍制着那些齿轮，许多人还抱着将信将疑的态度看他的永动机准备掀起的世界上的第三次工业革命。郎浦的人是一些未见过世面的糊涂蛋，他们反应迟钝，相信神灵。他们认为郎浦也许该出一个伟人了。无数个世纪以来，郎浦都处在荒夷之中，除了有一些民歌、荤故事和一些带有忌讳的习俗外，没啥从古代流传下来值得提起的。郎浦的人在自卑感中过着四季，一代又一代生儿育女。我们叫居仁的大哥可能就是上天安排的即将降临的一代伟人，会给郎浦带来好运，以便冲冲几千年的晦气。郎浦人虽然糊涂，还是知道名人的好处，名人可以证明咱们这儿风水的特异，可以使满宗族的人走到哪儿都跷二郎腿，还可以修一部庞大的族谱，修庙（就叫"居仁庙"吧），文武百官前来拜谒，必须下马步行进郎浦。

多么风光啊！大哥在菱苞芳香、芦苇摇曳的郎浦湖边也就是这么想的。他手拿计算尺，踩在湿湿的湖埂上，松紧鞋底沾满了腐泥和草茎。他说，他运用的是杠杆的原理，在一个物体上使重量偏向一方，在远距离的连杆传递出能量，又根据能量守恒的原则，的确可以增加一点点能量，虽然微小，微小到忽略不计。那么，即使他的永动机成功，那也是一个庞然大物。

为了获得准确的数据，他找到了一个合作者——郎浦中学的一位数学老师。这位老师很愿意成为大哥的助手。大哥穿过中学那个水洼遍地的球场，他的头顶是木板腐朽的球架，大哥面带凄苦的微笑，怀抱齿轮，叩开了那位民办老师的门。他们想成就一件世界的大事。有时候，人就被这样一些突如其来的幻觉弄得神魂颠倒，不能自制。这两个乡下人，会以为马上就成为世界级的发明家了，获诺贝尔奖了。他们关起门来，吃着萝卜和红薯，在一张

173

缺角的桌子上开始了数万个数据的运算，用一个计算器和一支铅笔。这时候，郎浦的小镇上依然行人稀少，到处堆满了甘蔗皮和家畜的粪便。洋灰剥落的低矮门面都关门睡去了，另一些人正围在电视机前看一些低级无聊的连续剧。而郎浦湖上，星河倒悬，渔火缕缕，蛙声和夜雁露宿沙洲的鸣叫成为千古不变的景色。田野上清风如织，风把植物生长的消息带向各处。而大哥和数学老师正睁着通红的眼睛运算着那些违背科学规律的数字。在深夜的电视里，传来了中东战火的消息，和美国、俄罗斯的宇航员在太空轨道上对接成功。大哥他们啃着郎浦的红薯，埋头运算。

　　这一天，大哥手举着一封信件从镇上一直跑回家来，他因为剧烈的长跑而面色发青，鼻扇张大，歪歪欲倒的单薄身子因营养不良出现畸形，背部高耸、脖颈下陷。他说中央来信了，中央知道了他们的发明。他给总理写信，他手举这封信，就是总理办公室回的。这封信只有简短的几句话，大意是：你们精神可嘉，建议最好找专业部门联系。

　　大哥激动的样子就像范进中举。他说总理知道这件事了，总算有眉目了。这封信在郎浦引起了一阵震动，人们都想争相看看这中央的信件，大哥常常被许多人围着。人们向他打探，找他讨烟吃，要他请客，都嘻嘻哈哈地说："居仁你这要提拔到中央去了，少说也要到县里当个县长。"大哥把别人的逗趣当作了即将向他走近的现实。他想着这事肯定传到县里了，这事县领导会指示镇领导找他的。我的乡村发明家的大哥在家里静等着一声汽车喇叭声，从车里走出县委书记，或者镇长，说："你真的为我们郎浦争了光，现在，我们决定先解决你的户口问题，转为国家干部，有什么要求尽管提。"于是领导从包里拿出那个红塑料皮的户口簿，递到他手上，报社和电视台的人连忙把这个镜头抢拍下来，成为报上的新闻。

　　我想大哥就是这么幻想的。大哥是一个可怜的幻想家，郎浦水天一色的天象害了他，就像一种寂寞的乐园，让人走火入魔。大哥跟我们说过，他会得到一切的，女人、工作、户口。大哥说这些话时坐在一堆他精心砍制的齿轮中间，那些精巧的、密合严实的齿轮，决不会出自一位精神异常者之手，它需要忍耐、自制和清醒，大哥是一个清醒的人。

　　但是，并没有谁来找他。农具厂倒是来找过他，要他去上夜班，否则扣罚他全年的奖金。大哥在休息的某一天拿着这封他视为生命的信去了县里找科委。他换来的是一顿语重心长的教训（好在不是嘲笑）。老主任对他说："你还是多发明点坐式龙骨水车吧，脱扬机也不错，双桅机耕船也不错，在郎浦，如果你有发明一种剥菱壳机器的打算，我们就给你经费。"老主任动情地说："越穷越爱幻想，看看吧，现代生活中与我们息息相关的东西，哪一样是中国人发明的？电脑、电视机、洗衣机、电灯、空调、火车、飞机、熨斗、录音机、录像带等，不要幻想了，居仁同志，中国人总不能老躺在指南针和印刷术上吃饭。"大哥居仁说："我们的永动机正是要为中国人争一口气。"但是老主任不再跟他说什么，只是摇摇头，又摇摇头，最后摸摸他的额角，说："回郎浦去吧。"

大哥那天回到了郎浦他的农具厂里，妈给他纳的松紧鞋底都走破了，据说那一天晚上他和那位中学的数学老师一人灌了一斤散装白酒，两人抱头痛哭，并且刺破指头，发誓将永动机研制出来。

大哥认为谁都不理解他，这个周围的世界是一个陌生的世界。在农具厂，他落落寡合，他的那个金鱼眼未婚妻在看到那封被大哥都折叠破了的信件后，仅仅兴奋了几秒钟，就骂了他一声"疯子"，拂袖而去。大哥对我和二哥说："没有谁理解我。"他摆弄着二哥带回的一些饮料罐子，他说："谁给我钱呢？谁给我钱买那么多材料，才能制造一台木制的永动机？"他说："那是多么气派的机器啊，不要油，不要水，它自己运动着，带来无穷的能量。当它摆放在郎浦的湖边，在早晨，当它不停地运动着，那是一种怎样的景致啊！你看太阳把它的影子投在大地上，齿轮的影子，支架的影子，那是一种世界最新的机械，有了它，世界就会大变。"

三

大哥带领我们伐尽了我家后园的大树，这事把我老实本分的爹给气傻了。他一脚揣出了给他做好的棺材，说，这个也抬去吧。我妈和二哥及我一样，不知道偏向谁。当我和二哥帮大哥拉锯挥斧时，我们的心是苦涩的。关于永动机，我们对它没有奢望，我们只希望大哥不要出事，我们想的是千万不要刺激他，最好是顺其自然，让他在最后的失败中醒悟过来，成为（或者说回归）一个郎浦的常人，吃饭、睡觉、生儿育女，喝点酒、发点火，但不傻笑。

在一次农具厂的夜班里，神思恍惚的大哥被机器绞掉了两个指头，送往县医院也没能接好。是我陪哥去的，大哥那天晚上浑身是血，他似乎不知道疼痛了，抱着血肉模糊的手竟打出了鼾声。他太累了，又要上班又要计算和砍制齿轮，几乎夜夜不眠。当他走上手术台后又一次香甜地睡去了。醒来之后当我告诉他手指无法接好，他轻轻地说："那就算了呗。"我总想着祸兮福所倚这样的古训，想着就像是上天的惩罚，刚好绞掉了他右手的两个指头，这是否逼着他醒悟呢？但失去了两个指头的大哥依然一如既往，用他残损的手在房间里握斧捏錾劳作着，没有任何洗手不干的打算。

我的右手残损的大哥，就是在那个秋天的早晨爬上云端的。我说的云端，是指那架庞大无比的机器。那架木制的、被称作"永动机一号"的机器，像一个结构古怪的大坟，我和二哥热汗水流地帮他安装，搁在郎浦湖边的高地上。那个大坟啊，哥就爬上去了，他的脚下，是丰收的田野，稻香莲熟。哥站在顶端，金风吹着他的衣襟。但是我们听见了那些木制齿轮不怀好意的嘎嘎声。那些木架到处是虫子蛀过的空洞和凹槽，寒碜的机械呀，它们在郎浦的湖边转动着，以一种羞涩的、让人好笑的表情出现在乡人的视野里。那个早晨，田垄寂静，湖上野鸭翻飞，大哥神秘地试验着他绝世的发明，他跟我们说，成功的日子为期不远了。但是，那是一个让人哭笑不得的早晨，我和从县城赶回来的二哥坐在不远处的大树下，我们终于看见大哥在那架机器的顶端摇晃起来，我们看他飞身而下，滚在一堆烂泥和晾晒的薯藤之间，当他踉跄着爬起来时，一阵坍陷的轰响漫过郎浦的上空，惊飞了所有的水鸟和秧鸡。大哥的永动机像个散了骨头架子的人，四分五裂了。大哥跌得鼻青脸肿，他看着那一堆残骸，那些扭曲的齿轮和齿轮间闪着折磨之光的白铁皮。我的大哥，无言地坐在他的杰作面前，他像一个摆弄玩具的傻孩子，抹着脸上的泥，任秋天依然毒辣的太阳把他烤焦。

大哥黯然神伤地收拾起他的机械，他向我们笑着，向我们表示歉意。这一切似乎都在他的意料之中，他没有呼天抢地。他说："我都二十八了。"他说："我还不老，还可以干上几年。"他摸着满脸杂草般的胡子，没有血色的脸愈加苍白。这个想以木制的机械证明时间永恒的发明家，他在那高不可测的天穹里究竟悟出了什么？不消耗任何能量的是一尊木头，人不可能不死去，连太阳也会衰老，大哥无非想证明那些枯萎的落叶会重新回到枝头，女人永远十八岁。这是多么不可能啊。供销社的金鱼眼都等得不耐烦了，她身上的肉都开始松弛了，瞪着金鱼眼，看着手拿钳子和斧锛的大哥。后来，她离他而去，嫁给了一个举止刚健、额手如宾的军人。大哥笑着，许多人想以此来刺激他，让他去拼命，让他索回那数百元的奖金和一往情深。大哥说："天要下雨，娘要嫁人。"大哥回到他的宿舍，点燃一支常德牌香烟，对着一根圆木比画起来，角距、齿轮、内径、俯视图、剖面图。我二十八岁的大哥，有时候也会一个人孤寂地自问："这有什么意义啊，这部机器试制成功后，我又献给谁呢？"大哥在他的一张晒图纸上写道：

生命在转动／不变的是梦境／恒定在凄苦的命运之轴里／精神是不灭的／依附于躯体或者太阳般的齿轮／吱吱呀呀地轮回

茫然无助的大哥，把他的心全都投进那堆机械中了，谁也不会相信，这个羸弱的乡村发明家，会被投进大牢。

四

那个傍晚像郎浦无数个傍晚一样，红云涌动，水波万里，湖堤上散发出来的强烈的苦蒿气息饱含着劝诫人逆来顺受的征兆。在郎浦，生活其实在悄悄地变化，那些田坂里传来了大哥和他的农具厂发明的双桅机耕船的震响声和脱扬机的轰隆声。那都是耕耘或者丰收的声音，喜庆和吉祥的声音，祈祷日子风调雨顺的声音。可是，大哥就从那样的声音里由两个警察押走了。大哥被押出农具厂，从他那个狗窝般的、散乱着一堆堆木制的机器零件的宿舍里，神情倦怠地跟着警察出来，一句话也没说。他穿着妈给他纳的松紧鞋，胡子拉碴，许多人打探后以一种睥睨和怜悯混杂的神情望着他，望着这个杀人犯，这个难以让人启齿的罪人，说，居仁怎么是这样的人，真是人不可貌相啊。当那个与他合作的中学数学老师准备娶妻结婚时，他以刀相逼，最后刺伤了人的腹部。那些下流的人损大哥说："他是个鸡奸犯。"有点知识的人评价说："居仁搞同性恋。"

那个傍晚风萧水寒，大哥面带着一丝凄楚的微笑，昂然离开郎浦。人们看到，那不是拿刀子的手、残忍的手，那是一双写字和劳动的手。那双手瘦小，青筋突凸，缺了两个指头，其他的指头上有因不停砍制零件而被利器碰伤的新老痕迹，可以说是痂瘢累累。大哥看来是要永远地离开郎浦了，他目光深情地平视着这儿熟悉的一切。有人还坐在他十四岁发明的坐式水车上车水，水波粼粼，水由龙骨板带向稻田。而他的眼里一定会浮现出郎浦第一张双桅红帆在水田里扬帆驰骋的情景；美丽的双桅帆，就像一双火鸟的翅膀，他把它用进劳动的场面，他将浪漫带进我们含辛茹苦的贫寒日子，教会我们瞩望和品味贫穷生命与劳动的美丽。

这里，我要说到一条由郎浦开往县城的船了。其实是两条对开的小火轮，一日两班。它把郎浦湖行完后就进入一条大台渠，一直进到县城的后门。这两条对开的小火轮一模一样，到处露出木胎，盖舱用的是油毡，两个船工穿着朴实，赤着脚在船边荡来荡去。舱里有两条歪歪曲曲的木凳，如果你穿上好料子坐下去，就会被凳上的毛刺刮得稀烂。舱里的货大多是些腥臭的水产品。大哥就是坐上这只船押往县城的。他在上船的时候头碰到了舱顶，碰得"咚"的一声响，头有些闷疼了，但他很快坐下来。但是，不多久他就坐不下去了。舱里的乘客都怪异地打量他，以一种自由人的得意窃窃私语。这是他所熟悉或不熟悉的人。熟悉的人给他递烟，把烟点着了栽到他嘴上，同时打量他腕上的锃亮的手铐。他吸烟，警察并未阻拦他，他们分坐在他的两边。但是他受不了舱里那些怪异的目光，他要求警察把他押出来，让他坐在船头。警察开始不同意，他们怕他投水自尽，大哥说："你们把我铐在缆柱上还不行吗？"后来警察同意了，他们遵照大哥的指示把他铐在了一个铁打的大环上。他宁愿忍受浪沫和湖风的欺凌。

在进入台渠的当儿，这艘开往县城的小火轮与另一艘开往郎浦的小火轮擦肩而过，船上正好有我的二哥。他听到有人在向另一条船上指点说那上面有个犯人好像是居仁，他马上跑出舱，终于看见了大哥被锁在船头的大环上，满脸都是风浪。这太突然了，太令人难以置信了。我二哥是个感情深厚的男人，他还背着一大袋空空的饮料罐子准备去交给大哥的，他顾不了许多就跳进深秋的湖水里，他在跳下的一刹那就喊着大哥居仁的名字，有点歇斯底里。

他是从船头跳下去的，我的二哥，人们看到他被湖水吞没又从船尾浮出来，他的头皮被车叶子（螺旋桨）旋掉了一块，血从头上汩汩地冒出来，他追赶着载大哥的那条小火轮，他看见了大哥望着他潸然泪下的表情，一晃而过，消逝在暮霭的深处。二哥爬上岸来，坐在台渠上，他始终不知道发生了什么。

大哥的丑行让母亲当即就气瞎了双眼。这种事在郎浦属十恶不赦，一向爱热闹的爹从此沉默寡言了，在以后的整整一年中，他把屋前屋后种满了烟叶，又没完没了地卷着烟抽，一直到他从郎浦消失，最后证实客死他乡。

五

爹认为这是他祖上未积阴德的缘故，祖坟没有埋好，郎浦的风水太差，滋养出来的后代乖戾而尖怪，一个个就像些从坟岗里爬出来的獾子，鬼头鬼脑的，干出的事让人骂八代。我们是偷偷去探视大哥的。我和头伤未愈的二哥见到了羞愧万端的大哥，他剃着光头，看起来像个歌星，令人感到滑稽。他说："你们给我把齿轮保管好啊。"他说："我服罪。"大哥的刑期是遥遥无期的，他把人刺成重伤，他不仅毁了他自己，也毁了中学老师的锦绣前程。他依然说着《辞海》的坏话，他说："只有我知道，《辞海》是错误的。"大哥在高墙和铁丝网里，目光炯炯高飞，像天空中倏然消逝的不安的鸟。他说："你们给我把齿轮保管好啊！"他反复叮咛，对我们拿去的食物如卤猪蹄都不屑一顾，没一句感激的话，只是记挂那些使他走火入魔的什物。

说到爹，爹彻底地绝望是在大哥入狱一年以后。他因为整天含着他自种的烟卷已经满脸灰黑，烟雾把他的皮肤镀上了一层死亡的阴影，他变得有些痴呆，一个人坐在郎浦湖边，这使人想到大哥当初的举止。但是，他并不是一个老年痴呆症患者，他脑存重重的心事，他最后死于南投山下，在伟人诞生的脚下殁命于野松之间，这表明他是一个清醒的人，一个为后代死而无憾的父亲。

　　关于郎浦，我总是说它的好话。事实上，它的确是一块美丽的地方，它地处低洼，万物水灵，所有有生命的东西都似乎饱胀着汁液，女孩聪慧无比，风情万种，渔歌悠扬温润，连郎浦湖底也绝少污泥，而是细细的白沙，它们被城市挖去建造成高楼，或是砌成花坛。但是这样的乡情只是被热爱故乡的郎浦人赏识，往往出现在初、高中生的作文里。这些学生惯于使用华丽的辞藻，虚情假意地在末尾加上一句："我一定要学好文化知识，把我的家乡建设得更美好。"这种老八股式的文章出现在全国所有歌颂家乡的中学课堂上，贻害无穷。如果真正写起来，郎浦是个怪异之地，这块蛮荒的沼泽在两百年前还鬼狐奔窜，老虎出没。有了人烟之后，他们的生活中充满了对巫鬼的敬畏，这应该来源于它周遭的水雾蜃气，在天象揉动的水波里，人们普遍有过宿命的幻觉。湿气使很多人害上了风湿病，年轻人大多想离家远走，不再每天对着茫茫的湖野和泥泞，对着水腥味儿太重的食物，让人寂寞得发疯。大家一致认为，风水不好是有些道理的。这儿的地挖进三尺就渗水如泉，祖先们的亡棺总是被无情地浸泡在阴冷的水里，人们每当看见这副下葬场景，就联想到自己死后，归属依然凄凉。在郎浦，没有一块向阳的高地，人们生死都被水侵扰着，水属阴，阴气太重，村里人说，大哥居仁就是因为阴淫之气而出现了变异。于是我爹暗暗决定了去找一块风水宝地自杀，让他的躯体自葬于高山之阳，以此为儿孙带来光宗耀祖的灵气。

　　爹的失踪事前没有一点先兆，没给我们留下一丝丝蛛丝马迹，他揣着一大袋郎浦的红薯就远走高飞了。但是，我们都以为他因痴呆而跌入了湖中。

　　那天早晨，我看见他从茅厕里出来提着裤子。爹是有皮带的，他的那根生锈的皮带叮叮当当响着，这是我听见爹最后弄响的一种声音。双目失明的妈也说，他听见了老头子的咳声。她说老头子痰多，他整天抽烟的恶果带来的是一肚子的痰液。他从茅厕出来就使劲儿地咳嗽着，在茅厕旁的一棵楝树下好像甩了一挂鼻涕，并且把鼻涕抹到树干上了，这是妈听来的。妈说，老头子在薯窖里翻呀，翻呀，她还以为是老头子勤快心发了整理薯窖呢。妈说，爹是从薯窖里消失的。因为后来她并未听见老头子跨出门槛的声音。

在爹失踪后，我们把薯窖翻了个底朝天，并没有找到爹的影子，连一条蜈蚣一只地鳖虫也没有找到，爹没有像神话中说的变成一种秽物。那些红薯也不像是爹变的。爹就那么失踪了。村里出动了十只船用围网捞爹，他们都相信爹是失脚了，或者因水鬼的蛊惑而投进水底（这种事在郎浦发生过）。但是，那一天的围网捞上来许多闻所未闻的东西，也没发现爹的影子。那些东西是：一个叫秀芝的人二十多年前遗失的钱包，包里一块多钱，一斤多粮票和夹着的一张她本人在"农业学大寨"草帽下傻笑的照片，照片还鲜艳如初，只是一碰即成泥；两颗手榴弹和一把印着"民国五年醴陵瓷器"的夜壶；一头形状可怖的江猪。江猪马上就被十只渔船瓜分了，这表明郎浦湖过去与长江相通。当然，还有一些鱼。只是没有爹的一根毛。

六

知道爹的下落是在三个月之后，那时湖已经开了，雁已经来了，冬天就那么含含糊糊地过去了。爹没忘了揣上他的身份证，南投山的人正是根据身份证而找到郎浦的。我们顶着吹面不寒的杨柳风向南投走去。我和二哥，手拿着地图，沿着地图标出的红线，走向大山深处的南投。根据南投当地人的讲述和我们的想象，假如把前后三个月的时间重合，那就是我们父子三人一起向南投走去，而不是爹一个人或是我们兄弟两个分开走的——我们看到了爹的一切。爹说："咱们走吧。"爹指了指地图，说："应该是往南方走的。你看，鸟都在往南方飞呢。南方有终日照耀的阳光。"

爹的第一站应该是个叫清水台的地方，那儿依然氤氲着水气，旅社的被子潮湿，人睡下去就会浑身发痒。被子里生着跳蚤和淋菌，床下到处爬着百足虫。爹让我们睡下了，他自己露宿街头。他的兜里没有钱。他睡在一家磨坊的草垛下，含着那根水竹的铜烟杆。他说："我去哪儿呢？这么寒冷的日子何时才走到南方呢？"他因为贪睡让老鼠把他袋子里的红薯啃得稀烂，早上他在磨坊帮工的呵斥下揉着眼睛爬起来，吃着被老鼠啃坏了的红薯，在旅社唤醒了我们，说："走吧，天不早了。"爹和我们就这么漫无目的地走着，沿着那鲜红的地图找到一个叫任桥的地方，太阳还没有西斜。那天，许多人正在任桥的桥头堡上垂钓。对于钓鱼，我爹是老手，他是郎浦的鱼鹰。他背着红薯袋子，带着我们走上了任桥。任桥是一个地名，也是一个有江南特色的长桥。那是一种木结构的桥，用无数颗巨大的爪钉才把它们绑在一起。我爹对着他们嗤笑，发出的声音有点像驴的叫声，这激怒了任桥的垂钓爱好者。他们看着这个衣冠不整、满脸灰土的外乡人，正准备用拳头教训他，哪知爹脱口说出了一连串的鱼经，他说："春钓滩，夏钓潭，秋冬要钓背风湾。他说河边有腥气，钓鱼好运气，水翻花，无鱼虾"。他说"钓翁钓翁，不钓南风。深水钓边，浅水钓渊。水下小鱼多，大鱼不在窝"。他的鱼经马上见效了，那些人按他的方法钓起了一条又一条大鱼。那些人为了感谢他，对他说："你有什么需要我们帮助的吗？"我爹需要的是问一块地方，出过大人物。他非常容易就得到了，人们告诉他往南有座南投山，那儿的风水好啊，出了大人物。爹说："终于有地方了。"爹拉着我和二哥的手，几乎是一气不歇地连夜跋涉，向寒星闪烁下的层层山影跑去。

爹在大肚溪停下来，他害上了严重的肠胃病，不停地腹泻。那时候，他已经看见了丘陵，越过丘陵就是山区。大肚溪还存留有绿色的植物。这是他行走的第七天。他攀着纤细的地图红线走到了大肚溪，但是他走不动了。他对我们说："我才不想死在这里，我爬也要爬到南投去。"大肚溪都要被他排泄一空了，他发现他拉出来的就像溪水，散发着一股来自郎浦的草腥气。在大肚溪的土洞里，爹对我们说："路不远了，咱们都坚持住。"他的红薯差不多吃完了，他在洞口趴伏在地上不停地喝着山溪水。那儿，大肚溪的丘陵上稀稀落落长着些马尾松，冬天的红土地里已经没有了能吃的块茎植物，那些红土裸露着，陌生的红土，跟郎浦污臭的黑泥有天渊之别。他看着丘陵顶上一抹靛蓝的天，捂着肚子，想怎样把他的腿抬起来，向羊肠似的进山的路攀登。

爹在大肚溪那个干燥的土洞里躺了两天两夜，我们守候在他的身旁。爹躺在一堆玉米秸梗上，瑟瑟发抖，高烧。老天有眼，一个下套子的猎人发现了爹。猎人说："你这么要死去的。"猎人给了爹一个烧饼，爹迫不及待地放进布满了燎泡的嘴里，狼吞虎咽。烧饼进了他的肚子，猎人又回家给爹拿出了两块姜，说："你嚼姜吧。"爹就嚼姜，爹嚼出了一身汗。猎人又给了他一个玉米，他吃了，奇迹般地站了起来，拍拍自己单薄的骨架子，没事一般地说："咱们走吧。"他唤着疲惫的我们，他站在丘陵发白的小路，回过头来对我们说："磨蹭什么，向南投走呀，别夹卵了躺下！"爹走向那棵长相怪异的马尾松，在丘陵的尽头，一朵浮云正从马尾松的根部缓缓升起。那一定是一个大肚溪冬季的晴天，我和二哥吃着烟，我们默默地拍打着屁股钻出土洞，呆望着天，看远去的爹，看他的影子进入大山的腹部。

现在，从弯曲的红线上我们走到高塘。走到两个细小的宋体字里，在那儿，土地呈现出血红的颜色，山上植被斑驳，草木茂盛。在这条从大肚溪到高塘的皮肤划痕里，爹昏倒过三次。他的鞋已经走散了，大小便失禁，眼前出现了各种各样的幻觉。他告诉我们，他看见郎浦的鱼飞了起来，羊群如瀑向天下直泻，大哥的脸相镶嵌在云端里，他看见大哥戴着一顶金光灿灿的帽子，长袍曳地，气质绝尘。别人跟他说，不远了，只有两里路，就到南投了。后来他走了大约两个两里，别人又跟他说，不远了，只有五里了。他说他跟着天上的鱼阵和羊群又走了五里，别人跟他说，大约还有五里地。山里的人是比咱们郎浦水乡人活得粗糙的一种人，他们缺少数字的思维，这就难怪了，这就难怪不会出现永动机的发明者而会出大人物了。爹带领我们走着，跌倒了爬起来，一个五里又一个五里，爹说："咱要把最后一口气留在南投。"

到南投，爹已经薄得像一张纸，只剩下两只眼睛还充满着热望。爹啊，他在南投的那汪水库里是否看见了郎浦的渔帆？

七

爹微笑着，他有满腹的话要向人说。

南投山，树木苍苍，云锁青峦。爹在那位大人物的故居里看到了一些简介和照片。他看到了这位伟人做过木匠，他肯定想起手拿锛子斧子砍制齿轮的大哥。他按照指点爬上了山顶。在水库上是一个巨大的平台，那就是龙椅，爹说，真像啊，两边的山就是扶手，而椅背是一片光秃秃的金色的悬崖。在南投的傍晚，风景单一，似乎所有的阳光都是为了衬托那把巨大龙椅的威严，别无他意。这种简单的风景真使人产生一股直截了当的雄气。爹说："真是好风水啊，怎么不出人！"爹坐在龙椅上，从水库这边望去，爹就像龙椅上的一只蝼蚁。爹，他坐在龙椅上，他说，这才值得。爹对我和二哥说："我先走了，你们回去，不要管我。"他说："早该到这儿来的，不然，你们大哥也不会落到被万人唾骂的下场。"

我们就那么远远地看着爹。爹在林子里徜徉了整整一天。那个晚上，爹把身上带着的所有烟叶都卷成一筒抽了，那暗红的火星在他的烟杆里闪着最后的光影。爹说："嗯，这儿很好。"爹真是面带着微笑，他望着两个跟他而来的儿子，手扶着龙椅上生长的野松，他解下那根生锈的皮带。我要说那个晚上南投山肯定是异常安静，到处都缄默着等待一个苍老生命的结束。一个郎浦人，一个痴呆的老者，一个微笑着的游魂，远行人，朝圣的圣徒。

就是这时候，我们听到了爹再一次响起的生锈的皮带声，他不是想干脏事。在黑暗中，他把皮带套上自己的脖子，另一头系在野松的枝干上。他想，力量还是够的，虽然他已经精疲力竭，死去的力量还保存着。为了这一刻，他等待了一生。

爹是带着无比的愧疚走向野松的，那片林子，到处响彻着一种山蟋蟀的叫声。爹在山区的夜晚看到的是山的威严和冷酷，但是，他却像回到了家一样，拼命地与这儿的岩石亲近。郎浦的人，爹，他是在湖上奇诡的天象中度过一生的人，那种神秘兮兮的云形和大气揉动的蜃景总给我们宿命的暗示，可以说，郎浦人一代又一代，就是在这种暗示中稀里糊涂地生活的。当他们死去的时候，他们会看见星河倒悬，无数的神怪从水里爬出来，犹如郎浦的另一种生活，梦中的或者像大哥一样在傍晚遐想的生活。

爹那时候可能从他清寒的意识中泛起了这种虚拟的、华贵的图景。对于山区人来说，这些图景是奢侈的，但对郎浦人来说，却是唾手可得、司空见惯、俯拾即是的。但是对子孙的愧疚基本上占据了他整个的心灵，他像个罪人，以赎罪的心理靠近那棵野松，仰视着它枝丫纷呈的顶端，天空辽远高旷，深不可及。我们看见他在深重的山影里挂系着那根皮带，假设他产生过疑问，关于这儿的风水。不，这样将亵渎了爹，他不会怀疑自己的行为，一个朝圣者的灵魂是纯净的，他们的心就是圣殿，那里廊柱高耸，穹隆如盖，响彻着天国的钟声。

我和二哥就站在那乱石堆成的坟茔旁，我们给爹加了些石头，以便作为更清楚的标记，年长日久不会被暴雨冲坍。南投的春天啊，的确美，映山红悄悄地开放了，东一丛，西一丛。山风带着暗崖的野花香气，向我们鼻子里吹送。我说："二哥，爹就留在这里了。"二哥说："这地方干爽啊。"二哥眯缝着眼睛看一只野蜂时起时落在他脚下的一朵野菊上。我们坐在懒洋洋的春日里，在龙椅上，望着山脚。我们好好地睡了一觉，然后摘来了一大把血色的映山红，放在爹的坟前。二哥说："人死去后，有时候会连自己都吃惊。"他说："咱们的爹竟然长眠在这里了，只是把咱们祭坟的路拉长了。"他说："这倒是个好地方。""是啊，"我说，"爹真是个能人，爹值得我们学习。你别看他平时不声不响的，他是个有心人啊。"我说："扫墓让大哥来扫，等他一出来，就让他来南投。"二哥唬住了我，二哥大声向我喊叫着说："不许提他，不许损大哥！"后来我的以孝心闻名的二哥就号啕大哭起来，他用头擂着野松，他呜呜地哭着，哭得山梁上到处是他悲惨的回声，好像所有的山都哭了起来，南投一片悲恸，那龙椅的靠背——那一大片万仞金色的绝壁，被二哥的哭声撞得黯然失色。

二哥双手捧着爹留下的水竹铜嘴烟杆，一步一回头。他的眼睛都哭肿了，他一张一张地撒着纸钱，是那样精确，每隔十八步就撒一张。他背着一大袋纸钱，从南投一直撒到郎浦，那是一条让爹回来的路，不会迷失的路。

我和二哥把爹的烟杆埋在了郎浦岸边。这样，当爹回来的时候他就可以抽着烟，呆望着湖上蛊惑人心的云彩，想他的心事了。

八

妈是幸运的，我一直以来都用"祸兮福所倚"这样的古语来安慰自己和遭遇不幸的亲人们。古代的人是多么善解人意啊，如果没有他们留下来的一句句化解不幸和痛苦的话，我们活下去是十分困难的。从这点意义上说，古人是没有死去的，他们时刻在我们身边鼓励我们活下去。郎浦的碧水青天，使得人情淳厚，乡亲们对妈产生了极大的同情。那时候，我因为生活所迫跟上了一条渔船，去长江捕捞一年一度的黄鱼。二哥依然每个星期坐着小火轮回郎浦一次，带给妈县城好吃的东西，给妈洗头、剪指甲。应该说，二哥能做到的他都做到了，但是这并不能解决双目失明的妈的根本问题。妈虽然在极短的时间里学会了做饭、洗衣和剁猪菜，但是她不能出门去挑水。妈没有方位感，一出门就不辨东南西北。有一次出外挑水，她差一点跌进湖里淹死了。还有一次，她上渠挑猪菜一直走到了郎浦镇上，半夜才摸回自己的家。妈虽然瞎着眼睛，可她还喂了一头猪和一群鸭子。她说："我要它们给我做伴儿，我一听见它们的声音我的心里就平和多了。"二哥的劝说没有任何作用，他只每次星期天在回郎浦的小火轮上，边乘船边绞湖草，回到家里，就有满满一担给猪对付一个星期的槽食。二哥星期天给妈挑两担水（缸只有那么大），再用桶趸一担水。但这三担水妈总是用不到下个星期天，这就只有靠乡亲们帮助给妈担水了。还有那群鸭子。鸭子是不会自己回家上笼的，它不比鸡，不比鹅，没有人赶它们，它们就会露宿沙洲和渠坎。傍晚，左邻右舍的孩子们就会帮妈去拦鸭，他们拿着竹竿，吆喝着我家的鸭群，鸭们嘎嘎地叫着，妈就在门框上眨着坍陷的眼睛迎接鸭群的归来，并且感谢那些孩子们，摸摸他们的头，把二哥从县城带回来的糖果分给他们吃。

除了这些，乡亲们还经常给妈一些做好的菜，腌制的菜，一碗煨藕，一碗酢鱼，一碗酱黄瓜……头疼脑热的时候，乡亲们就会给她扯痧、熬姜汤、煎鱼腥草水，或者给她两颗咳特灵。

妈是幸运的，这样的日子她完全可以熬到大哥出狱以及我捕猎黄鱼归来。二哥为了回郎浦省钱，他找人买了一辆旧自行车，那是花十块钱从一个老师手上买来的，是一堆荒货，他东拼西凑把它盘得能转了，能骑从县城到郎浦的长途了，虽然骑起来老有不平的感觉（内胎打了太多的补巴），哐哐当当筛糠一样响，但二哥很高兴拥有了这个交通工具，他把每个星期一次看望妈改成一星期两次。在星期三晚上的时候，二哥清扫完了小学的里里外外，他就骑上自行车直奔百里之遥的郎浦，大约到了早晨六点钟的时候，他又能准时地打开小学的大门，给每个办公室灌好开水。整整一夜，他大概都在路途上，不停地骑着他的那辆破车，无论刮风下雨，他都会这样。二哥跟妈有说不完的话，他给妈扯新罩衫，给妈买香蕉吃，给妈买个收音机，让她听我们时代美妙的音乐。他说："妈，你脚头冷吗，我给你焐脚？"他说："妈，不要吃人家端来的酢鱼，说不定是人家吃剩了的，老鼠蟑螂爬了吃了拉肚子。"他说："妈，我梦见老弟逮着了大黄鱼，梦见鱼要发财的。"他说："妈，天气不错。"

二哥说得最多的是要妈不吃人家的东西，可妈骂他，她说乡亲们好，没有乡亲们活得就没有意思了。二哥不想让乡亲们对妈表现出过分的关心，他喜欢在星期天晚上让乡亲们听到他的自行车硌出响声后探出头来，说："居义回来了？"在半夜两点钟的时候，他的自行车又硌出的响声惊扰了一村人的睡梦，让他们在暖和的被窝里说："居义走了，这么好的儿子哟。"二哥居义在他上班的时候不停地打着哈欠，张着一张吞得下老虎的嘴，他没精打采地扫地，有时候忘了关上大门，让拾荒货的人进来把老师学生的衣物、雨伞以及背课本都给"拾"走了。"是搓麻将去了吧？"他就承认。在无数次忍无可忍之后，小学辞退了他。这曾经是一个多么好的清洁工，他还免费为老师买煤买米，为老师的家里做房子守夜，为老师掏下水道，修理门窗，配钥匙，驱赶在校门口无理取闹的无赖、疯子和小商贩。但是后来，老师们一致说，他栽在麻将上了，他通红的双眼和哈欠连天的懒相只有郎浦人知道个中原因。被辞退的二哥经一个好心的老师介绍进了一家腌制咸蛋的食品仓库里打工。这是一个承包的仓库。二哥要给新鲜的鸭蛋裹上草木灰。他的双手一天到晚浸泡在带碱性的草木灰浆中，老板让他每天至少裹六百个鸭蛋。裹好的咸鸭蛋装进龙缸，运往香港，在运送的途中这些鸭蛋就熟了。香港人爱吃的"龙缸味蛋"正是我们县的一大特产，而这许多出自二哥之手。

在那个空气污浊的食品仓库里，二哥的手泡得不成样子了，像一双死人的手，溺水者腐烂的手。他得一刻不停地为鸭蛋裹泥，累得腰酸背痛。这还不是要命的事，要命之处在于他没有了休息日，晚上也不准离开食品仓库。一个月只能轮休一天。贪婪、狠心的老板为了发财，要把这些打工者们的血汗刮干。那怪谁呢，送上门去的，你不干，想干的人多呢。一个月以后，二哥拿着他用血汗换来的钱、沾满了草木灰浆的带咸味的钱回到郎浦，把钱悉数交给了妈。他没给妈说他被学校辞退的事，他只是说学校不让回。"是啊，"妈说，"居义，妈想死你啦，盼星星，盼月亮。你这一说，妈就知道了，县城里的灰多，打扫不完。"妈穿得干干净净，妈收拾得清清爽爽，跟二哥过去一星期回来两趟的情形差不多。妈生活得井井有条。妈眨巴着瞎眼说："这桌子腿，是他们给我修的；灶跑烟，他们给我重砌了；偏厦漏啊，他们给我检的漏。你看，乡亲们多好。"二哥听着这些，心里不是滋味。他挑水，他打猪草，他把碗柜的一个老鼠啃出的洞用木头钉好，他没有话给妈说，默默地做着，不敢见乡亲。他连饭都没吃就赶回了县城。

第二次回来，他看见一群乡亲在我家的屋顶上给妈用砖砌屋脊，估计又是屋漏了，油毡坏了。那些人坐在屋顶上，和二哥打招呼。他们没提那些砖和几块油毡是哪儿来的。这让二哥无地自容，他像个客人，而那些乡亲成了主人。二哥去小卖部买了一包好烟，一包白沙烟，用力甩上屋顶，让乡亲们分食。他爬上梯子时，屋顶上的人说："都做完了，小心摔着。"

又一个月后第三次回来，他看见一群乡亲在我家的后园里给妈搭豆架和葫芦架。那些人砍着竹子，编着草绳，和二哥笑着，不说话。二哥真是无地自容，他站不是，坐不是。他又去小卖部买烟，买了一包很好的烟，红塔山的，亲自送到每一个人的手上，剩余的给了一个老者。他去用草绳捆扎时，乡亲们说："居义，你歇着去。"

二哥突然对郎浦和干净但瞎眼的妈陌生起来。他当时一定怨我，怨他的老弟居礼怎么没个音讯了呢。长江的鱼汛已经过了，老弟难道把妈都忘了？他这么想，可口里还在搪塞妈对我的叨念。二哥说他看见了我，说我逮到了大黄鱼，起了篓子，说我可能会成为有钱人了，说不定会给妈带个撒网的媳妇回来。其实二哥根本没有我的消息，我懒得跟人说我正在做啥。我早就没有打鱼了，长江上已没有黄鱼可打，我去了一条货船上。我煎鱼的手艺让他们留下了我，我当了炊事员，管五个船工的饭食。对于煎鱼，我当然不在话下，从小我就懂得郎浦各种各样的淡水鱼的吃法，我让这五个猪一样好胃口的船工吃得满面红光，分不清谁是船长谁是水手了。我一天管他们四顿饭（半夜还有一顿"枕头酒"），有时还得为他们带上船来的女人做糖醋带鱼。我整天围着锅台转，已经对郎浦和我们家的事心若止水了。我知道，妈有孝顺的二哥照看，二哥行着苦孝，还有郎浦那些心似菩萨的乡亲，我还是走掉去奔自己的生活为好。

还是要说到第三次回家自尊心受到极大伤害的二哥，我的二哥藏着那双被碱水泡烂的双手，他推出自行车离开家门，告别妈时，看到妈像个庙里知足的老尼，一点都没有了依恋他的意思，这使他多么失望啊！过去妈总是在风中盼望着她的二儿子归来，给她带回吃穿，妈掰着指头念星期三和星期六。但是现在，妈已经适应了她所有的儿子都不在身边，她瞽盲着双眼，活在乡亲们中间。二哥一定在想，乡亲们怎么在指戳着他啊！这个孝顺的儿子，不能忍受乡亲们对妈的热情和关照，那样，他就成了不孝之子。他在骑往县城的路上，喃喃自语道："妈，你不能活了。"

九

二哥照说是一个传统的儿子，他从来没有稀奇古怪的想法，对待父母就像一条狗对待自己的主人，除了忠诚和尽责以外，不生旁骛。他曾要割股给母亲煨汤治病，这样的人却将要用自己的手结束母亲的生命。这世界，这生存的道理怎么才算让人明白啊！二哥说："妈，你不能活了。"他摇摇头，说着，又摇摇头，一直呢喃到食品仓库。那天，他亲手捏破了许多鸭蛋，黄色的、黏稠的蛋液漂浮和混杂在草木灰里，老板敲着他的脑袋，恶狠狠地说："你想干什么呀！你说谁不能活了？我看你不想活了。"二哥望着他，望着老板，把老板看愣了，老板也看着他，又看看自己。老板用手在二哥的眼前晃了晃，自嘲地说："他妈的你想把我当咸鸭蛋捏？！"

我又要说到晚上了，那一夜晚上，月光如水，雁声如云。二哥从食品仓库翻窗溜了出来，他骑上他的破自行车，在白昼般的月光里赶回郎浦。在进村时，他悄悄扛上自行车，一点声音都没有地溜进了村子。郎浦的夜啊，就像是用银子装饰成的，银子的屋顶，银子的树，银子的庄稼和池塘。我没有向你们描绘过我们郎浦的夜，要说，郎浦的夜比它的晨昏更迷人，更容易误入歧途。还是说那一夜吧，虫螬的声音从地里传来，那些离土最近的生灵的声音，象征着我们的前生和来世。固执的、犹如倾诉般的鸣叫，是我们郎浦代代的命运。还有那些在水面和大野中游动的萤火和磷火，在月光下就像梦的眼睛，迷蒙地彳亍在那块巨大的洼地中，魂无归所。还有星星，我们郎浦的星星成倍地出现在我们的眼前——天上的星星、水里的星星。那些星星不是一个一个地排列的，而是一嘟噜一嘟噜垂挂在天上，就像我们丰收的栗子和棉花。温暖的、给人厚爱的星星，它们在我们头顶拥挤着，既赐给我们柔情，又给我们霪湿的洼地注入乖戾和莫名的悸动。

我还是要说二哥，他踏着遍地的月光和星光进村，口里反复地叨念着：

189

"我要成为忤逆不孝的人，我要成为不孝之子了。"他说，一天的星月都在嘲笑他，他成了一个无颜进村的人，大家会看不起他的，他连自己的母亲也照顾不了。二哥在如此美妙的月光引诱下现出了惊悸和乖戾的本性，那种冲动不知从何而来，他甚至流着泪，品尝着自己身体里委屈而咸腥的液体，把自行车放在了一个草垛前。

村里真静啊，万籁无声，大家已经睡去，把那些让人胡思乱想的星月隔在了户外，进入简朴的梦里。二哥敲开了妈的门。他听见妈打着慵懒的哈欠，一点都没有因儿子的突然回来而惊喜，也没有问问学校的情况（她不知道儿子正在碱水里滚泥蛋），说："还有菜呢。韩三爹端来的野蕻炒肉。他们帮我买来的野鸡，我吃了两天还有一大碗。"二哥没吃，二哥站在门口一动未动。瞎眼的妈感觉到了什么，说："居义，咋的啦，关上门去添饭吃啊，饭还是热的呢。"二哥还是不说话，他迟疑地挪进屋内，他有点儿慌乱，但是很快就镇静下来了。应该要说说二哥在离开学校之后的日子里一直没睡好觉，眼里充着血，好像害着严重的眼病，他的耳鸣也很厉害了，老是觉得有人在用一把钝锯子锯他的胳膊，耳朵深处的嘶鸣就是那种声音。现在有人把钝锯带回了郎浦，在他从小长大的地方摆开了阵势，又开锯了。二哥来不及想那么多，在耳鸣即将爆发时他把灶角的一瓶农药"井冈霉素水剂"倒进了一杯水里。

他从怀里掏出两个从县城买回的黄桥烧饼，给妈吃。妈起先不想吃，说明日过早呢。二哥强迫妈吃，妈就吃了。妈咬了两口，干涩的黄桥烧饼把妈的喉咙堵得厉害，二哥就把那杯水递给了妈。妈喝下第一口就品出了异味。妈在双目失明后听觉、触觉、味觉都异常灵敏了，她想把那个杯子推开，但她的头被二哥卡住，二哥捏着妈的鼻子，妈想说句什么，就咕噜咕噜地把那杯水喝下肚去了。妈好一阵缓过气来，说："居义，你给我喝的啥呀？"二哥说："妈，没啥，是防治血吸虫的，有点苦，我怕你喝不了，只好哄你这么喝了。"妈说："哪是喝呀，是灌。我没有血吸虫。"二哥说："有血吸虫无血吸虫都要喝，妈，这是政府的号召。妈你知道，郎浦是血吸虫窝子。"妈说："是的，郎浦是血吸虫窝子。"接着，妈的肚子就开始疼了。

妈到临死都丝毫没给二哥说破那杯水的真正内容。二哥后来对我说，妈其实一喝就知道是啥了，她摸摸索索治虫的"井冈霉素水剂"，她还闻不出

190

气味吗？妈说："二子（二哥的乳名，她多年未喊二哥的乳名了），肚子疼啊。"二哥说："妈，我送你上医院？"妈咬着青紫的嘴唇哕着，呕着，笑着，说："二子算了，算了，深更半夜的，一挺就挺过去了。"妈说："这治血吸虫的药，真厉害啊。"二哥说："不厉害不能杀死血吸虫。"

　　肚疼三阵百骨响，二哥这时候就听见妈全身的骨头开始散架、脱节了。他首先听到的是腕骨、桡骨。在他的耳畔，那个紧紧追赶他的手拿钝锯的人放过了他而把妈的臂腕给锯断了。接着是肱骨、股骨、跗骨、跖骨、髌骨、颅骨。最后，二哥听到的是与二十四个农历节气相对应的二十四节脊椎的脱散。妈将坍塌，如一蓬燃烧的劈柴走到尽头，坍成一堆灰烬。妈将再也爬不起来。他听到妈颈椎那儿从玉枕关开始的第一节清脆的崩脱，那是大雪，大雪。接着是小雪、立冬、霜降、寒露、秋分、白露。到了胸椎，从夹脊关开始，妈支撑着她生命处暑的骨头瓦解了，第九节就是立秋、九月九，重阳。然后就是大暑、小暑、夏至、芒种、小满、立夏、谷雨、清明、春分和惊蛰。这些生命中最重要的季节，骨节里最柔韧的地方，妈，母亲，弯着腰，伸起来；弯着腰，伸起来，不停地劳作，喂养我们的骨头，早就被郎浦的岁月挤压得佝偻的骨头，深深伛下去的骨头，散了。再就是腰椎，从雨水开始，大寒、小寒一直到冬至，这孕育我们的骨头，孕育了大哥、二哥和我的骨头，寒风刺骨的季节和骨头啊，辛苦的骨头，使人类延绵不绝的骨头，没了。然后呢，然后是骶骨了，是尾闾关了，我们就是从那一节骨头旁诞生的，我们出来，看着郎浦人世的美景，我们劳动和哭泣，充满爱恨。可是，当我们离开以骶骨做环廊的家，我们就再也无法回去了。陌生的二十四节气，母亲农历的骨头，在二哥手下以疲倦的绝唱全部解体了。

　　妈躺在床上，妈的神志还是清醒的，但是她无法动弹了，她没能看到二哥的泪水在斜窗的月光中一颗一颗地往下滴落。他抓着妈软绵绵的手，说："妈，今夜月亮多好啊。"妈说："嗯。"二哥说："是南风，你看风把麦子的香气都送来了，麦子灌浆了。"妈说："是啊，二子，是个好年成呀。"二哥说："妈，你脚头冷吗，我给你焐脚？"妈摇摇头，说："二子，真难为你了。"二哥说："妈，看你说的。我是你的儿子。"妈说："是呀。有人说儿多不养母，我看不是这样，二子，我真高兴你记挂我，你看，你还给我煨脚，天气暖和啦。"二哥说："天气是好，天气真好。"二哥给妈煨着脚，妈的脚渐渐冰凉了。二哥睡着了，他打出了如雷的鼾声，好久他都没这么睡觉了，他睡得真香。

十

大哥对外面的事一概不知，我也不准备告诉他了。反正他将在监狱待一辈子，告诉他，又有什么作用呢？可是最后，他都知道了。那是在一次放风晒太阳的时候，他偶尔在一个死囚仓里看见了二哥。他说："那是谁呀，那不是居义吗？"二哥说："我不是居义。"大哥说："那你是谁？"二哥说："我是居礼。"大哥说："你骗不了我，不是居礼，居礼是不会犯事的。你也不是居义，居义是个孝子，除非居义杀掉了侮辱我妈的人。"二哥说："我不是居义。"大哥说："你不配做居义。我大弟居义不是你这种死囚犯，看人民怎么惩罚你！"在二哥被押出去处决的那一天，大哥还在里面对着二哥大喊："你不是居义！你不配做居义！你罪有应得！你不是我弟弟！"

我在那一年暴烈的太阳里回到了郎浦，已接近秋天了，到处是金黄的信息。我家里堆放着满满一屋铮亮的、用白铁皮垫槽的木制齿轮，还有一摞摞的图纸和数据。乡亲们从镇上农具厂拖回了有关大哥的一切东西，他们说："有用的，这么好的东西怎么会没有用呢？看，还有中央的来信哩。"

晚上，我按照随便抽出的一张图纸就把那些齿轮全安装好了，尔后，我垂着手，就看到它们转动起来，我听见了那悦耳的、机械摩擦的声响。我说："别逗啦，爹，妈，二哥，你们不要在那儿摇啦。"

我和从屋外蹿进的风说话，开着玩笑。我走出大门，来到妈和哥的双坟前，轻纱似的月光笼罩着我们的郎浦，那些模糊的景物都像含着微笑，都像是欲言又止的群像。他们都是我们死去的亲人，在晚上，他们都站在郎浦潮湿的洼地里，和我们在一起。这些依恋的魂，亲人们，郎浦总有办法让他们回来的，谁都躲不掉。

（原载于《长江文艺》1995 年第 9 期）

暗 伤

一

林歌那天听见了强烈的蛙鸣。那天晚上，林歌一个人待在湖田的棚子里，林歌用口琴吹了几支当时流行的歌曲：《怀念故乡》《莫斯科郊外的晚上》等。林歌在黑暗中边拍打着腿上的蚊子边吹歌曲，他听见了蛙鸣，于是从这一天起，蛙声引导他走进郝桂芝母女的生活中去。

湖畔的天空出奇地高远、洁净，星星拥挤在头顶，这是林歌在下乡之前从来没有见过的，它的荒凉和安静，使林歌对身处遥远的异乡有了刻骨铭心的感受。他从稻草铺上爬起来，看着星空在湖上的倒影，他的情绪好极了，他想，应该弄几只蛙来吃吃。

他在稻草铺中寻到了那只手电筒，电筒是当时的居委会发的，每个知青都有一只。他把电筒撳燃，电池不多了，光是红的，想照草中的青蛙，显然不行。于是，他只好去找郝桂芝借。

他打着暗红的电筒出来时，看看在沟那边远远蹲着的郝桂芝母女的草棚。草棚看不出有灯光，那是一个简夹棚，没有窗户，棚门对着南面的秋田。林歌跨过了那道用破船翻扑过来搭成的"桥"，走到了郝桂芝的门口。

在此之前，林歌与郝桂芝母女形同路人，他与她们分属于两个生产队，以水沟为界。虽然每天都能看见郝桂芝母女的身影，各自都知道对方的身份，却没什么接触。林歌拍响那扇门的时候发现整个草棚都在动。那扇门是用高

193

梁秸和稻草编成的。从门缝里看得到棚里有微弱的灯光。当门被里面的人拉开之后，林歌看见了在洗脚的郝桂芝的女儿和含着饭的郝桂芝。林歌马上就说明了来意，林歌说借电筒。这样林歌免去了许多啰唆，在那个昏暗的有着两个安静女人的草棚里，林歌感觉到怎么都不自在。林歌这么直截了当地说借电筒，因为他知道郝桂芝肯定有电筒，郝桂芝是当地的下放户，下放户居委会也应该发给电筒的。

这时，林歌听见了郝桂芝用筷头敲击碗沿的声音，这种声音使林歌觉得郝桂芝平易近人，不像本地乡下妇女那么拘束。郝桂芝很快就拿出了电筒给他，也没吩咐说几时还，也没问是作什么用去的，反正，林歌的手上拿到了郝桂芝的电筒。他揿亮，发现电池是新的。这下轮到林歌有点于心不忍了，为几只蛙，浪费别人的一对新电池，差不多是一个劳动力两天的工分钱。林歌在出去的时候，发现郝桂芝十五六岁的女儿歪着头看他，一双眼睛在暗处闪烁着绝无仅有的清纯的光彩。

林歌在凌晨三点钟的时候捉到了一袋子蛙，还有一些鳝鱼。林歌浑身泥水回到他的棚子里倒头就睡。

在十点钟的时候，林歌被窗外照进来的太阳烤醒了，他听见那个装化肥的蛇皮袋子里的青蛙挤在一起的叫声。他提起袋子，背了一条毛巾，到沟边洗脸。他看见了郝桂芝的女儿，喊她说："喂，你们帮着弄弄青蛙吧，我这边没油了。"他同时指指那个袋子。

林歌不知道这个女孩的名字，在那个时候，他也不知道女孩子的母亲郝桂芝的名字。就这么，女孩被唤着提去了那一袋蛙，尔后，林歌回到湖棚，操了一把小刀，当他拿起那个借来的电筒时，又放下了，不，还是让那女孩来取的好。

这一天，郝桂芝用辣椒煮了一大锅蛙，而且郝桂芝出奇地大方，让她女儿端着个陶碗穿田塍跨水沟到大队代销店打了四两白酒来让林歌喝。当然了，林歌当年不能喝那么多酒，林歌当年二十一岁。余下的酒被郝桂芝喝了。当年林歌发现，这个脚大屁股大脸盘大的女人，比他能喝得多了，脸不变色心不跳。

只是一味地辣。那顿蛙的感觉林歌异常强烈，用油煎的蛙，辣得林歌大汗淋漓，舒服至极。林歌扯着蛙腿，喝一口酒，吸一口冷气。郝桂芝说："汉口人也吃蛙！"又说："汉口人也不怕辣！"郝桂芝声音很大，林歌告诉她们，汉口卖蛙不论斤，论只，一只五分钱。这一说吓了郝桂芝一大跳。郝桂芝说："捉五只蛙就顶我出一天的工了，那我捉蛙到汉口去卖。"

这天中午，林歌坐在郝桂芝唯一的一把柳木椅上打瞌睡。林歌打着酒嗝，用手驱赶着饭蚊。这天中午，郝桂芝到前面的湖田里踩秧草去了。郝桂芝的女儿看到林歌醉得很可怜的样子，就倒了杯凉茶递到他手上。林歌睁着通红的眼睛看着这个女孩秀气的脸和鼻子，猜想郝桂芝年轻时也有这一副样子吗？后来，他就把女孩的手抓住了。他把女孩拉到自己的腿上坐下，发现这个女孩没有一点分量，的确还是个孩子。但是他抱着她吻了她，女孩没有反抗。女孩的嘴里没有任何成熟的女性的气味，令他索然无味。然而当他把手探到女孩的布衫里去时，发现女孩的乳房很结实丰满了，只是乳头扁平。

林歌看见女孩惊奇地低下头，当她看到自己的半截胸脯已被一个男人将到光亮处之后，马上就挣开了林歌的双手，站到那个柴门那儿去了。林歌也站了起来，他走近柴门，往门外看了看，一览无余、秋风荡漾的湖田，没有一个人影，也不见女孩的母亲郝桂芝的人影。他那天胆子出奇地大，又抱着这个矮自己一头的小女孩吻了一会儿，说了声"到我那边去拿手电筒"，就跳过水沟回到自己的棚子里了。

林歌老是觉得脸上肉跳，林歌是平生第一次胆大妄为地亲吻抚摸一个异性，他想到这女孩告诉她母亲之后怎么办，他是不是会被污为流氓犯揪出去，甚至这将影响到以后的招工。林歌发现自己在骨子里是个胆小鬼，是个优柔寡断的人，有几分女人气，林歌在他的棚子里坐卧不宁，一副预感到大难临头的模样。

林哥吃着烟，看着窗外。夏天的湖区昏昏欲睡，一两头牛卧在远处，这安静得给人温情的湖野，似乎使他产生了某种归宿感。一直到晚上淡淡的暮霭充盈了屋棚，林歌硬着头皮去水沟边挑水，硬着头皮看见了郝桂芝。郝桂芝在那儿洗衣服，起身时冲着他笑了笑，他才舒了一口气，才知道什么事也没有，郝的女儿什么也没给她母亲说。

什么事都没有发生，那么剩下来的就是回味。林歌觉得口中异常芬芳，

195

这种感觉久久不能退去。在林歌二十一岁生命的全部日子里他只做过与女同学或者教英文的女教师苟合的脏梦，当醒来之后换掉黏湿的裤头，往往有一种很深的羞耻感罩在心头。然而今天当他接触到女孩真实的嘴唇和肌肤，他发现内心里没有羞耻，而是一种浸透骨髓的快慰。真是不可思议，女人的身体真不可思议，林歌这么想着。晚上也懒得弄饭吃，冷火秋烟的用土砖搭就的锅台上爬着蚂蚁。酒气渐渐散了，他躺在蚊帐里，听傍黑的蚊阵在屋子里嗡嗡呜呜。门也懒得关，月亮星光蛙声虫声一起在他的草棚里穿进穿出，干硬的凉席睡得浑身发痒。他瞅瞅在沟那边蹲着的郝桂芝母女的小屋，他感到那里面藏着他渴念已久的温暖。"女人真是好东西。"他当时这么感叹道。

二

后来弄清楚了，郝桂芝叫郝桂芝，而当地人不念"郝"而念"活"；她的女儿叫燕子。郝桂芝的父亲是个屠宰工，整天抱着一杯酒操刀杀猪。郝桂芝没见过母亲，母亲早死了。在郝桂芝十八岁那年，她经常和食品公司的家属一起下河去赶猪，一天捞一块五角钱。郝桂芝长得人高马大，一个哈哈打过河，跟谁都见面熟；郝桂芝穿四十码的鞋子。后来，一个押牲猪船的食品干部邀郝桂芝到湖南津市玩一趟，郝桂芝说"去就去"，郝桂芝没有跟父亲讲，就随船去了津市。数日回来，郝桂芝就不在码头赶牲猪了。九个月之后，郝桂芝生下一女婴，这就是燕子。在林歌知道这些之前，郝桂芝还没结婚呢。

林歌收肥、卖粮，经常同一起下放的知青去县城。林歌知道这个靠河的县城里充斥着暗娼，到处都是风流韵事，外地人很容易勾到当地的女孩睡觉；在旧社会，这个码头就是遍布婊子的码头，有"沿河一条街，家家都卖×"之说。

林歌并没有过于打探这些，林歌并不关心当地的风土人情，林歌关心的是自己的生计问题。林歌一月的半斤油，几天就吃完了，可林歌没有任何办法弄到食油。和林歌一起来或者后来的知青男女们，都比他有本事，有的抽到大队搞播音员，有的开拖拉机，有的去学校教书。林歌虽然一表人才，却不能文不能武。林歌当年读书完全是混了个初中文凭，他的当钳工的父亲和在居委会卖热干面的母亲几乎不管他和他的那一窝兄弟姐妹。林歌是在阁楼上同弟妹们一起睡大的孩子，林歌厌弃那个站没处站、睡没处睡、整天闹得一团糟的家庭。在到了下乡年龄的那一年，他请人代填了一张表，就欢欢喜喜来到了湘鄂边界的这片湖区，成了一个自食其力的人。

林歌认为一个男人完全可以自食其力，林歌不像那些女孩子和家境宽裕的同伴们，找家里要钱，让家里寄这寄那。林歌没吃的就去打狗、捉蛙、踩鸡，也有时候去生产队养猪场菜地偷一些西红柿、辣椒。林歌完全可以弄饱肚子。林歌还可以到其他生产队混食。后来林歌终于弄到了一个省力气的轻松差事——守湖田。林歌不是个吊儿郎当的人，生产队长看中了他这一点，于是，这份差事把林歌捆在了湖中，动弹不得，林歌无法到外面混食，他没有油吃，谁也不可能接济他。每天吃辣椒是突出的问题，这使他染上了胃痛的毛病，排泄更是艰难。

可郝桂芝母女有油吃，林歌在吃蛙的那一天就发现她们家有猪油。后来林歌知道，这些油都是郝桂芝的杀猪父亲供应的。据说郝桂芝与她们队长有另一层关系，队长经常暗地里提油来。还有一些乡亲，养猪后为了巴结郝桂芝，让她在食品公司的父亲帮忙评个好级别少除几斤屎尿，也送些油来。因此郝桂芝吃得肥胖，整天油津着嘴指使她的女儿燕子干这干那。

吃了第一次，就有第二次。第二次当林歌把那几条垂死的黄鳝丢给郝桂芝时，郝桂芝又让他醉了。从此以后，林歌再也没有吃到那种油烹黄鳝的滋味，当地人把那种切成寸余长的黄鳝叫"鱼桥"。郝桂芝说："喝呀，喝呀，小林。"

躺在两个女性用葵花梗铺成的床上，郝桂芝在油灯前用宽大的身影遮住了呕吐得有气无力的林歌。郝桂芝用女人的毛巾为他擦头上和脖子里的汗。郝桂芝粗重的女人气息喷到他脸上，当郝桂芝弯下腰为他擦拭汗水和秽物时，他看见了郝桂芝身上那种已婚妇女们穿的无袖圆领衫里垂着的一对厚重的乳房和两颗黑枣般的乳头。

"……把咱们都赶到乡下来啦！造孽哟，你们在武汉好好的，到这里来讨鬼吓！鬼娘养的我们在县城要多好有多好，我爸杀猪，天天有下水吃，凭什么硬要咱们下放哪！下放了，一切都白手起家，住没住的，吃没吃的，样

197

样农具都要置，燕子也荒了，读不成书了，都变成乡下人……"

林歌躺在床上在微茫中听郝桂芝的数落，他感到郝桂芝的手在他肩胛上总是不愿离去，无意间还揉搓两下。

那年迅猛的雨季来临了，暴雨成灾。天昏地暗的湖区田塍上，到处是吆喝着奔忙排渍抢险的人。林歌整天背着锹在雨水里、泥巴里，并且担任着报告险情的任务。

这天晚上他提着马灯逡巡时，发现了一处闸门溃口。黑黢黢的湖田里没一个人影，大家都回家去了。林歌一个人挖土垡，跳进水里堵漏洞，一直干到深夜一点。当他从水里出来踏着惊天动地的雨声和雷声回到他的草棚，发现自己浑身从头到脚筛糠似的寒冷，就像赤身裸体步入三九的雪天一样。加上难耐的饥饿，没有一点热力。他钻进潮湿的被子，依然冷。后来没法，他钻进灶膛前多少有些干燥的草窝里，在灶膛点起了火。头沉得不行，却又睡不着，数数脉跳，每分钟一百三十次。林歌颤抖着拿起一根树枝，在地上写下"我脉跳130，我不行了"，并写下了钟点。他害怕熬不过这一夜。他知道自己患了"重感"，可是没药，连杯热茶也没有。

林歌蜷缩在草窝里，怀念起汉口的那个家来，怀念父母，怀念阁楼兄弟姐妹挤在一堆的狗窝似的床，怀念电影院和高楼夹着的一些街道、小巷。林歌想喊郝桂芝，喊那个燕子，可是在风雨声中，那边不会听见。

在无边的雨声里，林歌愈想到故乡的往事愈感到寒冷。林歌想到一同下乡的伙伴们，此刻都安然地在大队拖拉机站、学校、队部的宿舍里听雨入梦，那种深深的自卑感使他觉得自己太不中用了。名曰知青，却没有文化；家境贫寒，得不到别人的喜欢。后来林歌冷得呻吟起来，牙齿咯咯咯地碰个不停。二十一岁的林歌哭了起来，他在哭声中和牙齿不停的撞击声中昏昏睡去。

当他醒来的时候，发现燕子站在他面前。燕子说："我在你身边打死了一条水蛇。好怕人哟，小林哥哥，你怎么跟蛇睡在一起哪！"

林歌循着燕子指的方向，在门口真有一条尺余长的水蛇，已经血肉模糊了。林歌感到全身无力，膝盖酸痛，每一个关节都像锈了一样。

燕子是蹚水过沟来的，那个用船底做成的"桥"早淹了，燕子的裤腿卷得老高，露出只有城镇人才有的白皙的腿肚。

"小林哥哥，我妈喊你过去吃饭。可我发现你烫得厉害，你病啦？"

"我病了吗？燕子，你过来，你握握我的手。"林歌半睁着眼睛说。

他看见这个女孩羞涩而忸怩起来，露出了少女的本相。不过他到底还是抓住了她的手，她说："手好烫。"后来他去吻她，她说："你的嘴也很烫。"

"快要你妈给我搞碗姜汤来喝吧，多放点姜。燕子，我亲你的事千万别给你妈讲，这不能讲哪，听见没有！"

"听见了。"

她是一个什么都不懂的女孩，林歌在心里说。

两天之后，林歌总算挺过来了。湖上初晴，白云淡淡，虚弱的林歌走出棚子，渍水退去后的秧田愈发碧绿。

他想钓鱼。这是钓鱼的好时机：不下雨，沟里是一些少见的黄壳鲫鱼，很难钓，钓上来鱼鳞金黄，用细葱生姜煎着最好吃；下雨涨水后，沟里就会出现许多白壳鲫鱼。这种鲫鱼体扁，白鳞，清炖味最佳。林歌喜欢钓白壳鲫鱼，因为钓到一个窝子，一连可以钓十多条。这种大水流来的鱼，一点吞食的经验也没有。

林歌挖好了红蚯蚓，泡好糠麸。他突然想到把燕子约出去一起钓鱼。

林歌和小巧单纯的燕子沿着长长的沟渠一直走到野蒿丛生的汊湖口，那里还有连天的荷叶和红成一片的荷花。在芬芳的空气中二十一岁的武汉知青林歌和一个本地的少女行走在辽阔的田野中，这情景叫林歌永不能忘怀，无数次回忆，无数次都有新鲜感。

这一天，林歌钓到了大约有五斤鲫鱼。他教燕子钓，后来他跟燕子打起了水仗，后来他们两人都把湿透的上衣脱下来晾在野蒿上晒。在没有任何人打扰的阳光下，他抚摸着这个女孩的肌肤，异常细腻润滑，与后来她母亲郝桂芝的肌肤的那种感觉，真可说是天壤之别。

后来，牛叫和鸡叫，林歌收拾起渔具，穿好晾干的上衣，和燕子原路回去了。

就在这一天晚上，林歌暗中把燕子唤到自己的棚子里。他有些按捺不住了，他发现对这个女孩有着什么也不怕的强烈的占有欲望。他不顾一切地吻她，摸她，吮吸她娇小的胸脯，甚至不顾一切地去扯她的衣裤。二十一岁的武汉知青林歌那时候其实也是个什么也不知道的男孩。真的，他什么也不知道。他们两人没有发生事情，只是在嬉闹翻滚时，林歌听见了棚外的响动，有人扒着稻草壁。

当林歌整好衣服开门出去时，他看见了一个黑影正在过沟。他明白了是谁。他彻底地清醒过来。他走进棚子里，拍打了一下还处在兴奋之中的燕子，让她扣好衣服。他把看起来傻里傻气的燕子半推出门外。

他觉得有点不好意思再见郝桂芝了。算了吧，以后再也不跟她们打交道了。但是他想，郝桂芝跟踪而来，为什么只是在外听壁角而不进棚子制止或者喊燕子出去呢？林歌回忆他有些话让郝桂芝听去了，似乎有几句脏话，燕子也说过，这一切，郝桂芝果真听见了吗？郝桂芝是否暗中怂恿林歌和燕子的关系，以便找个武汉知青女婿？他妈的这是不可能的。林歌这么自嘲地想。他这么想了一夜，他做梦也没有想到的是，郝桂芝自己另有图谋和打算。

三

二队的女知青叶成芳早晨起来洗衣溜到塘里去了。中午人们才发现，等人们把她捞起来，早没气了。叶成芳是个近视眼，叶成芳不知道塘边溜滑，多走了一步，就掉下去了，叶成芳不会水，喊都没喊一声，就无声无息地走了，捞起来，一副塑料眼镜却永远留在了塘底。

林歌被通知去参加叶成芳的追悼会。在场的女知青哭，男知青也抹泪。叶成芳是同林歌他们一批坐轮船下乡来的，在汉口不同中学，然而也经常见面。叶成芳的父母都是老师。在叶成芳埋葬后的第三天，这两位老师才赶来。两位老师也戴着眼镜，他们摘下眼镜抹泪，说女儿的路就走到这儿为止了，在武汉长大，竟被埋在这儿。二队的落户知青小严说："伯伯阿姨，你们放心，我会看护好成芳的，她在这儿不会寂寞的，逢年过节我会给她烧纸的。"小严正抱着她流鼻涕的儿子喂奶，小严嫁给了财经队长的黑儿子，结果小严生的儿子也黑，黑得像块土，土里土气的。小严是许多落户知青中的一个，可林歌认为小严不该找这么黑的丈夫，一个武汉女伢，抱着玻璃糖果长大的，说什么也不能让一个黑土包子搞了。然而许多事实是难以想象的，事实就是事实。听说邻近大队的一个女知青被十几个大队干部搞了后，最后找了个老单身铁匠。他妈的只身远离家乡，什么事不会发生哪，这就是命吗，婊子养的！

林歌去参加了追悼会，林歌看着那口吞噬了叶成芳的水塘。水塘水面平静，蒲草摇曳，几棵歪脖子柳树立在塘边。林歌望着水面上的流云，望着异乡的陌生的水，心里感叹道："咱们这辈子完了，没什么前途了，就这样了。"

林歌决定抽烟。二十一岁的林歌，摸了摸自己的口袋，还有几元补助的知青生活费。他一个人来到代销店，买了一条红橘的香烟，一条一块四毛钱。林歌拆开烟盒，抠出一支，点燃，深深吸了几口，夹着烟，孤独地向他的湖棚走去。

回去后他就没能看到燕子。只看见郝桂芝端着米筛子朝他不好意思地怪笑，于是他也不好意思地朝郝桂芝怪笑。

"队里分谷，小林你帮我挑一下吧，顺便帮我在机房里打了。"

林歌操起扁担箩筐就去了。分谷分柴挑草把，从此以后，就成了林歌责无旁贷的事。过去郝桂芝是请别人挑的，郝桂芝请得最多的是生产队长，那个长得又矮又壮一使劲儿脸上就凸出两块咬肌的家伙。

林歌这一天很轻松地就把谷分了打成米挑回来了。林歌在为郝桂芝分谷时许多人都盯着他瞧，郝桂芝队里的武汉知青就问："你怎么帮郝桂芝分东西？"说郝桂芝分东西许多人抢着帮忙，"怎么今天看上你林歌？"林歌说："我没事，她就让我来了，说郝桂芝那儿有酒喝。"

林歌挑着珍珠般的杂交稻米回去后，就冲着浑身臊气的郝桂芝喊："喂，晚上弄点酒喝。"

郝桂芝忙给林歌倒茶，说酒倒是有，就没好菜。

林歌拿起一根木棍说："我打条狗来。"

林歌看到郝桂芝她们队养猪场有几匹狗在寻食。林歌重新踅回去时，无意间望到了二队那口淹死了叶成芳的白水塘。林歌背着挂满倒刺的木棍，想到这块让同伴无缘无故死去的异地，他充满了莫名的仇恨。今天最好打到支部书记的狗。他跑到养猪场，见了狗就下棍，他狠狠地打，他看见一匹活生生的狗在他手下变瘸，哀叫，最后成堆死肉。这个白面书生般的知青林歌，双手沾满了如此之多的血。养猪场的饲养员在他旁边大喊："狗有何罪，大热天狗没惹你？！"林歌直朝饲养员瞪眼睛。

在暑气收去的傍晚的湖棚，林歌大嚼三伏天的狗肉，和郝桂芝一次又一次碰杯，一支接一支抽烟。林歌把腿搁到郝桂芝腿上，躺进她的怀里，后来索性掀开她的上衣一把就含住了她玻璃弹珠般大的乳头。郝桂芝被这突如其来的进攻弄得直笑。郝桂芝嘻嘻地笑着，说："小林你喝多了，小林你要干什么哪？"

那时候夜幕已经降临了，林歌站起来喝了最后一口酒说我不干什么，像拖死狗一样拖着郝桂芝就上了床。林歌说"我不干什么"，说："燕子呢，你把燕子藏哪儿去了？"林歌边说边脱郝桂芝的衣裳，那肥大的裤子，肥大的短裤。郝桂芝让他脱，回答说燕子回县城去了，说："燕子还是个黄花姑娘，小林你不要害她。"林歌说："我害她做什么，我害你。我抓住谁就是谁。"

当这夜林歌懂得男女之间是怎么一回事后，发现一点感觉也没有，跟郝桂芝干，就像一条蚯蚓掉进了蛇洞。

早晨在湖鸟的叫声中林歌睁开眼睛，看见郝桂芝赤裸的大腿压在自己的身上。他看着这个比自己大十多岁的本地女人，他一点都不惊讶。郝桂芝抱着他，那深黑的腋毛直扫在林歌脸上。想一想燕子的躯体，燕子的身子就是从这堆肉里面分裂出来的，犹如隔年的藕抽出的藕簪，嫩黄嫩黄，再长成小小的圆圆的荷叶……

从这以后，这个女人总是用一双微肿的眼睛含情脉脉地盯着他。那双眼睛喷着火，怎么看都不温柔。她给林歌打蛋花喝，给林歌买烟买酒。林歌不再抽那种一抽就熄的"红橘"了，林歌可以抽到有些甜味的"常德"，可以抽到"新华"或者"游泳""永光"；林歌还可以经常吃到猪下水，可以用猪油拌杂交米饭吃。

"小林，小林！"这个女人总是这么喊。在每天晚上的臭汗淋漓之中，这个女人肆无忌惮地大喊大叫。

林歌就这么在郝桂芝的大喊大叫中度过了他的二十一岁，没有谁能知道。

在月光如水的晚上，在万籁俱静的时刻，有一天林歌触到了他的口琴，可他能再吹什么？稻草垫的床铺上，三十多岁的郝桂芝仰八叉坐在那儿，垂着砖头一样厚的乳房，这个地地道道的小镇居民，大手大脚地在他面前，他能吹出《莫斯科郊外的晚上》吗？可他想吹，他对着四壁透风的稻草山墙，后来吹了一曲《毛主席来到咱农庄》，这种优美的泛着青青麦苗颜色的旋律，使他某一瞬觉得跟郝桂芝这种女人睡觉是太亏了。干这种事其实没什么意思，真的，一点意思也没有。

然而当夜晚来临的时候，哪儿也不能去，也没处玩的林歌，还是没志气地直往郝桂芝棚子里钻。这样直到她的女儿燕子重又回来。

四

燕子回来依然叫他小林哥哥，叫得还是那么脆，那么亲切。然而郝桂芝已经警告了林歌，不得对燕子动半个指头。

"其实我跟小燕子没事。"林歌说。

"我知道，你跟她有了事，那我能饶你！咱们家又不开窑子，母女都跟你睡觉！过去的事不提了。从现在起，你动燕子一指头，我郝桂芝就割你的鸡巴！"

林歌笑了笑，林歌听见郝桂芝用当地的土语说这种话时就感到好笑。林歌很想学一学，林歌也就学着那种土腔调说："割我的鸡巴？你割，你割得试试看。"

林歌愈想愈好笑，林歌觉得这种土得掉渣的荆州话太过瘾了，林歌一个人笑了很久。林歌记得汉口大街小巷有许多讲这种荆州话的人，那些人全是在武汉偷着做小生意的人。林歌在中学时经常与同学们一起模仿他们的腔调，嘲笑这些乡巴佬，可现在他却同一个三十多岁的荆州乡巴佬睡在一起了。林歌觉得人生荒唐无比，刚刚步入二十二岁的林歌，发现生活原来是荒唐的。他丁是对郝桂芝说：

"要燕子改口叫我叔叔，别再叫我小林哥哥了。"

后来郝桂芝跟燕子说过，可是下一次当燕子叫林歌时，竟然没有了称呼，既不叫哥哥，也不叫叔叔。可能使她感到难堪了，索性不再称呼。这种状况一直持续到一九九二年，一个人竟然失去了对一个人的称呼，永远使她感到难堪，虽然以后林歌成为她的继父，虽然时光流逝了二十多年。

郝桂芝接回燕子说是想她，又怕她外公端了酒杯就醉而管不了她，让她在县城跟坏人学坏。可是郝桂芝等燕子重回生产队后，又发现她在她与林歌之间碍手碍脚。三十多岁的女人时刻渴念男人的温存，一个徐娘半老的女人，土里土气的下放户，在一个一表人才、白面书生般的大城市知青那里，生怕失去得到的一切。女儿似乎有了一些魅力，女儿的胸脯越来越丰满，而且都被姓林的家伙摸过亲过。不自在的女儿和不自在的林歌，那情景只有郝桂芝心里清楚。

这一年的春天，万物吐翠，郝桂芝知道这是一个危险的季节，就匆匆带着燕子去了沙市。

半个月不到，郝桂芝一个人回来了，兴奋地告诉林歌，说找到沙市的一个远房舅舅，将燕子招工到纺织厂当挡车工，十分顺利。她回来在这边给她办手续。

郝桂芝从城里回来，满身香气。一个三十多岁的女人，身上总还有些许勾引男人的香气。林歌又急不可待地同这位女人上床，等疯狂一阵平静之后，郝桂芝又告诉他第二个消息，说她怀上了，有两个多月了。

"你到沙市为什么不去刮掉？"

"我刮什么哪，我还想生个儿子。"

"那，那是谁的？"林歌这么傻咪咪地问。

"谁的？还有谁的？小林，你说还有谁的？！"郝桂芝粗声粗气地直翻白眼。

"那谁知道！"林歌嘟嘟囔囔地说。

"谁还来过！这些日子除你之外谁踏过我的门槛？！小林，我早就防了一手，我知道你想赖账。我不是不能刮，也不是想留着找你要营养补助。我想为你生个儿子，就这么着。你认不认不要紧。你只管不承认。我不怕，我还是要生。我养着，你回你的武汉。他生下来像你，我就满足了。生下来，对血型。血型与你相同，就是你的，我敢发誓。如与你血型不同，你一刀捅了我。"

"你想这样逼我跟你结婚？"

"我跟你结什么婚？我懒得跟你结婚。我不过是一杯酒被你灌醉了，怪我自己，把肚子灌大了。小林你放心，孩子生下来，我不会出卖你的，你放心好了。我怕什么，我又不想招工。谁来查我这个事，我就说是谁弄出来的，我怕什么？这世道，越怕越出鬼。"

"桂芝，你作我干姐姐吧，你把他刮了。"

"做干姐姐可以，刮我是不刮的。我想儿子快想疯了，到手的儿子我凭什么刮？姑娘是别人的，儿子是自己的，咱到老了跟儿子一起生活，你到时候不要来认就是了。"

林歌见这个女人越说越高兴，彻底地沮丧了："你还是去刮掉吧。"

"我说不连累你就绝不连累你。从现在起，我肚里的事与你无关了，你滚！"这个像一匹母马般的女人咆哮起来。

林歌高一脚低一脚地过沟回到自己的棚子，林歌在黑暗中抽了一夜的烟。林歌后来流出了几滴眼泪。林歌把它抹去，林歌想，生就生吧，老子还怕多了个儿子！板妈养的！她一个女人都不怕，老子还怕什么！林歌从心底里滋生出对这个女人好汉做事好汉当气概的钦佩来。林歌对这个女人突然有了一种好感。这个女人不管怎么说，为他怀上了一个小孩。在这个世界上，千千万万的女人与他擦肩而过，谁为他怀上了小孩？林歌突然发现，自己竟有这么多的柔情。

春荒到来的时候，返销粮却没能及时分下来。几天揭不开锅的林歌一大早就背上泥锹去四处游荡，寻吃的，他想尽量避开郝桂芝，慢慢冷淡她。

林歌也暗中观察着郝桂芝，他看到郝桂芝一如既往，没有任何精神负担，在那边的水田里割紫云英沤肥时还是与姑娘婆婆们谈笑风生，哈哈打过河。这使林歌也感到很轻松，看来郝桂芝的确是条好汉，没有丝毫连累他的意思。

这一天早晨起来，林歌又准备提锹躲开郝桂芝的视线时，他听见了沟那边棚子里传来了剧烈的呕吐声。那种痛苦的呕吐声使林歌再也无法保持镇静。他思忖再三，还是抬腿往那边走去。

"我不去不行了，她是故意呕给我听的，他妈的像高音喇叭。"

林歌一推开柴扉，就遭到了这个女人的唾骂："不要你管，你来做什么！你干吗清晨巴早到我屋里来！"她趴在床沿上，披散着头发，吐着，斥责着林歌，看也不朝林歌看，可她为什么知道是林歌进去了呢？

"你喝点水。"

"我不喝水，我不要你管。"

"你病了，我怎么不管！去年我病了你不也管我了吗！"

"我这是什么病，我不是病！小林，我是'害'。"

林歌听明白了，林歌在当地的一首民歌小调里就知道'害'是指妊娠反应。

"我给你弄点什么来吃吧。"林歌说。

"你要是真心，你就给我弄点酸李子来。"这个吐得死去活来的女人在口袋里掏出了一把散票子，丢给林歌。

林歌没有接那些钱。林歌是个男人，林歌想到她是为自己怀的孩子，买吃的怎么能要女人的钱呢。

林歌到邻近没有武汉知青的生产队去，到处找别人买酸李子。可是到处都没有，李子还没有结。林歌坐渡船一直问到公社小镇上，都没买到任何酸东西。林歌后来在公社供销社买了两斤鸡蛋糕，用草纸包着，提回来了。

鸡蛋糕也可以，林歌发现鸡蛋糕对郝桂芝的"害"也有疗效。两斤松软的鸡蛋糕，郝桂芝两下就吞得一干二净，然后依然下地去割紫云英沤肥，同姑娘婆婆们讲笑话，打哈哈。

"小林你知道吧，我是个苦命，当年我怀燕子时，也没哪个男人照看我。我生成的命，我知道自己这辈子有喝不完的苦水。这是我自讨的，为你怀儿子是我自愿的。"

林歌看着这个女人布满猪油和蛋糕屑的嘴，心想，这个女人是个有福的女人。林歌的肚子还在咕咕叫着哪。

自己真有个儿子，那是个什么长相呢？二十二岁的武汉知青林歌坐在枯茅摇动的湖边，他看到水天一色，鸥鸟和鹭鸶从滩渚蹿起来，寂寂地向远方飞去。

这女人的年纪太大了点，不然的话，我干脆娶了她算了，我娶她，总比小严她们嫁给纯农民强，她家也在县城，父亲也拿国家工资。人哪，在哪儿就说哪儿的话。

当然了，林歌只是偶尔这么想。

五

这天，林歌耖了一天田回来，远远地看见他的草棚门前有几个生人。走近一看，一个个的青春痘、黄军装，都操着林歌同样的腔调。原来是又一批新下乡的武汉知青。外人可能听不出来，这三个家伙是武昌洪山一带的知青。武昌跟汉口说话有许多音不同，而且武昌的青山跟洪山不同，洪山跟关山不同。当然了，只是个别字的发音或一句话的尾音。

队长没有地方让他们住了，只好让他们同林歌一起来守湖田。

"这三个都是教授的儿子，不像你们下来几年什么都能做了，他们不会做饭，不会洗衣，你得多帮帮他们，从明天起，你就负责为他们做饭。"当天晚上队长来看这三位知青，把林歌拉到棚外这么安排。"伙计，辛苦点，老革命了，觉悟要高些。"队长拍着林歌的肩。

这已经差不多到了知青上山下乡热潮的尾声，贫下中农没那么热情了，不会再派专人为知青做饭，为他们修红砖宿舍。但是让老知青为新知青做饭，这是天大的笑话。"我干吗要伺候他们呢？我也是堂堂的知青。虽然招工、推荐上大学的事轮不到我林歌，我也没贱到这种地步！凭老子四年下乡的资格，也不是该我伺候他们，而应该让他们来伺候老子！"

林歌气不打一处来，林歌只是对队长说："走着瞧吧，明天是明天的话。"

林歌觉得这世界真是荒唐透了，这世界他妈的总是令人好笑。

首要的问题是四个彪形大汉怎么安排住处。事实上，当林歌回来时，他们都抢占了有利地形，打起了柳木桩，扎好了床，铺上了竹竿和松软的稻草。把林歌的东西全收到一个角落里去了。而过去，这个天地全属于林歌。

四张床头挨头，一个打屁八个鼻孔闻。教授的儿子一样锉牙齿、说梦话、遗精。

林歌还发现教授的儿子同样小气、吝啬。他发现牙膏消得很快，没几天就瘪了。

林歌规定四个人轮流做饭，各打各的米。至于蔬菜，林歌占到了他们一点便宜。生产队答应供应这三个家伙半年蔬菜。半年以后，就得像林歌他们一样，自己种了，一人一分地，种不种由你。

然而不到十天，一个棚子就分成了四个锅台。这些懒惰的家伙们一天只烧一顿饭，然后把稀粥倒入热水瓶以便下一餐吃，真不愧是教授的儿子。林歌只好一早就出门，到他的那些同学那儿去弄吃的。

他克制着不去郝桂芝那边，但自己的棚子里四条汉子的臊气令他窒息。教授的儿子还有一些其他无法容忍的毛病：一个姓丁的家伙竟然每天在油灯下写诗歌，整夜整夜写了那些狗屁的革命诗歌，早晨起来在鼻子里挖一大坨黑灰；另一个姓刘的家伙鬼日疯了学英语，把棚子里所有的器物都贴上英语单词。这三个家伙虽然因为小气分灶，可在对待林歌上却惊人地团结。后来，林歌吃不到他们一根青菜，那些做成的菜，有时候清清他们的碗，全是空的，不知藏在哪儿了。棚子就这么大，他们究竟藏在哪儿了呢？偶尔一天林歌才发现，他们在棚后的田坎上挖了一个很深的洞，全部密封，防虫蚁，又阴凉，菜搁进去几天，根本不会馊。婊子养的，真不愧是教授的儿子。

他们不给林歌菜吃，还用林歌的枕巾擦汗，床单擦脚。棚子里欢闹得一团的他们，只要等林歌回去了，就鸦雀无声了，三个家伙一起长时间沉默，制造压抑的沉闷的空气，让林歌不好受。这三个小×养的，当然论打架都不是林歌的对手，但在斗智方面，林歌却甘拜下风。

大约一个月以后，林歌出人意料地卷起铺盖离开了那三个家伙，跨过水沟，同郝桂芝住在一起了。"惹不起躲得起。"林歌自嘲地对自己说。

当夕阳西下的那天晚上，三个家伙从地窖里取出他们精心藏匿的一碗水煮青菜时，他们抬起头看到了沟对面那个棚子前，林歌正在同那个当地下放的女人醉酒当歌哪！林歌还在扯一只猪蹄，闪射的油光把三个教授儿子的眼睛都照花了。

晚上，他又睡到了女人的怀里。女人因为怀孕，那肥厚稀松的大乳房变得有些坚挺了。女人让他摸她的微微隆起的腹部，说："这是你的一颗种。"又说："你打得蛮准哪。"

女人的气味不管怎样也比男人好闻。林歌庆幸再也不必听那三个骚男人打屁了，还有诗，还有英语，都跟屁一样臭。男人弄出来的东西都臭。

二十二岁的武汉知青林歌还是个孩子。他斗气似的一日三餐都在棚外面咂酒，咂得叭叭响，他炫耀着他天堂般的生活，他甚至用当地的荆州腔向郝桂芝讲当地的一句俗话：锅里有煮的，裆里有杵的。这种当地人的幸福观，林歌觉得是放之四海而皆准的真理。

"同居可以，我不会跟你扯结婚证。"林歌反复地向郝桂芝说明他的观点。

同居公开了，没有几天，林歌把整个人都转到了郝桂芝所在的生产队。奇怪的是，林歌并没有听到什么非议，似乎这世界不管怎样都是正常的。

郝桂芝很高兴，郝桂芝说："小林，你早就应该这样，咱们怎么过，关哪个的事！"郝桂芝拉着林歌去公社逛商店，与林歌一起到大队看病。郝桂芝穿翻领春装、猪皮鞋，收拾好了的确不像乡下人。

在郝桂芝怀孕七个月的时候，这个女人挽着林歌的手来到了县城她父亲家里。

六

郝桂芝的父亲并不管郝桂芝同林歌的事。这个端着酒杯杀猪的屠夫，这个醉醺醺的人，在清晨杀完猪褪好毛割下猪头后，就泡进了茶馆。一杯茶一杯酒一根卤肠，听《小砍刀的故事》，听《破晓记》，听《烈火金刚》，在深夜也可以听到《封神榜》《三侠五义》。

这个人住在屠宰坊的西头，猪屎尿的臭味儿紧贴在窗子上。屠宰坊喂了三条大狼狗，这些大狼狗总是喜欢朝林歌叫而向郝桂芝摇尾。林歌不敢外出，上厕所也得拿块砖头，只好整天陪着郝桂芝在床上，除了性交就是听听她家那个短波收音机里面的"和平与进步"广播电台。反正，她的父亲不在家。

不过杀完猪以后，她的父亲总能提点下水回来，不是臭气熏天的肠子，就是鲜红流水的心肺，当然了，有时也有一篮子骨头，煨汤给怀孕的女儿喝。

"吃青菜，儿子今后就得麻痹症。多喝点骨头汤，儿子就强壮。"郝桂芝这么说。

在被猪喊狗叫环绕的那间房子里，郝桂芝生下了一个女婴，郝桂芝整天"儿子儿子"挂在嘴边，结果未能如愿以偿。后来当林歌听说男人性欲强就生男孩，女人性欲强就生女孩后，暗地里想，这个女人只配生女孩。

一个丫头片子，头发却长得极像林歌，微微曲卷，肤色也好。只是脸盘大点，眼睛发肿，这些完全是郝桂芝的遗传。

孩子满月的时候燕子从沙市回来看望，这使林歌尴尬了一回。燕子长高了，白胖了。燕子可能在沙市已经听说了，这个女孩子不愧为郝桂芝的私生女，竟像没事儿一样，十分高兴她母亲为她生了个妹妹，也不管是谁的种，似乎这妹妹与林歌无关。

燕子喜欢这个同母异父的小妹妹，抱着她玩，给她换尿片。但是，还是像过去一样，不再对林歌有称呼了。不过，对林歌却一如往常笑眯眯的。

林歌在县城抚养他的女儿近半年中，错过了一次招工的机会。不过事后他没什么太大的后悔，招工不是武汉，而是宜昌三三〇工程。招工去了的人后来写信说，跟当民工一回事，住工棚，背水泥，离家乡武汉越来越远了。

女儿很快就满了一岁。那时候，郝桂芝重新当了母亲脸上放光，下垂的胸部又鼓起来了，胃口也因天天喝骨头汤弄刁了，竟待在县城不再回生产队去。

林歌却要回去。林歌去参加几天生产，然后分回每个月的口粮。林歌把口粮分了，打了，筛了，用口袋装着，借生产队的板车拖回县城来。不光是粮食，还有土豆、红薯、麦秸、棉梗，林歌按照郝桂芝的吩咐全部得拖回县城。

林歌有一半以上的时间在县城，他找到了一份临时工，就是郝桂芝曾经干过的，把河坡码头的牲猪成群成群赶到牲猪仓库去。这份活儿下贱，但比在生产队出工强多了。林歌在异乡的县城里赶着猪，同一些老老少少的当地居民一起，用竹条鞭打着，吆喝着。有个别时刻想逃跑或者赖着不走的猪，就得靠林歌这种小伙子了：揪尾的揪尾，拖耳的拖耳。拖到仓库，一次就是一块五角，生产队超支，他将这些钱去还超支款，余下的还可以买烟抽，给郝桂芝父亲交生活费。

林歌的女儿叫林灵。

在林灵满一周岁时，林歌去生产队，想会一会一同下乡的战友，仔细寻寻，发现都断断续续走得差不多了。各种各样的路子，各种各样的关系和办法。没走的，就是结婚在农村真正扎根安家了的人，没有任何背景的人，死去的人。

林歌见到了二队的小严，小严生了第三个小孩，又黑又瘦，不像名堂了，完全看不出是武汉知青。小严在衣服上揩着鼻涕，谈起林歌的事，林歌以为她会数落他一顿的，可这位战友却说："过吧，过吧，咱们反正在农村一辈子了，你比咱们多长了个心眼，没拿结婚证，到时一招工，扯腿就走嘛。回武汉后，你再找个姑娘伢，把姓郝的一脚蹬了，那算什么！"

"是啊，"林歌说，"我死活不拿结婚证，但女儿我是要的，不管怎么说，女儿是我们下放农村的见证，是亲骨肉，至于是跟谁睡出来的，哼，那就管不得这么多了。"

也许林歌有点过于乐观，林歌始终相信他会在不久的将来能回到他的故乡武汉去。"等所有的知青都他妈的走光，最后一次机会总会轮到我吧。"

他差不多忘记了一个人，这就是曾与郝桂芝有一手的生产队长。这个矮壮的两腮咬肌凸出的乡下男人，对世界一脸的仇恨。当然，他恨林歌，这个乡下人虽然在情场上完全不是林歌的对手，可他捏着知青的生杀大权。林歌并不嫉妒他，因为林歌并不爱郝桂芝，然而他却嫉妒林歌。林歌和郝的非法同居生下一小孩的事，本来算不了什么。可经队长在招工干部面前一渲染，年龄的悬殊、郝的两个不光明正大的女儿，都使林歌成了一个可怕的人，甚至被认为是道德品质低下的人。

林歌在一九七四年的正月初一早晨，到生产队长的门口放了三个揣炮，炸飞了生产队长腌咸菜的一口大缸。林歌对着一脸惊恐开门的生产队长说："给您送恭贺来了。"林歌用荆州腔这么说。

当生产队长跑去喊大队民兵连长的时候，林歌骑着自行车早就踏上了去县城的大路。

这是在忍无可忍、证据确凿的情况下，林歌对生产队长的一次礼貌行动，它幽默，是一种警告。可是生产队长并不害怕，只能更加激励起了他的恼羞成怒，一次又一次不给林歌离开乡下的机会。事实上，林歌很少在生产队干活儿了，他在县城干临时工，只不过粮食指标在生产队，每月必去交钱分粮。

等到他原来队里的那几个教授的儿子都招工走了，现在生产队的人都差不多忘掉他，最后一批知青大招工的时候来了。不过，这一次只有县城招工的指标。

离开乡下吧，没有机会了，谁都不会放过这次机会，重要的问题是能重新吃上商品粮；况且邻近生产队还有零星几个武汉知青，他（她）们也没有拒绝去县城的机会，管它是不是武汉！

林歌招工到县装卸公司。这一次，生产队长无法再卡他了。林歌后来在招工干部那儿看到了那张"贫下中农座谈意见"，其中生产队长的意见是"今后要注意道德品质的修养，遵守纪律"。这当然是相当婉转的了。这位生产队长虽然恨，却怕武汉知青再在正月初一早晨往他家窗户里扔擂炮。

郝桂芝母女也返城了。成千上万的下放户们，贱卖了数年辛苦置起的农具、犁耙、胶轮车、箩筐扁担、筛子簸箕，带着耗尽的身心，一无所有的家庭，重新回到了街街巷巷，祖居的地方。

这一年大约谁都记得，这一年是一九七六年。

七

林歌和郝桂芝加上女儿林灵，一家三口租了一间蓄洪屋。林歌不愿意跟郝桂芝的杀猪父亲住在一起，林歌希望自在。

蓄洪屋是一些年久失修的、预备大灾分洪后灾民们栖息的房子，由于数年没能分洪，所以房子风吹日晒，破烂不堪。现在，这些一栋栋的房屋都让那些重新返城的居民们租上了。狭小的窗，透风的瓦，剥落的墙，屋前的臭水屋后的垃圾，在沿河边上，这些房子成为时间的象征。

郝桂芝没有工作，郝桂芝回城后反倒显得突然老了。有一天林歌起来，看见正蹲在便盆里小解的郝桂芝，蓦然发现郝桂芝的眼囊松弛，腮边有赘肉，再看她勒裤带时那腹部的肌肉像有了七八个月身孕。太可怕了，在那窗户透出的早晨的光线里，郝桂芝似乎一夜就步入了老年，然而什么事也没在她身上发生。可是这个女人的更年期却非常迟，在一九八七年她行将五十岁的时候，才绝了经期。

那一年的林歌才二十五岁，那一年的林歌蓄着几根又长又稀的软胡子，一脸白净地行走在大街上，身后拉着装卸公司编号的板车，搭巾系在腰上。蓝色的搭巾是装卸公司唯一的劳保。

码头上的货并不多，拉一天歇一天。

郝桂芝还是那么能吃，林灵也很能吃。郝桂芝每一顿饭都进行了精心的操作。郝吃辣酱，吃各种泡菜，吃风干的萝卜缨子，每一顿饭都要细细地吃，极有耐心。郝桂芝吃完饭之后总要将脚从鞋壳里脱出来，放在当饭桌的竹床上，顺手在竹床的竹片上拉点竹签来剔牙齿。林歌一人的工资完全不够吃。林歌是青工，一个月的工资二十多块钱，加上补助，每月也不过四十来块。郝桂芝的父亲虽然经常提点下水来，还是满足不了郝桂芝的血盆大口。

暗
伤

燕子没有钱拿回来，燕子不找她母亲要就是好的了。燕子虽然一个月有四十多元工资，可她要攒钱结婚，还要平时买衣裳穿。

燕子很少回来，她只是轮到车间调班时，抽一天时间搭车从沙市回来，落落家，又跑了。

那一天，当郝桂芝花了两元多钱在国营理发店烫了个头发回来，林歌就认为应该回趟武汉瞧瞧去了。郝桂芝在这个县城是最早烫头发的女人，郝桂芝把自己的头发烫成了卷心菜，有人叫着"丝毛狗"，郝桂芝常听林歌说武汉的女人怎么怎么洋气，老太婆都烫头发。郝桂芝受了林歌这个武汉佬的影响，有一次自己烧红火钳烫头发，结果把头发弄焦了。当这一天郝桂芝偷偷去烫了头发回来，林歌觉得她还看得过去，除了脸上颈上的赘肉外，皱纹还不是太多。一直以来，林歌都没直接向家里人讲郝桂芝的事。林歌招工到县城后给家里去过一封信，说不仅有了工作也有了个女儿，但没提与谁结婚。但是他知道他与郝桂芝的事家里肯定听说了，那些回到武汉去的知青战友肯定会把这些当作一件轶闻传扬，只怕是山高水远，家里人无法管得了他或者不太了解其中详情。

家庭兄弟姊妹太多，管不到他头上，他也与家庭疏远了。有一回，他想起有三个年头没回武汉，也觉得好像很正常，武汉没什么可留恋的。

现在，有了工作，他倒是想应该带郝桂芝和林灵回武汉去看看了。

林歌把这个想法对郝桂芝说了，郝桂芝高兴得跳了起来。郝桂芝说："早该如此了。不管怎么样，为你家爹妈添了个孙女嘛。"又说："小林哪，咱们还是扯个结婚证去。"林歌笑了笑拒绝了。林歌说："那没有用，那是个形式，咱们在一起，咱们有女儿。""行吧行吧，"郝桂芝说，"听你的。"

林歌找单位借了一点钱，郝桂芝找她爹拿了一点钱。总还是要带点土特产回去，于是郝桂芝去找熟人，弄了十斤香油、二十斤花生，本地最有名的松花皮蛋也买了一篮子，加上黄花木耳什么的，大包小裹。

那时候，林灵已经能说会道，能跑会跳了。林灵听说要到武汉去看长江大桥，见爷爷奶奶，也高兴得手舞足蹈。

顺风顺水的轮船载着林歌一家三口向省会武汉驶去。两岸的滩渚和芦苇，村落和田野，来来去去，林歌已经走过数次了，可这一次，林歌不再是孤单一人，有了孩子，有了女人，虽然这种结局并不是他曾想到的。

林歌背着东西，牵着女儿，带着郝桂芝踏上了汉口的码头，他看到了熟悉的武汉关。

当他走进父母那个苍老破旧的小屋时，却被父母拒之门外。他万万没想到，几年未见的父母已经不认他这个儿子了。母亲气得浑身发颤，不等林歌介绍完郝桂芝，就将她们母女二人往外推，大包小裹地扔出了大门。

看到身边不知所措的郝桂芝和惊恐的林灵，林歌进屋去向父母求情。可他的母亲举着捅炉子的铁条说：

"那是个什么东西？婊子哪！婊子进咱家的门那就得挨揍咧。林歌，你是怎么被这个乡下的婊子给迷了！她看得比你妈还要老咧，你好意思跟她睡觉！老子白养你一场，只当冒得你这个儿子！好意思带回武汉来丢你林家祖宗八代的脸！"

母亲气愤至极，也顾不得那么多了，越骂声音越大，竟骂出门来，惊动了左邻右舍。林歌只好仓皇地拉着郝桂芝母女跑了。

找到一家小旅社登了记，林歌对郝桂芝说："先住下来吧，我给他们慢慢做工作，他们不了解情况，脾气不好。"

郝桂芝不在乎，郝桂芝说："早知如此带我们来干什么！不认就不认，咱玩两天回去！在武汉就不得了了，瞧不起咱们乡下人！你不认我，我还不认你哩！"

林歌以为郝桂芝会气哭的，可郝桂芝一点事也没有。晚上，林歌去找在皮鞋厂做事的哥哥。哥哥已知道他回家的消息，并且早就劝说过父母，后来兄弟俩又回到家，向父母解释、求情，但无济于事。最关键的一点就是郝桂芝只比林歌母亲小六岁，但看上去跟林歌母亲年纪相仿。虽然烫了头发，还是满身土气，人一土，就显老。这个媳妇是无论如何也没法认的。家里的人包括弟妹们都说郝桂芝老气，说比妈看着还大呢，可林歌与郝桂芝待久了，并不觉得。他认为是家人的夸大。

说了半晚，父母没任何表示，看来是无望了，林歌只好回到旅社。

第二天，林歌带着郝桂芝母女去了长江大桥、归元寺，接着又花了两天时间逛了东湖、中山公园。玩得很尽兴，女儿林灵特别高兴，看到了大轮船、火车、飞机、老虎、狮子。郝桂芝见女儿乐，自己也乐，玩得差不多忘了公爹公婆不认她们母女的事。

钱花得差不多了，林歌一行三人买好返程的船票。回去的时候，林歌觉得有点对不住郝桂芝，可是当他最后一次向家人告别，看到日渐衰老的父母和慢慢长大的弟妹，他还是原谅了父母。"我没有给他们带来快乐，也没有尽一份孝心。"他这么自责。

武汉三镇的灯火在轮船后面渐渐远去，林歌抱着林灵差一点痛哭起来。那横亘在长江上的桥影，就像一座武汉的大门，船载着他出了远门。当年下乡时林歌没有这种感觉，现在却滋生出这样一种凄绝的感觉。是的，回武汉看来是无望了，他慢慢会成为一个乡巴佬，现在他的女儿也早就说一口乡巴佬话了，一切都是那么令人难以置信啊！

八

县城的生活一如既往。这一年，林歌听说船业社害肺结核病休的老王摆馄饨摊子赚了几千块钱。老王是轮船上的厨师，馄饨的确做得好，碰上熟人，他就拿出医院的拍片结果来，上面写着病灶已经钙化，让人放心大胆地吃，一吃就吃出了名堂，干脆退了休弄个体户。

老王是这个县城的第一个个体户，让许多人羡慕地说起，于是林歌也动了心，回去跟郝桂芝商量，让她在街头摆个板车摊，卖热干面。那时，郝桂芝也正在为生计发愁，听了林歌的话后有所心动。卖热干面在县城绝对是第一家，武汉的热干面对这里的人来说还是完全陌生的，这儿的人只吃汤面，不知道面吃干的也挺有味儿。郝桂芝在武汉吃过热干面，一吃就吃上瘾了。不过郝桂芝认为，武汉的热干面放作料也太简单了，就那么点芝麻酱加上点榨菜丁，有的摊子放小葱，有的摊连小葱都不放。若是按县城的口味，作料差得远。郝桂芝是美食家，郝桂芝认为热干面还应该放豆瓣酱，放面酱，放蒜汁，放油辣子，加上芝麻酱、榨菜丁、葱、味精、酱油、白醋，一共十样作料。

"那好吧，那就叫'十味热干面'吧！"林歌说。

说搞就搞，请人打了个特制的板车，上放火炉、碗柜，炉子嵌了瓷砖，看上去就是个活动厨房。

"十味热干面"开始只是早点，悄悄半年之后才被县城人接受且有了点小名气。这期间，郝桂芝发现这儿的人不爱吃芝麻酱，于是想办法把芝麻炒焦了磨成粉，撒在热干面上，异香扑鼻，后来成了"十味热干面"的主要特色。

每天早晨天没亮，林歌就和郝桂芝拉着板车摊，在路灯的光亮下走向街头，点煤炉、煮面、晾面、整理桌椅，弄完这一切之后林歌就去码头。十点钟时林歌又到街头来收摊，然后林歌拉着摊子，郝桂芝拎着装钱、票的箱子，一前一后回到他们住的蓄洪屋。

"十味热干面"创出街头影响，除了独特的配方外，还有因为大家都知道这是一个下放来的武汉知青和一个比他大十多岁的老婆弄出来的。一个面皮白净的武汉伢和一个可以做他老娘的中年女人站在街头的板车摊前，兜售热干面，成了人们的谈资，成了这个县城的一景。

生意慢慢好了，而"十味热干面"也就开始在县城流传起来了，以后类似的个体摊子遍布大街小巷，还流传到县下集镇及邻县去。"十味热干面"在一九八二年县商业局修"商业志"时被收录了进去，成为当地新创的一种风味小吃。"商业志"详细介绍了此面的配料、制作方法，并写道："'十味热干面'是武汉下乡知青林歌和他的家人在武汉热干面的基础上，根据本县饮食习惯继承发展而来的一种新式面点。"其实真正的发明者应是郝桂芝，然而人们非要把这份荣誉送给一个武汉人林歌。

有了些名，也有了几个钱，整天在露天经风淋雨也不是长久之计，于是在大街上租了个小门面。取个什么店名呢？林歌想了想，就取个同别人不一样的吧，干脆叫"林家铺子"。虽说不太像饮食店的名，但的确有点别具一格。

"林家铺子"在开张没几个月，又发明了一种猪肝汤，发明者同样是郝桂芝。

郝桂芝深感热干面干滞得难以咽下的缺陷，吃了她的面，有的找她讨茶喝。武汉人当然有办法，那就是一碗面带碗清酒或蛋酒，但这个县城历来没有甜咸混食的习惯。郝卖过蛋酒，喝的人不多。郝桂芝充分利用了她父亲杀猪的优越条件，郝桂芝做得一手好猪肝汤。当时猪肝好弄，食品公司卖不出去，相当便宜，用猪肝汤咽热干面试试，说不定大家能接受的。

只是这事很麻烦，林歌得凌晨四点钟去郝桂芝父亲那儿提新鲜猪肝，回到铺子就得马上切出来，让郝桂芝两个炉子转圈儿忙。

事实证明，郝桂芝的点子是绝的，她的猪肝汤不到半个月就传扬开去，以致后来"林家铺子"的猪肝汤取代了"十味热干面"的名气。每天早晨，店内店外的七八张桌子总是满座，都是来喝猪肝汤的。为此，林歌辞去了工作，还雇请了两个乡下女孩专门切猪肝。

郝桂芝的猪肝汤无人能模仿，不像她的"十味热干面"。曾有一两家做过猪肝汤，都因无人光顾而断了这份心。郝桂芝对外说她有独特的配料，其实林歌知道，郝桂芝只是善于抓火候罢了。

燕子要结婚，郝桂芝和林歌给了她五千元的嫁妆。钱对于林歌来说已经不成问题了。林歌作为万元户，曾被记者通讯员广泛宣传过，县长、县委书记给他发过奖状。

燕子找了个沙市人，燕子直接在厂里结了婚，但是结婚不到六个月，燕子就抱着个男孩回来了。

满月回娘家住，这是当地的风俗。

燕子的丈夫也是一表人才，管林歌叫叔叔，事实上，林歌大不了他多少。只是燕子有时候将孩子递给林歌，说着"让外公抱"时，林歌感到不自然。林歌这一年三十岁，三十出头的林歌做了别人的外公，说什么也不会让人相信。

林歌看着孩子吃奶，看着燕子把奶头塞进孩子的嘴里，就想，那儿我摸过，我也吮过，只是当年没有这么丰满。当然，林歌只是看一眼，就把头扭过去看别的。林歌觉得他不应该再这么想，林歌现在的身份不允许他这么想了。但是，他有时逗着那个胖乎乎的小孩，他总是会闪现出一些幻想：这应

217

该是我跟燕子的儿子，而不是什么外公。

林歌在黄昏的时候吸着烟，一个人徜徉在河堤的青草坡上，林歌看着天，看着云彩。"我不能再跟郝桂芝这么过下去，我还年轻。我得找个年轻的女孩子，过一种真正的夫妻生活。钱，有钱算什么呢，活到这个份儿上，我多么亏！"

九

暑假的时候，林歌带着林灵回了趟武汉。林歌的父母经过这几年，基本认了孙女林灵，但依然不认郝桂芝。认林灵也是因为这几年林歌经常寄钱给父母和弟妹以生活资助。

这个暑假，林歌带了足够的钱，他有他自己的打算。

果然，在他与林灵一同回到小县城的时候，通知他转户口的函也从武汉寄到了。

这个函似乎对谁都没什么打击。郝桂芝拿着这个函看了看，又把一双手伸进切好的猪肝里去，"走就走呗，咱也不靠你了。离开你咱活得照样滋润"。

林歌觉得还是得与郝桂芝谈判谈判。林歌坐在晚上的桌子旁，看着愈来愈胖的郝桂芝靠着墙剔牙花子。

"没有办法，兄弟姐妹都想让我回去，父母亲也渐渐老了。再说，你又进不了我们家门，长期这么过，双方的心里都搁着块石头。"

林歌讲的是真话，可郝桂芝说："又没拿结婚证，想走你就走嘛，小林你留了一手，你这一手留得好，留了上十年。你说穿了，是嫌我郝桂芝老了，不中用了，你想找嫩的去。莫扯垛子！你走嘛，咱们离婚证都不需拿。钱，你带多少走就带多少走，咱还能挣，林家铺子换牌子了，咱还是能挣，只是得给林灵留几个，日后给她嫁妆钱。"

"那是的，我想等她大些了，万一考不上大学的话，到时给她在武汉找份工作，那时我把她接回去。"

"那算了，莫说光面子话了。她到武汉做什么！"

"武汉还有亲爹，有爷爷奶奶哪！"

"你再找个小婆娘，让小婆娘欺负我们林灵哪！"

林歌终归是要走的，这正像许多人劝郝桂芝时说的一样。这种"婚姻"的解散，也是迟早的问题。

没什么财产，林歌揣足了做生意成本的钱，就离开了他生活过多年的小县城。

林歌像甩掉了一个包袱，林歌一个人踏上回武汉的水路，风吹着他微微卷曲的头发，他的面相一点也没变，跟当年下乡时一样，白净，无皱，只是目光多少有些不同了。

做外公的荒唐日子已经远去，他把戒指悄悄地换到中指上，一切，又从头开始了。

林歌一回到武汉即投资做服装生意，在旧时同学的帮助下，他在扬子街服装市场租了个摊位，与弟弟一起干开了。他守摊，弟弟进货。几年的"林家铺子"，也算练了兵，多少懂得了一些生意的窍门。

家里没地方住，他又租了一间房子，每月一百元，过上了真正的单身汉生活。

林歌和旧时的同学、一起长大的街坊朋友们又待在了一起。那些同学们将他带进各种舞厅，让他适应武汉的新生活。曾经做过外公的林歌和那些喷香的女孩子抱在一起跳舞，没有泥土气，没有赘肉。而且只要再花上几十元到餐馆里喝一顿，然后就可以领到他租的房子里睡觉了。这些女孩子有些是林歌认识的，有些压根就不认识，黄石、宜昌、黄陂的，到处都有。不过，林歌只拉过一个女孩子睡过一次。

这个女孩子姓肖，在跟林歌上床之前，对他说她白天看到过他摊上的一件红毛衣，挺好的，于是林歌就把那件红毛衣连夜拿来了。这个女孩子早晨走的时候就穿上了林歌摊上的红毛衣，还说吃早点没有钱，找林歌要了四十元钱。

这是林歌干过的唯一一次，第二天下午当这个姓肖的女孩再到林歌的衣摊前来时，林歌害怕她又会挑上一件衣服，因此林歌就没搭理她了。一件衣服的钱并不多，可林歌觉得没意思，林歌认为还是不睡的好。

不久，朋友们给他介绍了一个，是个工厂的正派女孩，不是小肖那种货色。然而，谈了两次林歌就觉得没意思透了。林歌直截了当地告诉她说自己在乡下有个女儿。林歌想，应当告诉清楚。林歌对谈恋爱兴趣不大。当他回到武汉，才知道自己成了个性冷淡的人。

林歌坐在摊位上，看着那些花花绿绿的女孩子，林歌看着她们，只是抽烟；在舞厅里，林歌也只是瞧瞧，林歌喝一罐饮料，在舞场坐一会儿，就一个人溜了。

两个多月后，魂不守舍的林歌偷偷买了张汽车票，清早就乘上了去小县城的长途客车。那可是真正够颠簸的汽车，一直要坐十二个小时，从早坐到晚，但比乘船快多了，乘船是逆水。

林歌以为他这一辈子再也不会踏上这条路了的，可万万没想到，才离开不久，又鬼使神差地回来了。

林歌在颠簸的汽车上看着乡村的景色，林歌想起这些年的经历，一点困意也没有，只是一支接一支抽烟。

天黑时汽车才到了县城。林歌提着个小包，像过去无数次散步一样，他又踏上了熟悉的街道，街道上的甘蔗皮、灰尘，两旁的店铺、单位，每一寸都那么熟悉，都在向他无声地问候。林歌的心里洋溢着激动。

他看到了那个小店。两个多月，就像离开了几十年似的，那盏昏暗的电灯照着店门，"林家铺子"的牌子竟没有拆去，还用铁丝绑在上面，还蒙着过去的灰，黯淡着过去亲切的时光。

他推门进去首先看见了女儿林灵惊奇的眼睛，紧接着，林灵扑到他身上："妈，爸爸回来了！"

他也看到了郝桂芝，正拿着锅铲。这是想得到的每天晚上的事情。

这一夜，林歌抱着郝桂芝，他发现这个女人从头到脚都充满了魅力，那肚腹上的肉，那双大手，都让林歌再一次体验到了最美好的时光。林歌像一头发情的狮子，吮吸郝桂芝的大奶，吻她的嘴，这在近两三年内两人在一起做爱时是从来没有过的，弄得郝桂芝惊喜得不行，一个劲儿骂他："婊子养的，把老子咬疼了。"

第二天早上，林歌又喝到了猪肝汤，又吃到了十味热干面。林歌打着饱嗝，躺在躺椅上，舒服极了。

关于调回武汉的林歌不到三个月又暗暗回县城来跟老女人郝桂芝睡觉的新闻马上就传出去了，可是当人们想证实这件事时，林歌又回到了武汉。

林歌只待了一个星期，他不可能再这么住下去，林歌是武汉人了。这个小县城对于他来说，不过是个驿站，林歌不再是主人，他只是个匆匆的过客。是啊，从此以后，林歌只是个匆匆的过客了。虽然以他的姓命名的"林家铺子"的招牌还挂在那儿，可挂也就挂着，那不过是林歌的一个梦了。在远离武汉的某个小县城里，那块蒙上灰土的招牌，并没有谁能注意。

以后的数年里，县城的人也没见林歌再来。而林歌在武汉，也没再结婚。

十

一九九二年的春天来得太早了点，春节刚过，林歌背着大包小包将女儿林灵和他的女婿送往长途汽车站，让他们乘回县城的汽车。

女儿林灵是和她的新婚丈夫来武汉度了蜜月的。林灵结婚还小了些，可在县城十九岁结婚是较普遍的。

名贵的衣裳，高级旅游鞋，都是林歌给他们买的。临走时，林歌还给了女儿女婿各五千元，作见面礼。

女儿跟他差不多一般高了，长得很漂亮，仪态落落大方，郝桂芝年轻时可能就是这个样子吧；女婿在县城的一个银行工作，显得很老成。上了车，林歌又在副食摊上拿了些饮料点心从车窗外塞给他们，等车开动后，自己才离开。

一九九二年的春天，大街上播放着一盒《红太阳》的歌曲，林歌一个人穿行在匆匆的人流中，听着那些老歌，一直穿进一条僻静无人的小巷。林歌开始哼起那首歌来，那首《毛主席来到咱农庄》：

麦苗儿青来菜花儿黄，
毛主席来到了咱们农庄，
千家万户齐欢笑，
好像那春雷响四方……

林歌哼着这首歌曲，林歌觉得这首歌好听极了，世界上再也没有比这更好听的歌。林歌想起过去有个口琴的，不知丢哪儿了。林歌想，还是去买个口琴吹吹，没事，一个人吹吹口琴，吹吹老歌。林歌又想，还是赶快去买盒《红太阳》，放来听听。

四十岁的老知青林歌手放在裤兜里，一个人反反复复哼着那首有麦苗和菜花气息的歌子，他哼着哼着，泪水就湿了眼眶。

（原载于《长江文艺》1994 年第 9 期）